The World of

Jeeves

ジーヴスの世界

森村たまき

Morimura
Tamaki

国書刊行会

目次

まえがき（7）

第Ⅰ章　ウッドハウス紀行――（9）

ノーマン・マーフィーと歩く、ウッドハウスのロンドン（11）

ダリッジ・ウッドハウス・ウォーク（40）

その他のウッドハウス史跡（48）

1　ダンレイヴン街十七番（48）　2　ウェストン・パーク（51）　3　シュードリー・キャッスル（54）　4　チェイニー・コート（56）　5　セヴァーン・エンド（58）　6　ハンスタントン・ホール（59）　7　キンバリー・ホール（61）

ウッドハウスのニューヨーク（62）

第Ⅱ章　おしえて、ジーヴス――（79）

1　ジーヴスとバーティーとウッドハウス（81）　2　雑誌の黄金時代（90）　3　服装について（92）　4　バーティーの恋人たち（94）　5　自動車など（97）　6　お茶と食事と階級（100）　7　階級社会と恋（102）　8　大学生活（108）　9　若紳士の不行跡（111）　10　海浜歓楽地とカジノ（114）　11　子どもたちの学校（117）　12　クリスマス（123）　13　大英帝国博覧会（126）　14　動物た

ち(127)　15　白鳥(131)　16　ガルボとボウ(133)　17　フットボール(136)　18　ニューヨークあれこれ(138)　19　お酒いろいろ(142)

第Ⅲ章　ジーヴス・シリーズで辿るウッドハウスの生涯――(157)

1　比類なきジーヴス／それゆけ、ジーヴス(167)　2　でかした、ジーヴス！(172)　3　サンキュー、ジーヴス(183)　4　よしきた、ジーヴス(194)　5　ウースター家の掟(202)　6　ジーヴスと朝のよろこび(209)　7　ジーヴスと恋の季節(222)　8　お呼びだ、ジーヴス(230)　9　ジーヴスと封建精神(235)　10　ジーヴスの帰還(244)　11　がんばれ、ジーヴス(250)　12　感謝だ、ジーヴス(255)　13　ジーヴスとねこさらい(259)

第Ⅳ章　ウッドハウスの世界は拡がる――(271)

バーティー・ウースターの世界(273)

1　バーティーは何歳？(273)　2　オックスフォードの学友たち(277)　3　バーティーのカレッジはどこ？(280)　4　バーティー・ウースターが婚約した女性たち(281)　5　バーティー・ウースターが愛した女性たち(282)　6　アナトール喪失の危機(283)　7　ジーヴス喪失の危機(286)　8　ジーヴスの過去のご主人様たちあるいは隠された経歴(288)　9　ジーヴス家の一族(290)　10　ジーヴスのモデル(296)

ジーヴス・シリーズ映像化作品 （300）
ウッドハウスとミュージカル （305）
ウッドハウス記念碑・記念プレートなど （312）
ジーヴス・シリーズ登場人物一覧 （320）
ウッドハウス略年譜 （336）
あとがき （347）

謝辞

ウッドハウス研究の泰斗ノーマン・マーフィーに何よりもまず感謝を捧げたい。特に第I章ではロンドン、ダリッジで彼が長年主催してきたウッドハウス・ウォークの内容と、ニューヨークで彼の開拓した足跡をほぼそのまま辿らせてもらった。ウッドハウス翻訳にあたっても、勝田文さんとの漫画制作にあたっても、夜な夜な送りつける質問に大喜びで答え、惜しみなく知識を分け与えてくださった。本書の完成が難航している間に、泉下の人となられてしまった悲しみは深い。友情と感謝を込めて、本書をノーマン・マーフィーに捧げたい。

もう一人、本書を捧げたい人がいる。本年七月七日、七夕の日に八十八歳で逝去した父である。二人に本書を手にとってもらいたかった。

〈凡例〉

一、ウッドハウスの作品中、『比類なきジーヴス』や『ジーヴスと朝のよろこび』等は原則として『比類なき』、『朝のよろこび』等略記した。『ウースター家の掟』は『掟』と略記した。

一、出典の後に「P18」とある場合は、邦訳版の18ページを示す。

まえがき

ウッドハウスの話をしよう。P・G・ウッドハウス、イギリス最高のユーモア作家のことだ。一八八一年英国に生まれ、大西洋の此方《こなた》と彼方《かなた》を繁く行き来して、二十世紀初頭のニューヨークではブロードウェイミュージカルの黎明に脚本家、作詞家として立ち会い、新大陸を横断してハリウッドではトーキー初期の映画製作に脚本家として参加した。オックスフォードでは名誉文学博士号を授与され、第二次大戦中はフランスで民間人捕虜となってドイツの空の下で虜囚暮らしを余儀なくされた。戦後ニューヨークに移り住み、米国市民権を取得してロングアイランドを終《つい》の住処とし、エリザベス女王陛下よりナイト爵に叙せられた翌月、愛妻と保護犬猫たちに囲まれ九十三年の生涯を終えた。

逸話に富んだ長い生涯の最後の瞬間まで、彼が一日たりとも休むことなく続けたのが、書くことである。コール・ポーターやガーシュウィンの曲に詞をつけ、フレッド・アステア主演映画のシナリオをいじくりながら、いつだってウッドハウスは小説を書いていた。ナチスドイツの捕虜収容所でも書いていた。どんな順境でも逆境でも、朝が来て昼が来て夜が来るように、息をするように、P・G・ウッドハウスは書き続けた。とびきりのお笑いをだ。

百冊に及ぶ著作の数々に登場する数限りない登場人物たちの中でも、最も愛され最も有名なのは間違いなく、ごくごく小型軽量な脳みそと金《きん》のハートを持つお洒落な青年紳士、バーティー・ウースターと彼に仕える敏腕天才執事、ジーヴスの二人だろう。

作家ヒレア・ベロックは、英国最高の作家とウッドハウスを讃えた一九三六年の文章中で、ジーヴスを創造したことを作家最大の功績として、『天地創造』を描いたミケランジェロになぞらえ賛美した。もし五十年後に神のごとき執事ジーヴスが消滅しているとしたら、「われわれが長らく英国と呼んできたものはもはやそこにはないということだ」と。八十有余年を経た現在、幸いにもジーヴスは不朽のままで、英国も然《しか》るべく存在を続けている。

ところでバーティーだって、いなくなったら英国が英国じゃなくなるくらいの一大事である。愛すべき、金のハートのバーティー・ウースター。軽量簡素な頭脳のかぎりを尽くして、友人を窮境から救おうと、恋人たちの恋を成就させようと奮闘し、その副作用で官憲の手に落ちたり、望まぬ婚約をついうっかりと結んでしまうのだ。しかも困っていない友達はいないくらいに友達たちは次々困りごとを持ち込むし、怖い伯母さんやら文武両道でバーティーを人間的に陶冶したくてしかたない婚約者やらが寄ってたかって、すべては行ってはいけない方向に進んでこんがらがる。しかもしかも困っている友達を助けること、淑女の求愛を拒んでその名誉を貶《おとし》めぬことは、栄光あるウースター家の書かれざる掟であってバーティー絶対の行動規範なのである。ジーヴスの助力が必要とされる所以《ゆえん》である。

私は願わずにはいられない。今日もロンドンは天気晴朗で、ジーヴスの運んでくれる朝の紅茶は芳《かんば》しく、バーリントン・アーケードでは素敵なタイ、ご機嫌な靴下、お洒落なスパッツが見つかるようにと。そしてジーヴスがそれらを嫌わないでいてくれるようにと。ジーヴスはごく忠実な執事だし、ご満足いただけますようにといつだって最善を尽くしてくれるのだが、意見の相違がある時には、いささか冷たいのが常なのだから。

第Ⅰ章

ウッドハウス紀行

ノーマン・マーフィーと歩く、ウッドハウスのロンドン

朝十時に地下鉄ピカディリー線グリーン・パーク駅の改札を出たところで集合、というのが、ノーマンのウッドハウス・ウォークの約束である。帽子の似合う、際立って背の高い紳士が長傘を手にして佇む周りに、にこにこ楽しそうな人たちが集まっているからすぐわかる。ウッドハウス研究の泰斗《たいと》ノーマン・マーフィーは二十年以上にわたって世界中のウッドハウスファンといっしょに、ここから始まるウッドハウスのロンドン・ウォークを催行してきた。参加費は無料で、延べ回数は百回を超える。英国ウッドハウス協会の機関誌『ウースターソース』誌上に、長らく開催の案内が出ていたが、二〇一六年以降ほとんど公式の募集はない。とはいえ、今でも頼めばよろこび勇んで私的に案内してくれる。ノーマンはトリルビー帽を小粋にかぶってロンドンで一番きりりと巻いた長傘を持ち、春夏ならば麻のジャケット、秋冬ならスーツにステンカラーのコートと、絵に書いたような英国紳士姿で世界中のウッドハウスファンを出迎えてくれるのである。

ここから始まる一番基本のウォークが、われらがバーティーとジーヴスの生活圏のただなかを歩く「バーティー・ウースターのウエストエンド」である。グリーン・パーク駅の北出口から階段を上が

って地上に出、リッツ・ホテルを右手に見ながらピカディリーを数メートル歩くと左手にバークレー街（Berkley Street）の入口があるからそこを左折する。歩道をはみ出さないよう長傘をくいくい突き出して一同に指示するノーマンに引率されて左側の歩道を数十メートル進むと、道路の向こう側に扉の横に15と書かれた白い建物がある。一階は日本料理の有名店Nobu。これがバークレー街十五番の、長らく「バーティー・ウースターのフラット」とされてきた建物である。

バーティーの住所は、長編では〈バークレー・マンション〉とされている。

ここバークレー・マンション、W1において、不快事が醜悪な首をもたげているんだ。（『サンキュー』P20）

結婚迫る――W・1区バークレー・マンション在住バートラム・ウィルバーフォース・ウースターと、ハートフォードシャー、スケルディングス・ホール在住故サー・カスバート・ウィッカムとレディー・ウィッカムの息女ロバータの婚約が発表された。（『帰還』P32）

「郵便番号W1、ロンドン、バークレー・マンション3a号室へようこそ」迷子の仔ヒツジが群れにとことこ戻ってきた時の羊飼いのような思いで、僕は言った。（『封建精神』P13）

これらに登場したバークレー・マンションは、この先のバークレー・スクゥエアを通り過ぎた左手奥、北西の角にあったが、現在は取り壊されてもはや存在しない。

『比類なき』の「サー・ロデリック昼食に招待される」において、バーティーのフラットは「バークレー街クリックトン・マンション」とされている。これが実在の住所をモデルにしているのは間違いないと確信したノーマンは、長らくその場所を突き止めようと努めてきた。しかしウッドハウスは一九一九年〜二八年の間、英米両国を頻繁に往復しており、したがってロンドンの住まいも頻繁に移動したから、その同定は困難をきわめた。

ところがある日、まったく偶然にも、ノーマン自身が所属するサヴェージ・クラブ——ウッドハウスもかつてメンバーだった伝統ある紳士のクラブである——の古い入会申込書を見る機会があったのだそうだ。するとそこにはウッドハウスの自宅住所として「バークレー街十五番デュシー・マンション」と記されているではないか。この偶然の僥倖《ぎょうこう》をもって、バーティーのフラットを追い求めるノーマンの探求は決着したのだった。

というわけで、道路の向こう側の白い建物が、バーティー・ウースターがジーヴスといっしょに暮らしていた「クリックトン・マンション」のモデルである〔写真1〕。というか、そうであると過去二十年間以上にわたるウッドハウス・ウォークにおいて百回以上、世界各国から集《つど》ったウッドハウスファンに向かい、ノーマンは誇らかに宣言してきたのだが、二〇一三年時点でその辺りの事情および学説に大きな変更があったのでお知らせしたい。

二〇一三年に、ノーマンが当該サヴェージ・クラブ入会申込書をふたたび手に取って見る機会があった。そこでノーマンは痛恨の発見に直面する。ウッドハウスの手書きによる15と見えた数字は、実は18であったことが判明したのだ。手書き文字の判読困難さゆえの事故であって、ノーマンを責めるべきでは無論ないのだが、当人には大変な痛恨事であったようである。自分は過去何十年も、ずっと間違ったことを世界のファンたちに教えてきてしまった、と、ひどく悲しがっている。

このバークレー街十五番は、ノーマン・マーフィーの著作をはじめ、多くのウッドハウス関連書籍において、バーティー・ウースターのフラットの所在地として言及されてきた。私だって何度もこの建物をバーティーのフラットのモデルとして世に発信してきた。勝田文さんの漫画『プリーズ、ジーヴス』第一巻の巻末エッセイ漫画にもバーティーのフラットとしてこの建物が描かれているし、作中にもここが繰り返し登場する。

ノーマン・マーフィー著、『ウッドハウス・ハンドブック』改訂版（二〇一三）には、新しく同定された「バークレー街十八番」が写真とともに掲載されているが、十五番および学説変更の件については、一語たりとも言及はない。

二〇一四年の夏、ノーマンと二人で新発見後はじめてバークレー街を訪問する機会があった。十五番の建物の前で「やっぱり愛着を感じるかな」と言う私に、ノーマンは厳しい表情で、「もう感じない」と応えた。心の傷はだいぶ深いようである。

というわけでこちらが、新たに特定された歴史的新発見、バーティー・ウースターのクリックトン・マンションである〔写真2〕。

さて、バークレー街を更に進むとバークレー・スクゥエアに出るからそこを左折する。角の建物がかつてランズオウン・ハウスの庭園で、ローンテニス発祥の地であるというノーマンの語りが始まるのだが、ウッドハウス関連でないからそれは端折ろう。そのままスクゥエアの南端の歩道を直進した先がチャールズ街。入って今度は右側の歩道を進むと、〈ザ・フットマン（The Footman）〉と看板がかかったれんが造りのパブがある。パブの先の道路には「ヘイズ・ミュー（Hay's Mew）」と通りの名が表示されている。この角に立ち（歩道からはみ出してはいけないよと、ノーマンが傘をぶんぶん振る）、今来た道を振り返るようにとの指示に従って道路の反対側を見ると、チャールズ街四七番の

1　バークレー街 15 番地のマンション

2　バークレー街 18 番地のマンションを長傘で指すノーマン

白い家が見える〔写真3〕。これがダリア叔母さんのロンドンの居宅のモデルである。『ウースター家の掟』で、ダリア叔母さんよりウシ型クリーマー奪還の密命を帯びてトトレイ・タワーズに送りつけられたバーティーは、「ロンドン、チャールズ街四七番地、バークレー・スクゥエア、トラヴァース夫人」宛に電報を打っている。

ダリア叔母さんのお屋敷はウースターシャーにあるブリンクレイ・コートである。しかし、第一次大戦前の上流階級の人々は地元の領地とカントリーハウスとは別に、ロンドンに居宅を所有していた。ダリア叔母さんからの電話に応え、通話終了して電話を切った途端に、ベッドでまどろんでいるバーティーの枕元にダリア叔母さんご本人がたちまちご登場、と非常に話の展開が早いのは、さもありなん。バーティーのフラットとダリア叔母さんの家は、一〇〇メートル離れているかどうかなのだから。

この家をダリア叔母さんの住所に使ったのは、ウッドハウスが愛した身内ジョークのひとつであったのだと、ノーマンは語る。ここはウッドハウスが演劇版『スミスにおまかせ』をはじめとして三作の演劇を共同製作した小説家／劇作家のイアン・ヘイが住んでいた家であり、ウッドハウスは彼との共同制作にあたった二年間、この家に足しげく通った。こんなふうに自宅住所が作品中に登場するのを、ヘイが面白がってくれることがウッドハウスにはわかっていたのだ。ちなみに向かって右隣の四八番は、ウィンストン・チャーチルが誕生から五年間の幼少時代を過ごした家である。

と、言い終えたところで今度ノーマンは私たちが立っているすぐ横のパブ、〈ザ・フットマン〉〔写真4〕に注目を促す。「これが名高いジーヴスのクラブ〈ジュニア・ガニュメデス・クラブ〉のモデルである」と。

『掟』で〈ガニュメデス〉は「カーゾン街にございます紳士様お側付き紳士のためのクラブでござ

3　ダリア叔母さんの家

4　〈ザ・フットマン〉の前に立つ
ノーマン

います」とされる。しかし、おかしいではないか。何故こんなところにパブがあるのだろう？　ここはロンドンの最高級住宅地メイフェアの真ん中で、この界隈の住人はパブに出入りするような人種ではない。この界隈の人々はクラブに生息するのではなかったか？

この近隣の宅地造成がなされ、瀟洒な住宅が建てられたとき、これら家々の使用人たちにも出かける先があるようにと、当時のディヴェロッパーは使用人階級用のパブも建設した。〈ザ・フットマン〉（旧名称は〈ジ・オンリー・ランニング・フットマン〉）は一七四九年創業、現在の建物は一九三六年の再築である。私が二〇〇七年に初めて訪れた際に改築中で、現在は外装も内装も非常にきれいである。ちなみにこの店の名は、手紙を運んだり、門を開けるようにとご主人様の馬車の前を走るフットマンを抱えることが雇い主の威信の象徴であって、貴族階級のお歴々の間で誰のフットマンが一番俊足かが競われた時代の、おそらくはご主人様を賭けに勝たせたメイフェア一番の俊足フットマンに由来するのだろうというのがノーマン説である。

英国社会は階級社会だといわれるが、使用人たちの中にも明確な序列があった。〈フットマン〉のプライベート・バーに入れるのは家令、執事、従者に限られていたし、スナック・バーに出入りできるのはシニア・フットマン、厩舎頭らのみだった。サルーン・バーはフットマン、厩舎番、運転手用で、そしてこうしたパブにおける社会的ものさしの最下層に位置するパブリック・バーには、ホールボーイ、厩舎のボーイ、雑役夫らが集ったのである。

ウッドハウス自身は自ら〈フットマン〉に足を踏み入れようなどと、夢にも思わなかったことだろう。それは途方もなく無作法な振舞いなのだから、と、ノーマンは語る。しかしもし彼がうっかりこのパブに入ってしまったら、どんな目に遭うかはわかる。なぜなら自分は数年前に、たまたまそういう目に遭ったことがあって……と始まるのが以下の話である。

ノーマンがロンドン図書館で調べ物をしていた頃のこと、人と会う約束があって、その前に一杯飲んでおこうとペルメルを出てすぐの小さなパブに飛び込んだ。扉を入ってバーまで歩く間に、何だか変だぞと気づいて辺りを見わたせば、店内にいるのはすべて制服姿の人たちばかりではないか。皆礼儀正しく自分を見つめているが、辺りを支配するのは完全な沈黙である。誰一人、一言たりとも口をきかない。ノーマンは自分がペルメル、セント・ジェームズ街の由緒正しきクラブのステュワード、ウエイター、ポーターたちの会合のただ中に紛れ込んでしまったことに気づいたのである。ただちにノーマンは「紳士の皆さん、謝罪いたします。どうかご海容ください」と言い、入口ドアへと向かった。ドアを押さえてくれたホール・ポーター制服姿の人物は、優しくほほえみかけ「たいへん結構ななされようでございました、旦那様」と言ってくれた、と。

もちろん今や〈フットマン〉は、一般人入店ウェルカムの店である。私は一度だけ入ったことがある。高級住宅街だったこの辺りの家々は、現在では投資コンサルティング会社などが入居する、セレブなオフィス街になってしまった。したがって今やこのパブは、近隣のコンサル会社の投資エリートたちが昼食をとり、夕食前の一杯をいただく（昼間からビール片手に談笑するビジネスマンたちの姿もある）店になっている。一階はパブで、二階はテーブルクロスと布製のナプキンが出る、ちょっと立派なレストランである。

それでは、今来た歩道を引き返してバークレー・スクゥエアに戻ろう。広場に出て左手一軒目の五二番の家の前にノーマンは立ち、玄関前の「ファイアーバスケット」に注目を促し、油脂、ガス、電気を用いて灯りが点されてきたロンドンの灯りの歴史ならびにファイアーバスケットの構造を説明し、更にもうひとつ、この家の内装には征服王ウィリアムがウィンチェスターに大聖堂を寄進した際に余った樫材が使われている、という由緒来歴を語る。バークレー・スクウェアの中央に植栽されているプラタナスの大木が大気汚染とロンドンの霧に強い丈夫な植物でフランス革命の年の一七八九年に植えられたものだと聞いたらば移動開始。再びスクウェアの南側歩道を歩いてバークレー街を横断し、ワンブロック先のドーヴァー街に出たら右折して左側歩道をピカディリー方向に数メートル歩く。ブラウンズ・ホテルの裏口手前十メートルのところで、ここで一同止まるようにとノーマンから長傘びゅんびゅんの指示がある。

長傘の先で通りの向かい側のビルを指し示しながら、ノーマンはここできわめて重要な事実を語る。すなわち、第二次大戦の戦災で破壊されるまで、ここは〈バス・クラブ〉があった地であり、ウッドハウスはまさしくこの場所を、かの名門クラブ〈ドローンズ〉の所在地に定めたのである、と。ピカディリーの向こう側のペルメルやセント・ジェームズ街には由緒ある有名クラブが目白押しであるから、その辺りに新しいクラブを配置しても真実味に欠ける。しかしドーヴァー街ならクラブの入れ替わりがごく激しいから、新顔のクラブのひとつや二つ投入したところで不自然とは感じられまい。

こうした実際的な考慮とは別に、もっと必然的な理由もあった。バス・クラブは水泳プールを有するロンドン唯一のクラブだったのである。

夜会用の正装姿のバーティーが、プールの上に渡した吊り輪を伝ってプールを横断できるかどうかタッピーと賭け、それでパーティーが最後のひとつのところまで渡ってきたところでその輪をタッピーが引き寄せてしまって、かくして哀れパーティーは冷たく深い水中へと転落を余儀なくされてしまった……という一件については、われわれはこれでもかこれでもかと繰り返し語り聞かされてきたところである。つねに苦い過去の痛恨事として回想されるその一件の詳細が全貌をあきらかにすることはついにないのだが、しかしパーティーは何度も何度も、その際の遺恨を口にするのをやめないのだ。

このバス・クラブをドローンズ・クラブのモデルと同定するにあたってノーマンを悩ませた困難な問題は、このクラブがドローンズのモデルになり得るくらいにバカなクラブであったかどうかをもはや知る術がない、という点だった。この由緒正しき紳士のクラブは、友達をプールに落とし込むようなバカなおふざけが横行するくらいに本当にバカなクラブだったのだろうか。バス・クラブは一九四一年に戦災で焼失してしまったから、在りし日のクラブの姿を知る者はもはやほとんどいない。

しかし真理を追求するノーマン・マーフィーの強い思いは、ついに奇跡を引き寄せた。ある晩、サヴェージ・クラブにいたノーマンの耳に、バーで談笑中の二人の老紳士の一方が、「バス・クラブが懐かしいのう」と話す声が飛び込んできたのである。

ノーマンはただちにその紳士の腕を取り、非礼を丁寧に詫び、ウィスキーを一杯ご馳走させてもらってから質問を開始した。あなたは戦前にバス・クラブのメンバーだったのですか？「もちろんじゃとも」ドーヴァー街のですか？「もちろんじゃとも」プールの上にはロープと吊り輪が渡してあってそこで人々は運動をしたのですか？「もちろんじゃとも」着衣のままプール上を渡ろうとした人はいたのでしょうか？「しょっちゅうじゃった！」

最後の、決定的な質問をする前にノーマンは一瞬、躊躇したという。

メンバーの誰かがプール上を渡りきれない方に賭け、それで賭けに乗った人物が成功間近であったところを、最後の吊り輪を引っ張ってプールに落とし込んだ、といった話はご存じではありませんか？

その老紳士の表情がたちまち変化した様を、ノーマンは一生忘れないという。六十年間鬱積した遺恨に老紳士の目は細められ、そして彼はこう言ったのだった。

「ああ、しょっちゅうあったとも。あのロクデナシ連中が、わしを一度ハメおった！」

ノーマンは歓喜の雄叫びを押し殺し、さらに事情を訊いた。それは聞くも涙な話だったのだ。これなる老紳士は引退した元裁判官で、一九三八年に法廷弁護士資格を取得した際、お祝いにと両親が初めてサヴィル・ロー・スーツを誂《あつら》えてくれたのだそうだ。受任式の後、彼のいわゆる友人一同が昼食をご馳走してくれ、ポートワインをしこたま飲ませた上で輪渡りの挑戦を申し出た。賭けに乗った彼がプール中ほどに差し掛かったとき、友人一同は最後の輪っかを彼の手の届かないところまで引っ張り去ってしまい、哀れ青年は新調の最上等の背広姿でプールの水中深くへと沈んだのだった。

バーティーのプール伝説が事実であったことを知り、ノーマンは驚喜したが、呼び覚まされたこの記憶に判事が今も激しく怒っているのは明々白々だったから、緊張緩和がため、当たり障りのない質問をすることにした。何を聞こうか迷った挙げ句に彼はようやく、「どうしてバス・クラブに入会されたのですか？」と訊ねたのだった。バス・クラブは当時の法廷弁護士たちに人気のクラブだったのですか、と。

退職判事は答えた。

「いいや、まったくそんなことはない。ただ便利だったたんじゃ」

便利というのはどういう意味です？　困惑したノーマンは訊いた。

「実に便利じゃった。バークレー街を歩いていて、誰か顔を合わせたくない相手に出くわしたら、クラブの裏口ドアからさっと入ってドーヴァー街に通り抜け、急いで向かいのブラウンズ・ホテルを通り抜ければ、それでもう二本先のアルバマール街に出られる。ああ、実に便利じゃった」

ノーマンはおおいに当惑した。自分の話しているこの人物は元裁判官で、これ以上ご立派な人もいないくらいに尊敬すべきご老体である。いったい全体あなたはどういう人たちを避けようとしたというのですか？　と訊ねたノーマンが聞いた答えは、フレディー・ウィジョン、ビンゴ・リトルそしてバーティー・ウースターの口から発されたとしてもまったくおかしくない台詞だった。

「ああ、お決まりの連中じゃ。警官、女の子、女の子の母親――そんなような連中じゃよ！」

この老紳士、リチャード・ヴィック元判事はそれからまもなくご他界された。ノーマンと会話を交わしたこの時が、判事のサヴェージ・クラブ最後の訪問となったのだ。ノーマン・マーフィーは偶然にも、生き証人に直接出逢い、全世界のウッドハウスファンの胸に留めおかれるべき貴重な歴史的証言を直接耳にするただ一人の聞き手となったのだった。ウッドハウスがドローンズ・クラブをドーヴァー街に置いた理由が、これでよくよく胸に落ちようというものではないか。

さてと、ノーマンの話に深く感銘を受け、リチャード・ヴィック判事のご冥福を祈りつつウッドハウスの神様の奇跡にひれ伏したところで回れ右をして、もと来た道を戻って道の突き当たりまで進もう。突き当たりの家が「ロンドンで二番目に細い家」である。「何か質問は？」と訊かれたら、「ロンドンで一番細い家はどこですか？」と訊き返すこと。答えはおそらく聞き取れない。突き当たりを右折してボンド街に入る。右手にある宝石店が一七八一年創業のアスプレイ（Asprey）で、こちらがアガサ伯母さん、ダリア叔母さん、フローレンス・クレイ嬢ほか数々の上流夫人ご令嬢様ご用達の宝石店「アスピナール」のモデルである。『朝のよろこび』（P27）でアガサ伯母さんのブローチを受け取りにいったバーティーが、店内に入るのを逡巡して行ったり来たりするスティルトン・チーズライトと遭遇した場面をご想起いただきたい。

ボンド街の突き当たりの、チャーチルがルーズベルトとベンチに座って談笑している銅像の横で記念撮影を終えたら、左折後すぐ右折してクリフォード街に入ろう。左側歩道をオールド・バーリントン街との交差点まで歩いてストップ。クリフォード街の向こう側に立つ赤れんがの建物（18 Clifford Street）が、われらがドローンズ・クラブのもうひとつのモデル、バックス・クラブである〔写真5〕。

一九一七年、第一次大戦中に酸鼻を極めたフランス塹壕戦の戦場で、モーリス・バックマスター大尉と彼の友人たちは、もしこの修羅を生き延びることができたら、必ずやロンドンにわれら若者のためのクラブを創ろうと誓い合った。そして一九一九年、執念の生還を果たしたバックマスター大尉によって設立されたのがバックス・クラブである。それからたちまちこのクラブは、ロンドンのお洒落な青年たちにとって、まさしく『ザ』ロンドン・クラブとなった。

会員以外お断りのエクスクルーシヴなクラブであり、通常のノーマンのウォークでは道路の向こう側から羨望のまなざしで見つめ、感嘆の声を発しながら記念撮影をするだけの手の届かない場所なのだが、幸運にも私は一度だけ中に入ったことがある。ジーヴス漫画の取材の際、ノーマンの計らいで特別の許可をいただき、漫画家の勝田文さんと担当編集者さんといっしょにお邪魔したのだ。外見はごく地味で普通の建物だが、内装にも派手さや奇をてらったところはまったくなく、ごくごく落ち着いた都会の紳士の社交場という印象だった。バーテンダーのマクガーリー（『比類なき』P61）が一九一九年から一九四一年までそこに立ったバーもあった。ノーマンの著書に出てくる暖炉ぎわに置かれた、旧バス・クラブの聖遺物「お尻ウォーマー」は、残念ながら同定できなかった。

というわけで、現在もバックス・クラブは存在する。ウッドハウス自身はメンバーではなかったが、親友ガイ・ボルトンがメンバーだったからよくここで食事をし、このクラブのことはよく知っていた。また、娘婿のピーター・カザレットもメンバーだったから、ル・トゥケで開催される有名なバックス・クラブのゴルフトーナメントのことはよく知っていた（未訳の長編『春どきのフレッド伯父さん』に登場する）。なお、ピーターのご子息、ウッドハウスのお孫さんにあたるサー・エドワード・カザレットは現在もバックスのメンバーである。

さてと道路を横断して左に折れ、すぐ右折してオールド・バーリントン街を進もう。突き当たりがロイヤル・アカデミーの裏側になる。ここはバーリントン伯爵家の居館であったが、いったん家系は断絶し、一八一五年にジョージ・キャベンディッシュ卿がバーリントン伯爵の称号を継承した。以下はここで始まるノーマンの語りである。

ここに越してきたバーリントン伯爵は、屋敷横のピカディリーへの抜け道を通り抜ける人々が、ゴミやガラクタを敷地内に投げ込むのに悩まされていた。塀を高くしてみたが、空き瓶やらねこの死体やらの投げ入れは一向にやまない。塀を更に高くしたがやはりやまない。五度にわたって塀を高くした末、ついに伯爵は抜け道から物が投げ込まれなくなる方策を思いついた。かくしてバーリントン・アーケードが建設されるに至ったのであった。

バーリントン伯爵の受難に思いを馳せつつ左折してバーリントン・アーケードに入ろう。入口手前では、アーケード外側の高い塀にご注目されたい。この塀に走る横線から、五度にわたるレンガ積み増しの痕跡が伺われるのである。

バーティー・ウースターはじめお洒落なロンドン紳士御用達のバーリントン・アーケードには一八一九年創業以来の規則があり、歌を歌うこと、口笛を吹くこと、走ること、買い物箱を持つこと（当時荷物を持つのは使用人だけだった）、および帯剣が禁じられていた。荷物の携行はもはや禁止されていないが、歌、口笛、走ること、帯剣の禁止は現在も続いている。

アーケード中頃右手にはリチャード・オグデン宝石店がある。ここは一九六一年にノーマン・マーフィーが今は亡き愛妻のシャーロットと結婚指輪を購入した店である。結婚指輪は頑丈な８Ｋにして欲しいという新婦の願いを叶えるべく訪れた地元宝石店で、そんな安物はうちには置いてないと蔑まれたノーマンとシャーロットは、『ティファニーで朝食を』のひそみにならい、そういう時には一流店をこそ訪問すべし、と、この有名店を訪ねたのだそうだ。店主のオグデン氏は新婦の賢明さを盛大に讃えると８Ｋの指輪をいくつも見せてくれ、無事新郎新婦は結婚指輪の購入に至ったのだった。

それから三十年後、今度は結婚三十周年の記念指輪を買いに同店を再訪したマーフィー夫妻は、よもや存命とは思わなかった老店主に迎えられることになる。ご健在とは驚きました、三十年前にお世話になりましたと思い出を語るノーマンに、老店主はにっこりほほ笑むと、「ご常連のお客様にコーヒーをお出しして」と、店員に命じたという。この話をするノーマンは、自らのセンチメンタルな思い出をただ語っているのではない。英国の一流店の店主の哲学と心意気に個人的に触れたよろこびを、

5　バックス・クラブ

7　おめざのハリス

6　ウシ型クリーマー

われわれに誇り高くシェアしてくれているのである。

アーケード中央には古銀器店が並び、アンティーク銀器が陳列されたウインドウで、参加者たちはパーティーを翻弄した銀のウシ型クリーマーに思いを馳せる。

一七四〇年代、当時ロンドン社交界のファッションリーダーであったリッチモンド公爵夫人は、喫茶の社交儀式性をもっと高めようと、細密な技巧を凝らした銀製ティーセット一式を揃えることを流行らせた。それを商機としてユグノーの銀細工師ジョン・シュッペが一七五〇年代にウシ型クリーマーの製作を開始し、大いに人気を博したのだという。『掟』でパーティーを責め苛んだ呪いのウシ型クリーマーはこれである。ヴィクトリア・アンド・アルバート博物館にも何点か収蔵されているが、私が実際に見たのは米国カリフォルニア州のハンティントン・ライブラリーに展示されていた一七六五年製のものである。〔写真6〕

ここが『掟』の冒頭場面の舞台ですか？　と訊きたいところだが、しかし『掟』に登場したのは「ブロンプトン・ロードの骨董屋」だからここではない。ナイツブリッジのブロンプトン・ロード二三五番にあった、一八五三年創業ジェイムズ・ハーディーズ古銀器店がそのモデルであるが、残念ながら数年前に閉店してしまった。

バーリントン・アーケードを抜け、ピカディリーに出たらばグリーン・パーク方向に戻る形で右折しよう。次の信号でピカディリーを横断したら右に曲がって道なりに進み、次の通りを左折する。左側歩道をしばらく行ったらストップ。

ここがロンドンのクラブの中心地、セント・ジェームズ街である。かつて十二あったクラブは現在では五つに減ってしまったが、今残るのはいずれも歴史と格式ある名門クラブである。セント・ジェームズ街に入ってすぐの三七番が一六九三年創立、ロンドン最古の名門クラブ〈ホワイツ〉で、チャールズ皇太子とウィリアム王子もメンバーである。女人禁制の紳士のクラブだが、一九九一年に一度だけ、エリザベス女王陛下がご訪問された例外があるそうだ。

セント・ジェームズ街を更に進んで二九番には薬店「ドクター・ハリス&カンパニー」がある〔写真7〕。一七九〇年創業の老舗で、ホワイツやブードルズで大ディナーがあった翌朝には、この店特製の「二日酔い特効薬」を求めて紳士たちが列をなしたそうである。名高きジーヴスの「おめざ」のモデルがここだと確信したノーマンは、同店を訪問して質問をした。以下はその際の会話である。

「おはようございます。貴店の二日酔い特効薬についていくつか質問してもよろしいでしょうか?」

「もちろんでございます。どのようなことをお尋ねでしょうか?」

「えー、まず最初にですが、それは焦げ茶色で、見た目は不吉でしょうか?」

「はい、さようでございます」

「そうですか。では第二に、その味はぞっとするようなシロモノですか?」

「はい、おおせのとおりでございます」

「第三に、こんなことをお訊きして申し訳ないのですが、理由があるのです、すみません。それを飲むと、目が飛び出しますか?」

「はい」

「本当ですか? どういうわけでそうなるんでしょう?」

「配合されたアンモニアのゆえでございます」

その後の医薬品関連規制法規の改正により、悲しいことにハリスの二日酔い薬は現在は製造中止になってしまったそうである。

ハリスのすぐ隣、赤れんがの二八番が一七六二年設立のブードルズ・クラブである。通りの向かい側には一七六四年設立のブルックス・クラブがある。いずれも由緒ある名門クラブである。

バーティーのジョージ伯父さんこと、ヤックスレイ卿は、「きつきつのモーニングコートを着て灰色のシルクハットをかぶり、晴れた日の午後にセント・ジェームズ街を、坂道にかかるとちょいと息を切らしながらとことこ歩いている姿をお見かけする、そういう御大の一人だ」（『でかした』P313）と描写される。ジョージ伯父さんの所属する二つのクラブ、バッファーズとシニア・バッファーズは、セント・ジェームズ街を挟んで向き合うブードルズとブルックスにぴたりと整合する。

セント・ジェームズ街を更に進むと左手にキング街の入口がある。エムズワース卿の息子フレディー・スリープウッドはキング街のフラットに住んでいたし、ギャリー叔父さんのフラットもこの通りにあったことになっている。キング街には名高い競売商、クリスティーズがあるが、その建物の階上にウッドハウス夫妻は一九二一年の一時期、フラットを借りて住んでいた。ウッドハウスはこの住所を作品内で使ったのである。

セント・ジェームズ街を更に進むと一六七六年創業、帽子店〈ジェームズ・ロック&カンパニー〉がある。不条理短編「驚くべき帽子の謎」（『がんばれ』収録）に登場した帽子の名店〈ボドミン〉のモデルがここだというのがノーマン説である。作品中でボドミンはヴィーゴ街にあることになっているが、未だかつてヴィーゴ街に帽子店があったことはないし、ロックは王室ならびに有名人御用達のロンドン最古の一流帽子店であるから、ボドミンのモデルに最もふさわしいというのがノーマン説の根拠である。

ロックはジーヴスが愛用する山高帽ことボウラー・ハット発祥の地でもある。ただしロックではこの山高帽のことをボウラーと言わず、「コーク」と呼ぶ。十八世紀にレスター伯爵ウィリアム・コークが自領の狩り場番のために、木の枝にぶつかって払い落とされないくらいに丈の低い、頑丈な帽子を発注したのが最初だといわれる。完成した帽子を引き取りにきた伯爵は、強度を試すために、それを床に落として二回踏んづけたと伝えられる。

ちなみにだが、シルク製のトップハット、いわゆるシルクハットは現在ではもう製造されていない。シルクハット用のフラシ天生地を織れる唯一のフランスの工場が第二次大戦中の爆撃で破壊されたため、もはや生産する術《すべ》がないのだそうだ。ロックにあったフラシ天の生地在庫は一九六〇年代に底をついたから、現在販売されているのは「ヴィンテージ」の再生品のみである。希少性ゆえ価格は（応相談）で、今や百万円単位の高額であるらしい。

左折してペルメルに入ってからは、ノーマンのトークはウッドハウスよりは広くイギリス史全般に向かう。トラファルガー広場まで歩いたら、ここの噴水池でガッシーは早朝五時にイモリを探して警官に逮捕されたんだった（『恋の季節』第3章）と感慨を深くしよう。

ノーサンバーランド・アヴェニューを一〇〇メートルほど行って左折したところにあるシャーロック・ホームズ・パブでノーマンの「バーティー・ウースターのウエストエンド」ウォークは終了する。同パブの隣には元トルコ風呂だった奇妙な建物があり、誰もこれが何かわからないまま銀行として使用していたのだが、一目で来歴を見抜いたのは自分だった旨の発言がある。パブの二階に上がってシャーロック・ホームズの部屋を見よう。ウォークの終わりには、一階のバーでノーマンに敬意と謝意を表してビールを一パイントおごるのが決まりである。

ノーマンのウォークにはいくつかヴァージョンがあり、バーリントン・アーケードを出てから右折してセント・ジェームズ街方面に向かわず、左折するコースもある。こちらがギャリー叔父さんやユークリッジの、十九世紀末ロンドンを訪ねる第二のウォークである。第二のウォークはピカディリー・サーカス駅地下の世界時計の前で待ち合わせて開始されるが、第一のウォークとセットのロング・ヴァージョンで催行されることもある。

四番出口から地上に出ると、ピカディリーを挟んで向こう側にロンドン初のアメリカ式バーを有する、一八七四年創業〈クライテリオン（Criterion）〉が見える。ジョージ伯父さんの魂の恋人モーディーは長らくここでバーメイドをしていた（『でかした』）。シャーロック・ホームズとの運命の出逢いを仲介した友人とワトソンが会った場所としても知られる。傷を負い、疲弊して戦地から帰ったばかりの青年が、ここに行けば誰か知った顔に会えるだろうとふらりと足を向けるような、そういう店だったのである。

左側歩道をレスター・スクウェア方面に向かうと、左手に〈カフェ・ド・パリス〉がある。ここが『ブランディングズ城の夏の稲妻』でロニー・フィッシュがウエイターたちと乱闘した〈マリオズ〉のモデルである、とノーマンは語る。地下店内はバルコニー席とダンスフロアに分かれていて、夜会用の正装をご着用でないお客様はダンスフロアには入れない。「フランネルのスーツをご着用の紳士様には、バルコニーにお席をご用意できます」と言われてなお引き下がらずにいると、ウエイターたちをばたばたとなぎ倒して警察のお世話になる羽目になるから要注意である。

カフェ・ド・パリスを見たら、回れ右して手前に数歩引き返し、ルパート街を右折しよう。左側歩道を歩くと右手に「老樹台湾味」と看板の掛かる台湾料理店がある（この界隈はチャイナタウンに接している）。この建物の一番上の小さい窓の屋根裏部屋に、若きウッドハウスに何かと迷惑をかけたきわめて問題の多い友人、ハーバート・ウエストブルックが住んでいた。そしてこの人物こそがスタンリー・ファンショー・ユークリッジのモデルであった。一九〇五年二月の、おそらくひどく寒かったであろうある晩、ここでウッドハウスの親友ビル・タウンエンドが、奇人で知られた友人サミュエル・キャリントン・クラックストンが養鶏場を経営しようとして大失敗した話をウッドハウスとウエストブルックに語り聞かせたのだ。それがユークリッジのデビュー作『ヒヨコ天国』の原案になったのである。

この台湾料理店とThe Blue Postsというパブの間に、アーチをくぐり抜けてゆく通路がある。これがルパート・コートというせせこましい小路である。ここを入ったら振り返ってふたたび台湾料理店の屋根裏部屋を見上げよう。そして駆け出しのライターだった二十四歳のウッドハウスが、しんしんと寒い真冬の晩、友人二人と物語のネタ出しに励んでいた姿に思いを馳せよう。この地でユークリッジが誕生し、それまで少年向けの学園小説作家であったウッドハウスにとって大転換となる、大人向け小説第一作が生まれたのである。

ルパート・コートを通り抜けたらば右折し、ライル・ストリートを左折してレスター・ストリート経由でレスター・スクゥエアに戻ろう。夜なお明るく雑多な人々で賑わうこの繁華な劇場街の中心は、ギャリー叔父さんが若かりし頃、十九世紀末のロンドンで、アフリカやインド、香港での海外任務から帰還した青年たちが、まず最初に足を運ぶ場所だった。誰に連絡しなくとも、そこに行けば誰かしら知った顔に出会える場所だったのだ。

左手の映画館〈エンパイア・シネマ〉は、かつてのエンパイア・ミュージックホールである。その後劇場になったが、一九二七年フレッド・アステア出演のショーを最後に閉業し、現在は映画館として営業している。エンパイアを背に芝生の向こう左手に見えるオデオン・シネマは、かつてはアルハンブラ劇場として令名を馳せた。ギャリー叔父さんの昔語りにたびたび登場するナイトクラブ〈ガーデニア〉は、アルハンブラの隣、二九番にあった。

エンパイアを左手にレスター・スクウェアの角まで進み、右斜めに入るベア・ストリートを通ってチャリング・クロス・ロードを横断し、セント・マーティンズ・コートに入ろう。右手の壁の **The Round Table** と書かれたプラークが一八六〇年に開催された世界最初のボクシングの国際試合を記念するものである旨、ノーマンの説明を聞いたら、本当はニュー・ロウではなくグッドウィンズ・コートを通り抜けながら五六番が教区の監視番屋であった話を聞かされたりするのだが、ウッドハウス関心からはいささか離れるのでまっすぐニュー・ロウに進もう。右手にスーパーテスコがあるところまで来たらストップ。

テスコを背に進行方向左手の三九番が一八八五年創刊、英国最古の歴史を誇る女性週刊誌『ザ・レディー・マガジン』の社屋である。コヴェント・ガーデンに編集部がある女性誌といえば、ダリア叔母さんが主宰する淑女のための雑誌『ミレディス・ブドワール』に決まっているし、『レディー』誌は我こそそのモデルであると自ら称しているそうだが、ノーマンによれば残念ながら確証はないそうで、出版社の自己宣伝に過ぎないだろうと仄《ほの》めかされる。

コヴェント・ガーデンといえば、〈コーエン・ブラザーズ〉はご記憶でおいでだろうか。かつてバーティーが船乗りシンドバッドのコスチュームを購入し（『朝のよろこび』P58）、オズバート・マリナーが旅装を整えに来店し、レディー・クロエが恋人にシルクハットとモーニングを買い調えたが靴に関してはうかつにも彼の放縦を許してしまった、金魚鉢から鞭、ウクレレに至るまで、ないものはない店のことである。

コーエン・ブラザーズのモデルは英国最大の貸衣装店〈モス・ブラザーズ〉である。一八五一年創業のこの店は、一八九七年から、現在テスコが入っている建物の中で営業していた。ノーマンも昔は結婚式に招待された時にはここにモーニングを借りにきたそうである。各階にありとあらゆる種類の衣装が並び、公侯伯子男、すべての爵位のローブと小冠だけが所狭しと並べられた売り場もあったという。エリザベス女王陛下の戴冠式に出席したイギリス貴族の、少なくとも三分の一がここで衣装を調達したそうだ。エムズワース卿もここで議会開会式に着用するローブを借りた。裁判官の法服、英国陸軍全連隊の制服、キツネ狩りの赤いテイルコート、その他ありとあらゆるジャンルの貸衣装を、ありとあらゆる階級のお客様に、モス・ブラザーズは長年ご提供してきたのである。

モス・ブラザーズは一九八九年にキング・ストリート二七番に引っ越し、それからまた更に他所に移転してしまったから、もはやこの近在に店舗はない。まことに残念ながら、他店舗においても公爵の衣装やら小冠の貸し出しは、もはや行ってはいないそうである。

三一番の作曲家トーマン・アーンのブループラーク、三四―三九番の英国初のマホガニー材製玄関ドア、六番のパブ〈エセックス・サーペント〉などを見ながら、キング・ストリート右側歩道をコヴエント・ガーデンに向かう。四三番の婦人服ブティック、LKベネットの前でストップの声がかかる。コヴェント・ガーデンは一六三〇年代、英国で初めて計画的に設計され、建築されたスクゥエアである。十六世紀の中葉までウェストミンスター修道会の野菜畑だったから、この名で呼ばれる。十六世紀末から一九七三年までの長きにわたり、ここは英国最大の中央卸売青果市場だった。バーティーがダリア叔母さんの編集室を訪ねる際、キャベツやらトマトやらジャガイモやらがどっさり積み重ねられた間を通り抜けてゆくのは、そのせいである。

現在LKベネットが入っている建物〈オーフォード・ハウス〉は、コヴェント・ガーデンがまだ高級住宅街であった時代から唯一残る建築物である。ギャリー叔父さんらが集った伝説の〈ペリカン・クラブ〉が倒産した際、分裂したメンバーたちの一方は〈エキセントリック・クラブ〉を、もう一方は〈ナショナル・スポーティング・クラブ（NSC）〉を設立した。NSCが入居した建物が、ここである。ここはイギリスでボクシングが市民権を獲得した地であり、ユークリッジに登場するガタイは大きいが心やさしい最強ボクサー、バトリング・ビルソンがアルフ・トッドと対戦した地でもある。

コヴェント・ガーデンからロイヤル・オペラハウスの前を抜けるとボウ・ストリートに出る。この路を挟んでオペラハウスの向かいにあるのがボウ・ストリート警察裁判所で、ここがワトキン・バセットが治安判事を務め、バーティーに罰金五ポンド、シッピーには罰金刑への換刑なし三十日の拘禁刑を科した（『それゆけ』P209）ボッシャー街警察裁判所のモデルである。ロニー・フィッシュが『ブランディングズ城の夏の稲妻』でマリオズのウェイターたちを虐殺しようと乱闘した挙句に罰金五ポンドを科されたのも同裁判所においてであった。警官のヘルメットをくすね盗ろうとして失敗した幾多の若人たちが、国家権力によりここで五ポンドの罰金をむしり取られた。バセット御大《おんたい》はそうやって貯めた小金で雄大なる居城トトレイ・タワーズを買ったのだとは、バーティーの言であった。

ボウ・ストリートをストランド方向に戻るとそのままウェリントン・ストリートになる。ストランド街まで歩いたら右折し、そのまま右側歩道を歩きつづけてバーリー・ストリートを右折。右手のストランド・パレス・ホテルの建物が立っている場所が、若きウッドハウスが働いていた『グローブ』紙のオフィスがあった所である。ウッドハウスは一九〇一年にここで働きはじめ、一九〇三年に社員になり、「バイ・ザ・ウェイ」というコラムを担当した。

ストランドの三九九番が〈ロマーノ〉のあった場所である。現在は切手商スタンリー&ギボンズになっている。バーティー少年にヘンリー伯父さんがおしえてくれた「ストランド街のロマーノの前に立てば、フリート街にある最高法院の壁の時計が見えるんじゃ」(『それゆけ』P345)という、これを知っていると賭けに勝てるから小遣いに困らないゆかりの場所である。〈ロマーノ〉の建物は一九五〇年代に取り壊されてしまったが、今でもこの前に立てば、裁判所の時計を見ることができる。ただし街路樹の緑の邪魔しない冬期に限ってである。私は以前『それゆけ』のあとがきで、時計は見えなかったと書いたが、あれは夏だったから立ち木が邪魔していたのだ。この点についてはノーマンと見解が分かれたから、現地にて再度確認済みである。謹んでここに改説させていただく。

ストランドの向こう側には〈サヴォイ・ホテル〉がある。サヴォイ劇場はウッドハウスの敬愛したギルバート&サリヴァンのオペレッタ、いわゆる「サヴォイ・オペラ」が初演されたところである。『ミカド』が数度上演されたほかは、日本国内ではほとんど上演される機会のないギルバート&サリヴァンだが、ナンセンスな歌詞と明るく心地よいメロディが美しい。ウッドハウスのミュージカルの源泉はこういうところにあるのだという思いがする。ウッドハウスはダリッジ校時代に初めてギルバート&サリヴァンのオペレッタの舞台を観た時、こんなに素晴らしいものがこの世にあるのかと感激したと書いている。

ちなみに、ストランドのこちら側、サザンプトン・ストリート十七番はW・S・ギルバートの生家である。右手の大きな時計が突き出した建物が、コナン・ドイルがシャーロック・ホームズを連載し、ウッドハウスが数々の作品を発表した『ストランド』誌の編集部のあった場所だ。ウッドハウスが学園小説を連載した『キャプテン』誌もここにあった。この通りをつき当たってヘンリエッタ・ストリートを左折した所に、ウッドハウスの初期作品が多く掲載された『ピアソンズ』誌の編集部もあった。この辺りはウッドハウス青年の憧れと夢の地、雑誌黄金時代の出版の中心地だった。

サヴォイ・ホテルに向かって左側には英国随一のローストビーフの名店として名高い〈ザ・シンプソンズ・オン・ザ・ストランド〉がある。ウッドハウスは作品中に少なくとも五回、シンプソンズを登場させている。地階のダイニングルームが有名だが、一九八三年まで女性の入店は許されなかった。ちなみに私はここで二度、ノーマンたちと一緒に食事したことがあるが、ベジタリアンなのでローストビーフを食べたことはない。初めて行ったのは漫画取材の勝田さんと編集者さんと一緒の時で、隣のテーブルに一人きりで食事している青年がいて、何かあったにちがいないと憶測を巡らしたのが思い出深い。とっておきの機会に予約して来店し、恋人や友人、家族とにぎやかにゆっくり食事するタイプの店だから、ワインのボトルを脇に、一人で、いささか破れかぶれに見えなくもない体《てい》でローストビーフをむしゃむしゃ食べる姿は、じろじろ見てはいけないと思いつつも気にせずにはいられなかった。しかもかなりのハンサムだったのだ。ウッドハウスの初期長編の冒頭にありそうな場面だったと思い出す。

サヴォイ・ホテルの一角に接して、パブ〈コール・ホール〉がある。ここは「バトリング・ビルソンのデビュー」でユークリッジがコーキーと一杯飲んだ店である。この地こそがウッドハウスが青年時代を過ごした、まさにその地なのである、とノーマンは宣言し、ウッドハウス・ウォークは終了する。そしてわれわれもコール・ホールで一杯いただいて、歩き疲れた足と身体を休めるのである。

ダリッジ・ウッドハウス・ウォーク

一八九四年五月二日、ウッドハウスはロンドンの南にあるダリッジ・カレッジに入学した。ダリッジはウッドハウスにとって魂の故郷、家庭以上の場所となった。幼くして親許を離れ英国本国に送られたウッドハウスは、幼少年期を数多のおじさんおばさんの許、あるいは様々な学校を転々として過ごしたが、ここダリッジにおいて生まれてはじめて安住の地を得たのである〔写真1〕。兄のアーマインが一足早くここに入学し、海軍訓練学校在学中だったウッドハウスは兄の許を訪問した。そして、この学校と「恋に落ちた」のである。父親を説得して転入し、それから青春の最も幸福な時代をこの学舎で過ごした。古典学を専攻し学業に秀で、ラグビー、クリケットのスター選手となり、ボクシングをし、ギリシャ喜劇に出演し、後輩学生を指導する監督生（prefect）となり、学園誌『アレイニアン』を編集する、スター学生となった。

何年も後に、ウッドハウスは同校の黄金期に学生であったことの幸運がいかばかりだったかと記している。当時の校長、A・H・ジルクスは、生徒たちを激励し、ダリッジ校はオックスフォードとケンブリッジに送り出す奨学金付き学生の数多いことで名を上げていた。ロンドン在住中、ウッドハウスはダリッジ校のラグビーとクリケットの主要戦を全試合観戦したし、フランス在住時には試合に合

1　ダリッジ・カレッジ

わせて帰国した。彼はまたダリッジ周辺をヴァレーフィールドと名づけ、数多くの小説の舞台に用いたのである。

ダリッジ校での最後の一年間（一八九九―一九〇〇）、ウッドハウスは兄、アーマインに続いてオックスフォード大学への奨学生資格を勝ち取るべく学業に精励した。兄のアーマインはオックスフォードに進学して、一九〇二年には学部生に授与される権威ある詩の賞、「ニューディゲート賞」を受賞するほど、輝かしい学生時代を過ごしていた。

しかし、一九〇〇年の年頭、父親はウッドハウスに、大学の学費を支払えないこと、香港上海銀行の行員として既に就職先を確保したことを告げるのである。ウッドハウスはオックスフォード進学を断念し、銀行員として就職する。ただし作家となる夢は決して諦めずに、銀行員時代もずっと書き続け、やがて専業作家となるべく、銀行を退職するのである。

ウッドハウスの青春の夢と栄光と挫折の地、ダリッジに向かうとしよう。

ウエストダリッジ駅とキオスク跡

ヴィクトリア駅からウエストダリッジまでは電車でわずか十二分、ダリッジはロンドンとはごく近い郊外住宅地である。ダリッジ・ウォークはウエストダリッジの駅から始まる。下り線ホームから改札を出ると、ダリッジ校は右側にある。しかし、ウッドハウスが後年ラグビーやクリケットの観戦に母校を訪れる際、彼はここを出て右折せずに、いつも左折した。ウッドハウス・ウォークも作家の習慣にならい、ここを左折する。

左折するとすぐに売店がある。というかあったが今はない。ウッドハウス少年がここで雑誌の発売日を待ち構えていた遺跡である。

「毎月一日にはダリッジ駅の外の売店の前で「ロドニーストーン」の最新話の載ってる『ストランド』の最新号を買おうと、店が開くのを待ち構えてたのを覚えてるかい?」(一九二五年四月二十八日付ビル・タウンエンド宛書簡)

すぐ先のクロックステッド・ロードとサーロー・パーク・ロードの交差点まで進もう。

クロックステッド・ロード六二番(62 Croxted Rd.)

現在は取り壊されて新しい建物が建っているが、ここは、香港駐在を終えて帰国したウッドハウスの両親が一八九五年にしばらく家を借りて住んでいた場所である。それまでダリッジの寮生だったウッドハウスは、両親帰国後はここに住む通学生となった。

一九七二年版の『ひょっこりサム』のまえがきで、ウッドハウスは、遠くアメリカからこの辺りの変貌を嘆いて、以下のように記している。

　私が以前住んでいた、駅を出て左折して最初の角のクロックステッド・ロードの家を、開発会社が取り壊して大きなフラットを建てようとしていると聞いた。まったく、けしからん! 私の時代にそんなことをしようものなら、クラブの入口の階段で鞭を打ちつけてやったところなのに。もし連中がクラブに入っていればの話だが。

クロックステッド・ロードを左折して、左側を進行。アカシア・グローヴの角を通り過ぎて二十メートルほど先に、この辺りにかつて建ち並んでいたビクトリア朝期の家屋の最後の一画が残っている。ウッドハウスが住んでいた六二番は、これと瓜二つの建物だった。

アレインズ・ヘッド（The Alleyn's Head）

クロックステッド・ロードとパーク・ホール・ロードの交差点で左折したら、道を渡った向こう側にある大きなパブ、〈アレインズ・ヘッド〉に入ってみよう。ここはウッドハウスがダリッジを訪れる度に、必ず立ち寄ってビールとパンの昼食をとった店である。ここに立ち寄るために、駅を出てすぐに右折せず、左折したわけだ。気持ちの良いテラス席で、パンとビール（『ブランディングズ城の夏の稲妻』ことSummer Lighteningも置いてある）をいただき、ウッドハウスの愛した習慣をなぞるとしよう。

ウッドハウスはここから線路をくぐって西門からダリッジ・グラウンドに入ったのだが、その前にちょっと後戻りして、ウッドハウスの〈マルベリー・グローヴ〉を訪問するとしよう。

アレインズ・ヘッドから道路を渡って線路沿いの道を駅方向に少し戻ると、アカシア・グローヴという通りの入口がある。『シティのスミス』では実名で登場するが、作中人物の住む「ピーチヘヴン」、「キャッスルウッド」といった家のあるマルベリー・グローヴという名の方が、もっと知られている。玄関ドア脇に一対のスフィンクスの配された家「ピーチヘヴン」は、アカシア・グローヴに入って右側に、今もある。

アカシア・グローヴを戻って、再びアレインズ・ヘッドの前に出たら、線路をくぐってダリッジ校のグラウンドの西門に向かおう。通常は施錠されているのだが、ノーマン・マーフィーのダリッジ・

ウォークの時には鍵はかかっていない。ここでノーマンが参加者の誰かに読み上げさせるのが、『シティのスミス』第3章からの以下の抜粋である。

カレッジのグラウンドを区切る柵のところまではほんの数歩で着いた。八月の終わりの一日が暮れようとしていた。ほの暗い光の中、薄もやにぼうっと暗く立つ学舎を背に、クリケット場は涼しげに、広々と見えた。鉄道橋近くの小さな門に鍵は掛かっていなかった。彼は中に入り、クリケット場とフットボール場の境を画す大きな木立に向かって、ゆっくりと歩きだした。彼はセカンドイレブンテレグラフ板の脇のベンチに腰を下ろし、グラウンドの向こうの〈パヴィリオン〉の建物を見た。その日初めて、彼は本当にホームシックになってきた。

主人公マイク・ジャクソンは、大学進学直前に家族の経済的事情のため進学を断念し、〈ニューアジア銀行〉に就職する。オックスフォード進学を望みながら、経済的事情で進学を断念させられて香港上海銀行に就職したウッドハウスの経験がほぼそのまま投影され場面である。ノーマン・マーフィーは、一九〇〇年の晩夏のある夕方、銀行に勤め始めたばかりのウッドハウスがここに戻ってきて、まさしくこれと同じことをしたに違いないと断言する。

グラウンド沿いを走るアレイン・パーク・ロードを歩いてダリッジ・コモンの交差点についたら右折しよう。進行方向左側三軒目のクリーム色の家が、ウッドハウスが寮生として暮らしていた〈エルム・ローン〉である。

カレッジの門を入ったらレセプションに向かい、〈ウッドハウス・ライブラリー〉に案内してもら

with kind permission of the Governors, Dulwich College

2 〈ウッドハウス・コーナー〉内

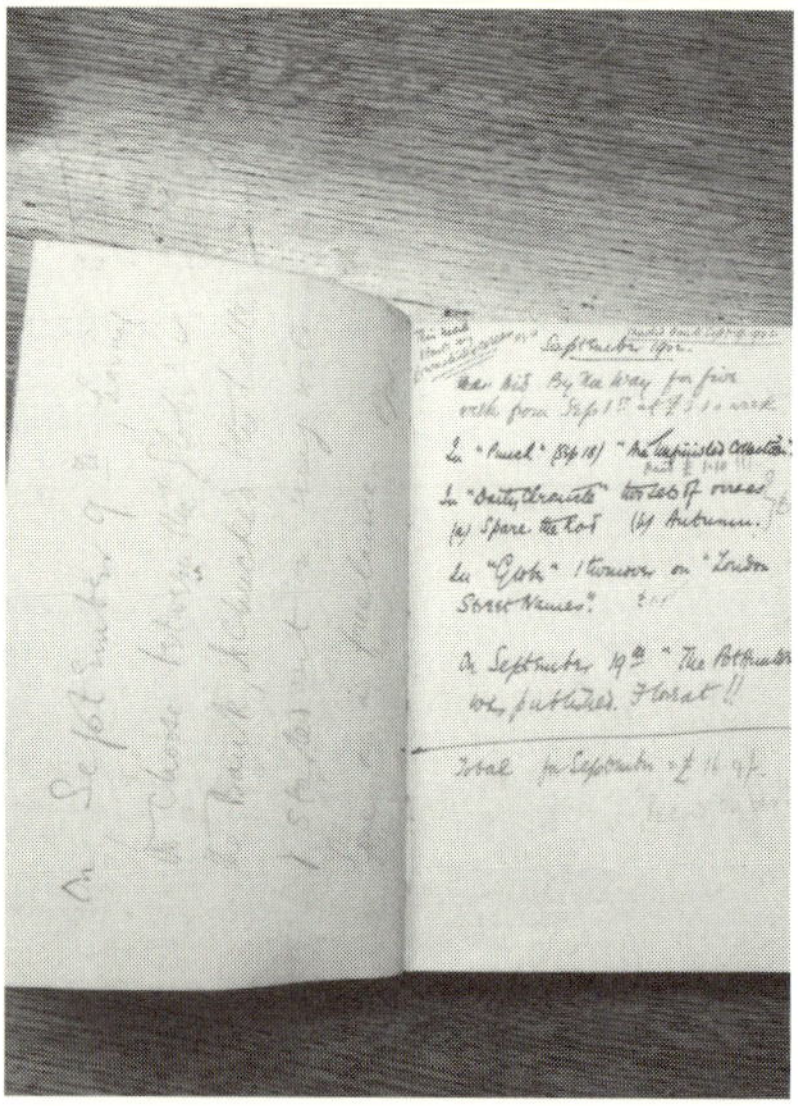

with kind permission of the Governors, Dulwich College

3 〈マネーブック〉のページ
「銀行をやめることにした。作家になる！」と
書かれている

おう。ウッドハウスの名前の冠されたこの図書館二階の展示室には、〈ウッドハウス・コーナー〉と名付けられたガラス張りの一角がある。ニューヨークのレムゼンバーグのウッドハウスの自宅の書斎がここに移されていて、作家の机の上には、タイプライター、愛用のパイプ数本、ペン沢山、書きさしのメモなどが置かれている。蔵書がぎっしり詰まった本棚もある〔写真2〕。

ここには〈マネーブック〉として有名なウッドハウスの黒革の手帖も収蔵されている。学生時代から、どこに何を書き、幾ら支払われたかを詳細に記録したメモ帳である。ここには「銀行をやめることにした。作家になる！」という殴り書きのような書き込みも記されている〔写真3〕。

あらかじめ予約すれば、書庫の中にも入れるかもしれない。ウッドハウスの伝記を書いたバリー・フェルプスのコレクションをはじめ、世界各国の言語に訳されたウッドハウスの著書が架蔵されている。ちなみに私が献呈を続けてきたせいで、日本語の訳書も全冊揃っている。

その他のウッドハウス史跡

1 ダンレイヴン街十七番
――17Dunraven St., Mayfair, London

「スー！　いい考えがある」

「ビギナーズ・ラックだわね」

「ノーフォーク・ストリートに行くのはどうだい？」

「あなたのおうちってこと？」

「そうだ。誰もいないんだ。それにうちの執事は信頼できる男だ。僕らにお茶を出して、何も言わないでいてくれるさ」

「あたし信頼できる執事に会ってみたいわ」（『ブランディングズ城の夏の稲妻』Ｐ72）

メイフェア地区ながらちょっと離れたところにあるためノーマンのウォークには入っていない場所だが、ここはウッドハウスが一九二六年から住んだ家で、「Ｐ・Ｇ・ウッドハウス。作家がここに住んだ」と記すブルー・プラークが掲げられている（本書三一三頁の写真1参照）。十六部屋もあって家賃四五〇ポンドもしたというこの家を、妻エセルが気に入って購入した。ウッドハウス自身が生まれてはじめて執事を雇った家でもあるが、背に金文字の記されたハリボテ本が並ぶ立派な書斎をあてがわれて、あまり居心地よくはなかった模様である。当時この通りはNorfolk St.と呼ばれていたが、名称変更されて現在の名になった。地下鉄のマーブルアーチ駅からパークレーンを渡ったすぐ近くにあり、『ブランディングズ城の夏の稲妻』にはロニー・フィッシュの住所として登場した。

一九八八年のプラーク除幕式の際には、クイーン・マザーこと故エリザベス王太后陛下が除幕を執り行った。その際の演説で陛下は、「長年わたくしが愛読したウッドハウスのプラークの除幕を執り行わせていただき、本当にうれしく思います。とりわけ、彼の最初の著書『ポットハンターズ』が、わたくしの一族の者に献呈されていることを誇りに思います」と話されたそうである。この、「わたくしの一族の者」というのはクイーン・マザーの従姉妹にあたるボーズ＝ライアン姉妹のことである。ジョン、エフィー、アーネスティンのボーズ＝ライアン三姉妹は、香港駐在を終えて帰国したウッドハウス両親の家のすぐ隣に暮らしていた少女たちで、ウッドハウス青年とは親しく親交があった。この三姉妹が初期作品に登場する女の子たちの描写にリアリティーを与えたのだとノーマン・マーフィーは言う。

この除幕式にはノーマンも列席して、終了後、王太后陛下に「挨拶の中であなたのご本に触れたけど、よろしかったかしら？」と尋ねられ、もちろんですともと答えたと書いている。ノーマン本人にこの時の詳細を得たのでお伝えしよう。陛下はノーマンの本を読むまで、自分の従姉妹たちがウッドハウスの本に登場する少女たちのモデルだとは知らなかったそうだ。除幕式の後、列席者は家内に招き入れられ、奥の小さいパティオで飲み物が供された。王太后陛下のまわりにわらわらと群らがったりはせず、その日のホスト、ウッドハウスの孫で英国高等法院の元判事サー・エドワード・カザレットの声かけを待って、陛下と話すのがマナーに適った振舞いであったが、その日の陛下はおひとりで人中をそぞろ歩いておいでで、別の人と話していたノーマンは急にサー・エドワードに「こちらはマーフィー中佐です。お目にかかられるのははじめてでいらっしゃいますね。あの本の著者はこの方なのですよ」と紹介されたのだそうだ。

ノーマンは直立して「陛下」と発声し、それから頭を下げ、差し出されたお手をとり、腰をかがめ、そっとお言葉を待った。以下がその時の会話である。

「まあ、マーフィー中佐。わたくしあなたのご本を本当に楽しく読みましたの。わくわくする物語でしたわ。挨拶の中であなたのご本の内容に言及しましたけれど、よろしかったかしら」

「もちろん結構です。お役に立てましたこと、うれしく存じました」

それから陛下はあの本を書かれるには、どれほど沢山の調査が必要だったことでしょうねとおっしゃり、お言葉に勇気づけられたノーマンはずっと疑問に思ってきた質問をしたそうである。「陛下にウッドハウスの作品を紹介したのは、従姉妹の皆さんだったのですか?」と。

するとクイーン・マザーはにっこりほほ笑まれ、「いいえ、わたくしの弟のデイヴィッドが『キャプテン』誌に掲載された作品を読んで聞かせてくれましたのよ」とおっしゃられたそうだ。

そろそろ時間と感じたノーマンは、そこで一歩退いて敬礼し、王太后陛下は次の方に向かって歩いてゆかれたそうである。

若き日のウッドハウスが学園小説を連載していた人気少年誌『キャプテン』。クイーン・マザーは少女時代に兄弟姉妹で雑誌を回し読みした、ガチなウッドハウス読者だったのである。

さてと、ここからはロンドンを離れ、ウッドハウス・ワールドの館たちを探訪しよう。

2 ウェストン・パーク〔ブランディングズ城〕

Weston Park, Weston-under-Lizard, Nr Shifnal, Shropshire TF11 8LE:

小さな、しかし注目すべき行進が館内からぞろぞろと繰り出して、陽光を燦々と浴びた芝生を横断し、大きなヒマラヤスギの木が恩寵の木陰をこしらえている地目指し前進を開始した。先頭はフットマンのジェームズで、満載のトレイを捧げ持っている。もう一人のフットマン、トーマスが折りたたみ式テーブルを持って彼に続いた。最後尾はビーチが固めていた。彼は何も持ってはいない。ただ調和的色彩を添えているばかりであった。(『ブランディングズ城と夏の稲妻』P17)

心やさしく頭はうすらぼんやり、ブタとバラを愛でる以外はほぼ常に夢見がちな伯爵エムズワース卿の居城、ブランディングズ城。そのモデルをあかずたゆまず探し求めた過程はノーマン・マーフィーの著書『ブランディングズ城を求めて』に詳しいが、同書においてノーマンは、この城の特徴を整理して下記十七の条件を列挙している。

1. 館に向かって走る私設車道があり、それは一旦迂回して曲がり館の一方の側に到着する（『サムシング・フレッシュ』第5章）。

2. 玄関ドアから車が出発して車道に合流する際、目隠しになるシャクナゲの茂みがある（『ブランディングズ城は荒れ模様』第3章）。

3. 館から湖が見える（『カンパニー・フォー・ガートルード』）。

4. 湖を見晴らす小さな高台にギリシャ神殿が建つ（『サーヴィス・ウィズ・ア・スマイル』第3章）。

5. リーキン山を遠望する（『ブランディングズ城の夏の稲妻』第10章）。

6. 館の前にはテラスが拡がる（『サムシング・フレッシュ』第7章）。

7. テラスの階段を降りると見事なヒマラヤスギが木陰をつくる芝生に至る（『ブランディングズ城は荒れ模様』第3章）。

8. 家の裏には菜園と使用人部屋を隔てる低木の植え込みがある（『夏の稲妻』第1章）。

9. 子供時代にギャリーが溺れかかった菜園の池がある（『ピッグス・ハヴ・ウイングス』第1、5章）。

10. 近くの森には、豚やネックレスを隠すのにちょうどいい小屋がある（『スミスにおまかせ』第13章）。

11. 執事のパントリーから秘書を空気銃で撃つのにちょうどいいくらい近いところに厩舎の庭がある（「ブランディングズ城を襲う犯罪の嵐」）。

12. 家の裏の菜園に隣接して豚小屋がある（『ピッグス・ハヴ・ウイングス』第1、5章）。

13. 館の式に隣接して小村、ブランディングズ・パーヴァがあるが、館への通常の進入路には接して

1　ウェストン・パーク

2　シュードリー・キャッスル

いない（「エムズワース卿の恋人」）。
14．シュルーズベリーロードが近くを走っている（『ペリカン・アット・ブランディングス』第7章）。
15．シュルーズベリーまで車で（一九三〇年代に）四十五分。
16．パディントン駅からマーケット・ブランディングズまでは汽車で四時間（『スミスにおまかせ』第8章）。
17．マーケットブランディングズからブランディングズ城まで徒歩で八キロ（『サムシング・フレッシュ』第8章）。

これらすべてが見事にウェストン・パークに適合する。

私は二〇〇七年に開催された英国ウッドハウス協会主催のア・ウィーク・ウィズ・ウッドハウスの際にここを訪問した。車道を上ってシャクナゲの生け垣の角を曲がると確かに開ける視界の先に立つこの館に心躍らせたものだ。バラ園もブタ小屋も池もビーチのパントリーも、みんなここにあって感無量だったが、とりわけ感慨深かったのは芝生の先のヒマラヤスギの木陰である。冒頭の引用部分、ビーチたちが行進した芝生が眼前にあった。ギャリー叔父さんはこの木の下で椅子の背にもたれ、ウイスキー・アンド・ソーダを啜《すす》ったのである。

3

シュードリー・キャッスル〔ブランディングズ城〕
Winchcombe, Cheltenham, Gloucestershire GL54 5JD

ブランディングズ城のもうひとつのモデルが、シュードリー・キャッスルである。ウェストン・パークがブランディングズ城の庭園、外回りのモデルだとすると、シュードリー城は城の建物のモデルである。ここでノーマンが挙げた条件は六つ。すなわち――

1. 十五世紀中葉の建築でなければならない（『ギャラハッド・アット・ブランディングズ』第2章）。
2. 有名なイチイの小径を擁する（『スミスにおまかせ』第6章以降）。
3. 高台から見下ろせる丘の麓に建っている（『ジェントルマン・オヴ・レジャー』第12章）。
4. 「ブランディングズ谷の南端に」建っている（『スミスにおまかせ』第1章）。
5. 「ウィンストン・コート」から「十六キロは離れていない」（『スミスにおまかせ』第1章）。
6. 谷間を見晴らす旗の掲揚塔を擁する（『ブランディングズ城は荒れ模様』第7章）。

シュードリー城は一四四一年築。イチイの小径も旗ひるがえる塔もあり、地形的条件もしっかり満たしている。

二〇〇七年の初訪問時、仲よしになったばかりのウッドハウス友達たちとスミス氏の真似をしてわくわくはしゃぎながらイチイの小径を通り抜けると、庭師マカリスターの扮装をしたウッドハウス協会現会長の王配、ブルースがしかめつらして立っていて、そしてノーマンと二人してうきうき踊ってくれたのだった。ウッドハウス・ワールドは本当にあるのだと、思ったのだ。

4　チェイニー・コート〔デヴリル・ホール〕
Cheney Court, Ditteridge, Wiltshire SN13 8QF

「五人のおば」のキューで、僕はひざがちょっぴりがくんとなった。そんなにも鉄壁のおばさんの大群と対峙するとの思いは、たとえそれが他人のおばさんだとしたって、人を意気阻喪させるものだからだ。人生において重要なのはおばさんではなく人が彼女らに示す勇気であるのだと自分に言い聞かせ、僕は気持ちを立て直した。（『恋の季節』P９）

『ジーヴスと恋の季節』の舞台、ギリシャ神話の美神のごとき美丈夫だけれどごく気弱な好人物のエドモンド・ハドックが五人のおばさんたちに囲まれて暮らす「おば、おば、おばの大海原《おおうなばら》」こと、デヴリル・ホールのモデルが、チェイニー・コートである。この館ではジーヴスの「チャーリー叔父さん」こと、チャールズ・シルヴァースミスが執事を、その娘クウィニー（つまりジーヴスの従姉妹）がメイドを務めていた。ジーヴスが小さい頃にはよくお膝にのせてあやしてもらったというこのチャーリー叔父さんは、十九世紀の政治家の銅版画みたいな風貌で、巨大な禿頭と薄い色のスグリみたいにとび出した目をして、玄関扉を開けて来訪者を威圧する、執事の国の王様みたいな執事である。「三十歳以下のイギリス人で執事を怖くないと言う者は、嘘をついている」とウッドハウスは書いたが、怖い執事の大代表チャーリー叔父さんの薫陶を得て、ジーヴス少年は成長したのである。

ところで、ここチェイニー・コートはウッドハウスの母方のお祖母さんと四人のおばさんたちが実際に暮らしていたお屋敷である。このおばさんの一人は恐るべきアガサ伯母さんのモデル、一人は親

3　チェイニー・コート

4　セヴァーン・エンド

5　ハンスタント・ホールの八角館

愛なるダリア叔母さんのモデルとなった。

ウッドハウスは父親が男六人女三人の九人兄弟、母親が男三人女十一人の十四人兄弟で、更に結婚によっておじおば数はほぼ倍増したから、ノーマンが同定した限りでは、おばさん計二十人、おじさん計十五人の持ち主だったようだ。香港で治安判事を務めていた父親と母親と幼年期からずっと離れて暮らしたウッドハウスは、学校の長期休暇中、これらおじさんおばさんたちの間を転々として暮らした。おじさんのうち四人は牧師で、英国国教会の教区牧師や副牧師たちの生態に接する機会も豊富だった。また、これらおじさんおばさんらの社交のお供に連れ歩かれた際、内気で社交下手なウッドハウス少年は「プラム坊やは下の部屋に降りていった方が、楽しいのではないかしら？」と言われてはサーヴァント・ホールに向かっては執事やフットマン、メイドたちに遊び相手になってもらい、かくして「階下の世界」への尊敬と親愛の情とをはぐくんだのだという。

5　セヴァーン・エンド〔ブリンクレイ・コート〕
Severn End, Hanley Castle, Worcestershire WR8 0BW

バーティーの大好きな善良な叔母さん、ダリア叔母さんの居館ブリンクレイ・コートのモデルがこちらである。ノーマンはブランディングズ城のように特徴を列挙してはいないが、ここがウッドハウスが念頭に置いていた建物であるのは間違いないと請け合ってくれている。

ガッシーが表彰式を執り行ったマーケット・スノッズベリー・グラマースクールのモデル、ハンレイ・キャッスル・ハイスクールもこの近くにあり、表彰式の会場となったであろう講堂もある。ウッドハウスの伯父さんがここに隣接する小さな教会の主管牧師をしており、学校が休みになると伯父さんの家で厄介になっていたウッドハウス少年は、長じて後この土地を舞台に、たとえば「説教大ハンデ」(『比類なき』)のような牧師が大量に登場する作品を書いたのである。

6 ハンスタントン・ホール〔ウーラム・チャーシー他〕 Hunstanton Hall, Old Hunstanton, Norfolk

八角館を建てたのが誰であれ、そいつはこういう種類の危機がため特にとここをこしらえたにちがいない。この壁には規則的な間隔をあけて窪みがあり、手と足を置くのにちょうどいい具合だった。それで遠からずして僕は屋根上に大臣閣下と並んで座り、僕が今日まで見た中で最も巨大かつ最も短気な白鳥を見下ろすに至ったのであった。(「ジーヴスと迫りくる運命」『でかした』P32)

アガサ伯母さんのお屋敷ウーラム・チャーシーをはじめ、作品中の数多くの邸宅にモデルを提供したのがノーフォークのハンスタントン・ホールである。ノーフォークはウッドハウス家父祖の地であり、本家は第五代キンバリー伯爵、十七世紀初頭から准男爵だった名門である。ウッドハウスは遠縁にあたるハンスタントンの当主レ・ストレンジと一時期非常に親しく、この館を頻繁に訪れた。一九三三年に当主チャールズ・レ・ストレンジが没した後には、二カ月間ホールを借り上げてご領主様生活を経験したこともある。

ここには「ジーヴスと迫りくる運命」に登場した八角館もある。どしゃ降りの中パーティーが凶暴な白鳥に追われて命からがら逃げ登ったあの建物である。私は二〇〇八年にここを初めて訪れたのだが、その際には現在のご当主マイケル・レ・ストレンジ・ミーキン氏にご案内いただいてせっかく一緒にこの壁を途中まで登ったのに、つい遠慮しててっぺんまで行かずに止めてしまった。それがずっと心残りだったのだが、二〇一二年にノーマンと沢山のウッドハウス友達とこの地を再訪する機会があり、その際に念願の登頂を果たすことができた。「規則的な間隔をあけて窪みがあり、手と足を置くのにちょうどいい」のはそのとおりで、途中までは楽々登れるのだが最後の胸壁部分は手をかける場所がなくなっていささか難所となる。長身で手足の長いバーティー（ウッドハウスも）には楽勝だったかもしれないが、私は一度目はここで失敗して転落した。幸い着地に成功して無傷で済んだから、打撲の痛みをこらえて二度目はなんとか無事登頂し、実に感無量だった。

その他にもブランディングズ城の女帝ブタ、エンプレスのモデルになった黒ブタが暮らしていたブタ小屋、「ポッター氏の安静療法」（邦訳版『帰還』収録）等に登場するお濠など、ハンスタントンにはウッドハウス・モティーフが盛りだくさんである。ウッドハウスはここの濠にパント舟を浮かべ、タイプライターを持ち込んで昼寝をしたり執筆したりするのが大層お気に入りだった。あまりにもお気に入りだったので、パント舟を修理した際、館主レ・ストレンジ氏は側面に〈プラム号〉と記したそうだ。ツタ生い茂る日陰にほぼ廃墟化して佇むブタ小屋の方は、一度はノーフォークのイアン夫妻と、二度目はノーマンをはじめとするウッドハウスファン御一行様と訪れた。かつてノーマンはハンスタントン・ホールの元運転手の息子さんであるトム・モット氏より、キッチンガーデン近くのブタ小屋に住む黒ブタの写真を入手している。求める者には必ず報いるウッドハウスの神様の功徳の一例である。

7　キンバリー・ホール

Kimberley Hall, Wymondham, Norwich, Norfolk NR18 0RT, Norfolkhttp

キンバリー・ホールは具体的にどの作品のモデル、というわけではないのだが、ウッドハウス家ご本家の館である。第四代准男爵、サー・ジョン・ウッドハウス下院議員がクリストファー・レンの弟子のウィリアム・タルマンに一七一二年につくらせた名建築で、湖を擁する広大な庭はノーフォークで最も美しい庭園といわれる。この館を手放した第四代キンバリー伯爵ジョン・ウッドハウス（一九二四―二〇〇二）は、「イギリスで最も多数回結婚した貴族」と言われた人物で、生涯に六回結婚した。その過程で財産も大きく減少させ、ついにはこのキンバリー・ホールを売却するに至ったのだ。*The Whim of a Wheel*（『人生出たとこ勝負』とでも訳したらよろしいか）、という著書もあり、ブタ飼育の趣味もあったこの伯爵を、もしやエムズワース卿のモデルでは？ と、ノーマンに訊いたことがあるのだが、不満げな顔で一蹴されたのを思い出す。ふさわしくない人物と認定していたのだろう。

残念ながらウッドハウス家の所有を離れてしまったものの、現在はこの館を購入したロナルド・バクストン元下院議員の息子さんご一家がお住まいで、結婚式などに貸し出しもされている。老バクストン氏はご隠居後はご夫妻で、庭園の端に離れて立つ庭師小屋に愛犬愛猫と一緒にお住まいであったが、二〇一七年一月に九十三歳でご逝去された。私は二度この館を訪問し、二度ともバクストン氏にお目にかかってお話しすることができた。氏のお姿と佇まいは、まさしくエムズワース卿かくやあらんと思わされるもので、瞠目するとともに、非常にうれしく感じたのを思い出す。ご冥福を祈る。

ウッドハウスのニューヨーク

さあ、どこから始めようか。世界の中心、ニューヨークである。ウッドハウスが初めてニューヨークを訪問したのは一九〇四年、二十三歳の時だった。すでに処女作『ポットハンターズ』のほか、学園小説数冊を刊行し、『グローブ』紙に「バイ・ザ・ウェイ」コラムを連載中だったウッドハウスは、香港上海銀行勤務時代の同僚だったノーマン・ケンプを訪ね、ワシントン・スクウェアにあった彼のアパートメントに数日滞在した。

ジーヴスもの第一作、「コーキーの芸術家稼業」（初出は「サタデー・イヴニング・ポスト」一九一六年二月号）では、「セントラル・パークのあたりに暮らす、うなるほど金のある連中もいれば、たいていがワシントン・スクウェア近辺で爪に火を点すようにして暮らしている貧乏な連中もいる。後者のほうは芸術家とか作家とか何とか、頭のいい人種である」（『それゆけ』P40）と語られる。肖像画家のコーキーはワシントン・スクウェアに住むボヘミアンたちの仲間で貧乏な方である。アップタウンに住むバーティーは、マンハッタンを上下してコーキーの家と自宅の間を忙しく行ったり来たりする。

ワシントン・スクゥエアからアメリカ滞在を始めたウッドハウスは、年とともに住まいを北上させ、最終的にはアップタウンの最高級住宅街、パーク・アヴェニュー一〇〇〇番にてマンハッタン暮らしを締めくくった。マンハッタンの南から北上ルートをとることで、ほぼ年代順にウッドハウスのニューヨーク時代を追うことができる。ニューヨーク・ウッドハウス紀行は、まずワシントン・スクゥエアから始めることにしよう。

ワシントン・スクゥエア（Washington Square）

ワシントン・スクウェアはグリニッジ・ヴィレッジの中心に位置する。ここで、バーティーはローラースケートを履いた悲しい目をしたイタリア人少年に激突されたことがある（『サンキュー』『がんばれ』）と回想する。ウッドハウスの個人的体験であったろうと想像される。

一九七〇年版『スモール・バチェラー』に寄せたまえがきに、ウッドハウスはこう記した。

「私が本書を好きだと思うもう一つの理由はノスタルジアである。一九〇九年から一九一四年までここに住んでいた間に、それはそれは多くのことが起こった。私はもう五十年もあの場所を再訪していないし、誰もがあそこはすっかり変わり果ててしまったと言う。だが、私が住んでいた頃のあそこはニューヨークのどことも違う、チャーミングな場所だった。グリニッジ・ヴィレッジ時代、金には不自由したものの、私はいつも幸福だった。食べ物もホテル代も何でも安く、ほぼ無一文でも暮らせるくらいだった。そうせざるを得なかった私には、ごく幸運なことだった」

ワシントン・スクゥエア・ホテル（Washington Square Hotel, 103 Waverly Place.）

ワシントン・スクゥエアの北西角の交差点の左斜め向こう側に見えるのがワシントン・スクゥエ

ア・ホテルである〔写真1〕。旧名は〈ホテル・アール（Hotel Earle）〉。一九〇九年にニューヨークを再訪したウッドハウスは、ここに数カ月滞在し、『新聞記者スミス』を執筆した。一九一〇年、一九一一年にも再度同ホテルに滞在し、『ジェントルマン・オヴ・レジャー』にもここを登場させた。初期短編「アルカラにて」（『階上の男』収録）の舞台も、このホテルがモデルである。夏のニューヨークの安ホテルの冷房のない蒸し暑い部屋で執筆に勤しむ作家は、若きウッドハウス自身の姿に他ならない。

マディソン・スクウェア・パーク（Madison Square Park, 26th Street and Madison Avenue）

現在はリスが遊び、緑したたる公園だが、一九二五年まで、ここにマディソン・スクウェア・ガーデンがあった。現在のマディソン・スクウェアはペンシルヴァニア駅にあるが、ジーヴスが「伯母さんとものぐさ詩人」（『それゆけ』）で、ロッキー・トッドの伯母さんをジミー・マンディーの公開説教に連れてきたのはこの場所である。

リトル・チャーチ・アラウンド・ザ・コーナー（Little Church Around the Corner, 1East 29th Street）

正式名称を「キリストの変容教会（The Church of the Transfiguration）」というこの教会で〔写真2〕、一九一四年九月三十日、ウッドハウスは前月の八月三日に出逢ったばかりのコーラス・ガール、エセル・ロウリーと結婚式を挙げた。結婚するまではごく短かかったものの、それから二人は六十年以上の長い年月を共に暮らすのだから男女の出逢いというのは不思議である。お御堂に入ると左手のステンドグラスの左横に、米国ウッドハウス協会が二人の結婚を記念して一九九四年に設置した「P・

1　ワシントン・スクゥエア・ホテル

2　リトル・チャーチ・アラウンド・ザ・コーナー

G・ウッドハウス（一八八一―一九七五）がこの教会でエセル・ロウリーと結婚した」と記されたプラークがある（本書三一五頁の写真5参照）。ウッドハウスはこの教会を、恋人たちが結婚式を挙げる教会として作品中で何度も取り上げた。ボルトン／ウッドハウス／カーンのミュージカル、『サリー』のエンディングに全員合唱されるのは、その名も「リトル・チャーチ・アラウンド・コーナー」という曲である。

プリンセス劇場跡地（104 West 39th Street）

ここにプリンセス劇場があった。ボルトン／ウッドハウス／カーンがアメリカのミュージカルに革新をもたらした劇場は一九五五年に取り壊され、今は立体駐車場のビルとなって往時を思わせるものは何もない。一九一五年のクリスマスイヴに、ガイ・ボルトン脚本、ジェローム・カーン作曲『でかした、エディー！』初演を観にいったウッドハウスは、ロンドンで一緒に仕事をしたことのあるカーンからボルトンを紹介され、この作品の歌詞の手直しを頼まれた。その時に伝説の〈プリンセス・ミュージカル〉が始まり、また六十年にわたるウッドハウスとボルトンとの深い友情が始まったのである。

舞台装置は二種類まで、女の子は八人から十二人、オーケストラは十一人編成、木管楽器の代わりはチェレスタ一台が引き受ける、二九九席の親密な劇場がかつてここにあり、『オー・ボーイ！』（一九一七）、『オー・レディー・レディー！』（一九一八）などのヒット作がここで連日連夜上演されていたのである。

リリック劇場跡（213 West 42nd Street）
現在の名称はフォックスウッド劇場（Foxwood Theatre）。『ローズ・オヴ・チャイナ』（一九一九）が上演されたが、四十七公演と興行的には失敗に終わった。

ニューアムステルダム劇場（214 West 42nd Street）
一九〇三年築のこの劇場は、現在はディズニーが所有し、二〇一九年現在『アラジン』が上演されている。建築当時、一七〇二席を擁するニューヨーク最大の劇場で、ウッドハウスの関わった『ミス・スプリングタイム』（一九一六）、『リヴィエラ・ガール』（一九一七）、『ザ・ガール・ビハインド・ザ・ガン』（一九一八）、『サリー』（一九二〇）、『ロザリー』（一九二八）が、ここで上演された。小さなプリンセス劇場での大成功は、ウッドハウスたちに大劇場での大興行主との仕事をもたらした。『比類なき』に登場する、自分の息子の知的水準を平均的観客のそれと同一視するブルーメンフィールドのような人物が、この界隈に君臨していたと想定してよさそうだ。なお『それゆけ』で、ジーヴスが手紙に綴るニューヨークのナイトライフに登場する〈フロリックス・オン・ザ・ルーフ〉は、この劇場の屋上ガーデンにあった。

リバティ劇場跡（234 West 42nd Street）
『ハヴ・ア・ハート』（一九一七）がここで上演された。現在はマダムタッソー蠟人形館を含む賑やかな建物の一部になっている。

ヘンリーミラーズ劇場跡、現在はスティーヴン・ソンドハイム劇場（124 West 43rd Street）

ミュージカルではないストレート・プレイ、『ザ・プレイズ・ザ・シング』（一九二六）がこの劇場で上演された。二〇一一年に『エニシング・ゴーズ』がリバイバル公演されたのもここである。

ラムズ・クラブ跡（132 West 44th street）

「……一時近くに僕はラムズ・クラブに出かけた。こっちに来てから友達になったキャフィンという男と食事をする約束があったのだ。ジョージ・キャフィンは、戯曲や何かを書いている。ニューヨークに来て、たくさん友達ができた。この街は見ず知らずの他人に胸襟を開いて歓迎の腕を差し延べてくれる寛大な人物に満ち満ちている。キャフィンは新しいミュージカル・コメディー『パパにお願い』のリハーサルに手間取ったそうで、少し遅れたが、やって来た」（『比類なき』P105）

ジョージ・キャフィンのモデル、ガイ・ボルトンは一九一九年からラムズのメンバーだった。一九〇五年建築のこの建物は、現在は超高級ホテル、チャットワル・ホテルになっている。ホテルのメインダイニングには、先住者に敬意を表してであろう、ザ・ラムズ・クラブの名称が冠されている。

インペリアル劇場（249 West 45th Street）

一九二三年竣工のこの劇場で、『オー・ケイ！』が一九二六年に上演された。

ルントフォンテーン劇場（205 West 46th Street）

一九一〇年竣工。当時の名称はグローブ劇場。ウッドハウスが歌詞を提供した『ザ・カナリー』が一九一八年に上演された。

ロングレース劇場（220 West 48th Street）

一九一二年竣工。『ジェーンにおまかせ』が一九一七年にここで上演された。

サイモン&シュースター社（1230 Avenue of the Americans）

一九五三年以降、アメリカ版ウッドハウスの版元となった。ウッドハウスはごく晩年まで、ロードアイランドから一人で電車に乗り、ここに原稿を届けにきていた。

ニールサイモン劇場（250 West 52nd Street）

一九二七年竣工。『エニシング・ゴーズ』が一九三四年にここで幕を開けた。

ジークフェルト劇場跡（54th Street と Sixth Avenue の交差点）

大富豪ウィリアム・ハーストの出資により一九二七年に建てられた。こけら落としは『ショウボート』。ウッドハウス作詞の名曲『ビル』が歌われた。旧劇場は一九六六年に取り壊され、現在は141 West Street に移転している。

シェリーネザーランドホテル（781 Fifth Avenue）

一九二七年創業。三八階建ての高層高級ホテル。

「シェリーネザーランドでちょっとしたお祭り騒ぎがあって、そこで僕はポーリーン・ストーカーと出逢ったのだ。彼女はどまんなか大当たりで僕の心をとらえた。彼女の美貌は葡萄酒のごとく僕を狂わせた」（『サンキュー』P13）

プラザホテル（768 5th Avenue）

シェリーネザーランドの向かい、セントラル・パークに隣接する、プラザ合意でも有名な名門ホテルだが、エムズワース卿もニューヨーク滞在時にはここに投宿した。バーティー・ウースターがポーリーンと出逢ってわずか二週間後に求婚したのも、ここプラザホテルにおいてであった。

「だけど全然そうじゃないんだ。婚約がたったの二日しか続かなかったってことを忘れてもらっちゃ困る。それでその二日間、僕は性質《たち》の悪い風邪をひいてベッドで寝てたんだ」

「だが、彼女がお前の求婚を受け入れたとき、お前は……」

「いや、してない。ちょうどその時ウェイターがビーフ・サンドウィッチを運んできて、その瞬間《とき》は去った」（『サンキュー』P84）

ロトズ・クラブ（5 East 66th Street）

一九〇〇年建築の著名な文学者クラブで、ウッドハウスもメンバーだった。作品中で登場するのは一度きりで、『よりぬきウッドハウスⅠ』収録の「モンキー・ビジネス」に登場する凶暴ゴリラの「中の人」、シリル・ワッデズレイ＝デヴンポートが、モントローズ・マリナーに、近くに来る時はロトズで一緒に食事しましょうと誘った名門クラブである。

ポーリーン・ストーカーの家（East 67th Street）

ストーカー家があったのがここである。

「何があったかあたしにはわかるわ。その人どこかで飲んで騒いでいて、これから何日も戻ってこないんだわ。お父様の執事に一度そういうことをした人がいたの。四月四日にニューヨーク、イースト六七番街のうちから山高帽をかぶって灰色の手袋をして市松模様のスーツを着て出かけていって、それで次に彼から消息があったのは四月十日にオレゴン州ポートランドから来た電報で、寝過ごしたからまもなく帰るって伝えてよこしたのよ」（『サンキュー』P114）

マイラ・ジェニングスの家（East 69th Street）

『よりぬきウッドハウスⅠ』所収「運命」で、マイラ・ジェニングの住んでいたのが4A号、エド・シルヴァースの住んでいたのが4B号。フレディ・ウィジョンがつらい目に遭ったのがこの場所である。

ウッドハウスの家（1000 Park Avenue）

ウッドハウスはここの最上階のペントハウスに一九四九年から住み、一九五五年にロングアイランドのレムゼンバーグに転居した。現在の建物は当時のままで、入口に守衛の立つ守りの固い高層の堂々たる高級アパートメントである〔写真3〕。ドアマンに、かくかくしかじかの関心でここに来ています、一階だけでも見せていただけませんか入れてくださいと頼んでみたことがあるが、入れても

3　ニューヨークでのウッドハウスの住居だった高級アパートメント

らえなかった。セキュリティは堅固である。アメリカの富豪、ジェームズ・スクーンメーカーの住所として、ブランディングズ城ものの『サーヴィス・ウィズ・ア・スマイル』で使われている。

ウッドハウス青年の住まい（375 Central Park West, 97th Street）

アップタウンでは唯一の初期ウッドハウス遺跡。一九一五年に半年ほど、ウッドハウスはここで暮らし、C（セントラル）・P（パーク）・ウェストの筆名で『ヴァニティフェア』誌に寄稿していた。

レムゼンバーグ

ウッドハウスは一九五五年にロングアイランドのレムゼンバーグに住まいを移し、一九七五年に亡くなるまで二十年間をこの地で過ごした〔写真4〕。

ペンシルヴァニア駅からロングアイランド鉄道でスピオンク（Speonk）までは二時間半程度。本数も少なく、乗り換えの必要な場合もあるから、帰りの便を含めてよく調べてから出発したい。

スピオンク駅（Speonk Station）

現在は簡単なホームがあるだけだが、電車を降りてから線路沿いに少し歩くと木造の食堂があって、昔の地図を見ると、ここが旧駅舎であったらしい。食堂に入ってみると地元の人たちで賑わっていて、食事もコーヒーもおいしい。古い写真が飾られている中にウッドハウスの写真もあって嬉しい。店主は生前のウッドハウス家に出入りしていたそうだ。夕方三時には閉店してしまうから、食事をするなら早めにしないと後がつらい。

駅を降り、線路を背にNorth Phillips Avenueというまっすぐの道をひたすら南に直進する。Montauk Hwyを渡ると道はSouth Phillips Avenueと名前を変える。ゆったりした住宅が点在するこの道をひたすら歩いて十分ほどで突き当たる道路がSouth Country Roadで、ここを左折すると間もなく白い教会が見えてくる。これこそがレムゼンバーグ・コミュニティ長老派教会である〔写真5〕。


レムゼンバーグ・コミュニティ長老派教会（Remsenburg Community Presbyterian Church）ウッドハウスの墓所、ウッドハウス記念碑

この教会の裏手の墓地にウッドハウスの墓所がある。一番奥まった所にあるが、さほど広くない墓地の中で一番大きいお墓だから、すぐわかる。四角い墓石の上に、ジーヴス、ブランディングズ城、スミスにおまかせ、マリナー氏ご紹介と書かれた本が広げられた形で、Blanding'sと、要らないアポストロフィーがあった所をパテで埋めた跡がある。墓石には、サー・ペラム・グレンヴィル・ウッドハウス（一八八一―一九七五）の名前と、レオノーラの母、エセル（一八八五―一九八四）と刻まれている〔写真6〕。

私は訪米する度に、何かと理由を作ってはニューヨークを訪ね、レムゼンバーグでお墓参りをすることにしている。初めてここを訪ねたのは二〇〇七年のロードアイランドのプロヴィデンスで開催された米国ウッドハウス協会のコンベンション後の、十月十五日午後三時、ウッドハウスの誕生日だった。

その時はウッドハウス・コレクターのジョン・グレアム氏の車に同乗させてもらって、ウッドハウ

4　ウッドハウスの終の住処、
バスケット・ネック・レーンの家の中庭にて
右から三人目が著者

5　レムゼンバーグ・コミュニティ長老派教会

6　ウッドハウスの墓

スのお墓の前でノーマン・マーフィー、エリン・マーフィー夫妻と待ち合わせたのだ。お供えの花を買いたいという私の希望を、ロマンティストのジョンは感激して聞いてくれ、白い百合の花束を買わせてくれた。秋の夕方の金色の木洩れ日の中、時間通りに到着したノーマンとエリンは、要らないアポストロフィーを埋めるべく、パテの缶をぶら下げてやってきた。私は持参のペットボトルの水を墓石にかけてお参りしたのだけれど、それは日本の慣習かとしきりに訊ねられ、その時の模様は英国協会の『ウースターソース』紙上で報告されたのだった。

二〇一二年四月に教会脇にウッドハウス記念碑が建てられた時のことも思い出深い。ペンシルヴァニア駅脇からバスが出て、世界中からやってきたウッドハウス・ファンたちがここに集合したのだ。冷たい雨の中、除幕式があって、温かい教会の中でお祝いのパーティーが開かれた。ウッドハウスのミュージカル曲が披露されたり、本当に楽しい時間だった。帰り際に大雨の中、たくさんのウッドハウス友達たちとお墓の前で手を合わせた。奇跡だと思った。

教会の前にBasket Neck Laneと、通りの名前を記した標識がある。バスケット・ネック・レーンを歩いていった先、フィッシュ・クリーク・レーン（Fish Creek Lane）との角に立つ灰色の木造平屋がウッドハウスの終の住処である。今はウッドハウス家の所有を離れ、別の家族が住んでいる。二〇一二年のバスツアーでの訪問時には、屋内には入れなかったものの、敷地内にぞろぞろと立ち入らせてもらえる機会があった。

ウッドハウスの生前、この家の周りに家はなく、フィッシュクリーク・レーンを下って入江の水際まで全部が、ウッドハウス家の敷地だったのだそうだ。今ではバスケット・ネック・レーン側にも、フィッシュ・クリーク・レーン側にも家が建っており、当時の面影はほとんどないのだそうだ。この界隈はどの家も敷地の広い相当な大きなお屋敷だから、今でも決してたて込んだ印象ではないのだが、往時はこれらの家が一切ない、もっともっと木立の中の一軒家であったらしい。

フィッシュ・クリーク・レーンを降りてゆくと入江に出る。ウッドハウスはここで泳いだりもしたらしいが、泥々になって帰って奥様のご勘気を買ったりもしたらしい。木製の簡素な桟橋があって、高価そうなモーターボートが何艘も繋留されている。

ウッドハウスは海の近くでの暮らしを好んだ。『グローブ』紙のコラムニスト時代に住んだエムズワース、ドイツの捕虜になる前に住んでいたフランスのル・トゥケ、いずれも海辺で、空気感とか、木漏れ日の具合とかにごく似た雰囲気がある。

この地にてウッドハウスは二十年以上を過ごし、森の中の一軒家を訪ねてくる犬、猫たちを引き取り、共に暮らした。線路の向こう側には、〈バイダ・ウィー〉というアニマルシェルターがあるが、ここの設立にウッドハウス夫妻は尽力し、この創設当時の名称は〈P・G・ウッドハウス・アニマルシェルター〉であったそうだ。隣接する動物墓地には、ウッドハウスに愛された犬とねこたちの墓所がある。

第Ⅱ章 おしえて、ジーヴス

（聞き手＝バートラム・ウィルバーフォース・ウースター氏）

1　ジーヴスとバーティーとウッドハウス

ジーヴスは執事、でいいのかな？

はい、ご主人様。わたくしの職業名は従者・従僕、英語で申しますとvalet、フランス風にヴァレーと発音されることもございますが、執事、すなわちbutlerではございません。両者は職種、身分といたしましてはほぼ同一でございますが、勤務内容に違いがございます。

いささか乱暴でございますが、執事は家につき、従者は人につくとお考えいただきましたならばよろしかろうかと存じます。貴族の城館、カントリーハウスや富裕家庭の家事使用人の頂点に立って家内万事に采配を振るうのが執事。単身のご主人様、あるいはカントリーハウスのご主人様のお身の回りのお世話を中心に、すべてはご主人様の快適なお暮らしのために最善を尽くすのが従者の使命でございます。わたくしは自分のことを、〈紳士様お側つき紳士（gentleman's personal gentleman）〉と呼ぶ方を一層好ましく存じております。とはいえわたくしの名は、今日イギリス執事の大代名詞として全世界的に周知されるところでありますから、訳出にあたり、世にあまり馴染みなきヴァレーよりも、執事という名称が使用されたものと拝察いたします。

バーティー・ウースター氏は貴族なのかな？

いいえ、ご主人様。イートン校、オックスフォード大学モードリン・カレッジをご卒業され、血気盛んな青年紳士様がたが集《つど》う名門ドローンズ・クラブに所属されておいでの、バートラム・ウィルバーフォース・ウースター様は、経済的には何不自由ないご富裕なお暮らしをご享受されておいでですが、厳密に申し上げますと、貴族ではございません。

イギリスにおきまして貴族（Peer）と呼ばれますのは公侯伯子男、すなわち公爵、侯爵、伯爵、子爵、男爵の称号を持つ方々だけでございます。また貴族のお子様がすべて爵位を持たれるわけではなく、基本的にはお父上様の称号をご継承あそばされるのはご長男だけでございます。ウースター様は現在爵位をお持ちではございませんから、厳密な意味で貴族とは呼び得ません。とは申せ、ウースター様にはサー・ジョージ・ウースター様こと、当代のヤックスレイ卿をご承継あそばされた伯父上様がおいでてございます。ヤックスレイ卿にはお子様はいらっしゃいませんので、いずれはウースター様が伯爵位をご継承あそばされようと思料いたすところでございます。したがいまして貴族階級に属するご身分であると申し上げることは何ら不正確ではございません。

この話の時代のことを、おしえてもらえるかな？

はい、ご主人様。はじめてわたくしの登場いたしました作品は一九一五年、アメリカの『サタデー・イヴニング・ポスト』誌に掲載された、短編「ジーヴスにおまかせ」でございました。以来、一九七四年刊行の『ジーヴスとねこさらい』に至るまで、ウースター様とわたくしはほぼ六十年間にわたり、本作品世界にて活躍を続けてまいりました。

最初期の短編のいくつかはニューヨークを舞台とし、当時のアメリカの読者様がたにお喜びいただけるよう、旧世界の旧弊な身分社会のアナクロニズムを新世界アメリカに持ち込んで文化的、社会的懸隔《けんかく》をことさらに強調して笑いを導く作品という側面がございました。しかしながらそれからほぼ六十年間にわたって発表され続けた全十四冊に及ぶジーヴスものの作品群は、最新流行の風俗を織り交ぜつつも、失われた古きよき時代、エドワード朝(一九〇一―一九一〇)から戦間期のイギリスのファッションや空気を伝え続けたのでございます。

世界のウッドハウス・ファンのこと、ちょっとおしえてもらえるかな?

かしこまりました、ご主人様。九十三年の長い生涯と豊かな才能を笑い一筋にささげ、ひたすら一隅を照らしつづけた作家P・G・ウッドハウス、ことサー・ペラムでございますが、その文章の高い完成度と低めの精神性、いわく言いがたきイノセンス、甘美と光明を振り撒いて人々を幸福にしてやまぬ不思議な力によりまして、全世界に数多くのファンを獲得してきたところでございます。英国王室におきましてもサー・ペラムの作品は大いに愛好されておりまして、故エリザベス王太后陛下が大のウッドハウス・ファンでいらしたことはよく知られております。また、現在英国ウッドハウス協会のパトロンは、ケント公がお務めでございます。

少年時代にご兄弟揃ってウッドハウスの学園小説を読みふけられた作家イヴリン・ウォーは、サー・ペラムを生涯つねに変わらず「巨匠」として敬愛されておいでございました。作家、思想家、詩人、ヒレア・ベロックはサー・ペラムを「当代随一の英語の書き手／英国作家」と讃え、とりわけわたくし、ジーヴスを創造したことを作家最大の功績と大いに讃えたところでございます。文学界におきましては更にT・S・エリオット、ジョージ・オーウェル、W・H・オーデンら、錚々たる文士たちがサー・ペラムの愛読者、擁護者として名を残しております。政界におきましてはハーバート・アスキス元首相が、哲学界におきましてはバートランド・ラッセルがサー・ペラムをご愛読されたことで著名でございます。また、ルードヴィッヒ・ウィトゲンシュタインはサー・ペラムの「ハニーサックル・コテージ」を、これまで読んだ中で一番面白い話だとおおせであったと伝えられるところでございます。

ふむ、現代のファンのことも聞きたいな。

はい、ご主人様。現代の数多い礼賛者たちの中には、テレビでバーティー・ウースターとジーヴスをお演じあそばされたサー・ヒュー・ローリーとスティーヴン・フライ氏、ミュージカル『天才執事ジーヴス』をご制作あそばされたサー・アンドリュー・ロイド・ウェバーとサー・アラン・エイクボーンがおいでございます。ハリー・ポッターの創造主、J・K・ローリング女史は、二〇一二年十月十一日付ニューヨーク・タイムズ紙の、「生没に関わらず、いま会えるとしたら、どの作家に一番会いたいですか？」との質問に、「ウッドハウスに会いたいけれど、彼は本当にシャイなので会ってももじもじするだけかも。彼の書簡集から判断してもペキニーズ犬と文章技法のことしか関心がないみたいだし」と語っておいでございました。『悪魔の詩』で知られるサー・サルマン・ラシュディも、少年時代よりサー・ペラムをご愛読され、今日でも『ウースター家の掟』の一節を暗唱できるとの由にございます。アメリカ合衆国連邦最高裁判所首席裁判官ジョン・ロバーツ判事も筋金入りのウッドハウス・ファンとしてつとに知られるところでございますし、英国元首相トニー・ブレアも元気が出ない時にはウッドハウスをお読みあそばされると語っておいでございました。神を信じぬ『利己的遺伝子』のリチャード・ドーキンズ博士におかれましても、自分にとってウッドハウスは「この世の憂さと、眠りを妨げる心配事からの逃避場所」だと語られて、サー・ペラムの創り出す笑いの力を信じておいでございます。

転じまして日本国におきましては、吉田茂元首相とその長男で作家、英文学者の吉田健一氏がサー・ペラムの愛読者であったことはよく知られております。上皇后美智子陛下は、皇后陛下として迎えられました最後のお誕生日のお言葉にて、ご退位後になさりたいことといたしまして、「読み出すとつい夢中になるため、これまではできるだけ遠ざけていた探偵小説も、もう安心して手許に置けます。ジーヴスも二、三冊待機しています」とおおせでございました。陛下のお心のかくもお近くに置いていただいていると知るにおよび、大変光栄に、うれしく存じておるところでございます。

ウッドハウスの他のシリーズ作品のことも、おしえてもらえるかな?

おまかせくださいませ、ご主人様。サー・ペラムの創造された数多《あまた》なる被造者中最強をもって任ずるわたくしでございますが、なにしろ九十三年の生涯中休むことなく書き続けて百冊に及ぶ著書を上梓された作者でございます。シリーズ化された作品も多くございますし、ノンシリーズの佳作も多うございます。

人気、刊行冊数におきましてわたくしとウースター様のシリーズに比肩いたしますのが、シュロップシャーのブランディングズ城に住まわれる、エムズワース卿こと第五代エムズワース伯爵クラレンス閣下のブランディングズ城シリーズでございましょう。かような申しようをお許しいただけますならば、伯爵はおツムの方はいささかうすらぼんやりであらせられ、ほぼ常に夢見がちではいらっしゃいますが、女帝ブタ、エンプレス・オヴ・ブランディングズをご崇拝されること果てしなく、またお心はまことにおやさしく高貴なお方でございます。恐るべきご姉妹がたのご横暴、甥ご様、姪ご様がたの持ち込まれる切なき恋愛模様、なぜかブランディングズ城に押し寄せるアイデンティティを偽りしペテン氏たち、女帝ブタに次々と襲いかかる誘拐やら毒エサやらの恐怖、エトセトラ、エトセトラ……。麗しき庭園とバラ園を擁するブランディングズ城にて、エムズワース卿の心休まる時はいっときたりともないのでございます。

脇を固める個性派登場人物といたしましては、お洒落で話のわかる永遠の放蕩息子、ギャリー叔父さんことギャラハッド閣下、ブランディングズ城の守護神にしていつも変わらぬ恋人たちの味方、執事ビーチ、庭園とバラ園の守護神にして頑固なスコットランド人の庭師頭、マカリスターなどなど、彼らなくしてはブランディングズ城そのものが存立し得ないほどに、この城と分かち難く結びついた方々がおいであそばされます。

ふむ、マリナー氏とその一族のことも紹介してくれるかな？

かしこまりました、ご主人様。川辺のパブ〈アングラーズ・レスト〉のバー・パーラーに常駐してホットスコッチ・アンド・レモンをご愛飲あそばされる雄弁家マリナー氏が語る、世界各地に遍在したるマリナー家一族郎党のロマンティックで不思議なお話、マリナー氏シリーズでございます。マリナー氏は、同パブのバーメイド、ポッスルウェイト嬢と、マイルド・アンド・ビター、パイント・オヴ・スタウトなどなど、ご愛飲されるお飲み物の名前にて呼ばれる常連客の皆々様たちに、遠近さまざまなご親戚たちのおよそありそうにない冒険譚を語り聞かせるのでございます。

マリナー氏はサー・ペラムがある日ロンドンのヴィクトリア駅でお見かけあそばされた、丸顔の中年男性をモデルにしていると言われております。その人物は、「この人からなら少しも躊躇せず石油株を買える！」と思えるほどに、子供のように純真無垢なお顔つきをされていらっしゃった由にございます。短編の導入方法をお探しであったサー・ペラムは、この人こそ親類縁者に関する奇想天外な物語の語り手にふさわしき人物であると、たちまち気づかれたのだそうでございます。

ありがとう、ユークリッジもたのむ。

はい、ご主人様。ある時は真っ黄っ黄色のマッキントッシュコートに着古した灰色のフランネルのズボンをお召しあそばされてロンドンの街を闊歩され、またある時は美麗なるお仕着せを身に纏い、伯母上さまのご邸宅にご寄留あそばされてかりそめの隷従生活を忍んでおいでの、スタンリー・ファンショー・ユークリッジ様のシリーズのことも、忘れるわけにはまいりません。不誠実、不正直なお人柄とお財布の中身に何かと問題を抱えておいでのユークリッジ様ではございますが、志はいや高く、常に一攫千金《いっかくせんきん》の大儲け話をご構想されておいでの胡乱《うろん》な企業家でいらっしゃいます。それら構想実現には常に苦難と失敗とが伴うのではございますが、たとえ曲芸ペキニーズ犬養成大学構想が夢と潰えようと、お留守中の叔母上様のご邸宅を居住型ホテルに転じて巨利を得んとの大事業が閉鎖を余儀なくされようとも、ユークリッジ様はその広大なビジョンと進取精神をけっして挫けさせることはないのでございます。

ドローンズの連中の話もあったろう?

はい、ご主人様。ウースター様もご所属される紳士のクラブ、ドローンズに集う青年紳士様がたのご活躍に関する一連の作品群でございます。「ドローン」とはオスのミツバチのことでございまして、ミツも集めずのらくら暮らすのらくら者を意味いたすものでございます。この名を戴くドローンズ・クラブに、ウースター様はじめ多くのご友人様がたは連日お出入りされ、大切な時間をムダに費やしておいでなのでございます。また、同クラブはサー・ペラムの様々なシリーズの登場人物たちが往来あそばされる、いわば相互乗り入れの場でございまして、ロニー・フィッシュ様をはじめとするブランディングズ城の甥ご様たち、モンティ・ボドキン様らご訪問者の方々、あるいは『スミスにおまかせ』のスミス様も同団体にご所属でございます。ビンゴことリチャード・リトル様、バーミー・ファンゲイ・フィップス様、フレディ・ウィジョン様、ポンゴ・トゥイッスルトン様たちが主役をお張りあそばせる短編・長編は、〈ドローンズ・クラブもの〉と呼ばれるシリーズをなしておりまして、エッグ氏、ビーン氏、クランペット氏なる、人物特定不能の複数のクラブ・メンバーらの会話によって導入がなされるのが通例でございます。

まだまだございます。ゴルフクラブに常駐されながら決してゴルフをなさらない「最古参メンバー」が語りあげます恋とゴルフの血涙勝負、ゴルフ・シリーズが思い起こされてまいりました。名執事ジーヴスなきジーヴス・シリーズとも申せましょうか、ウースター様の原型とされる、気がいいだけで何もできないけれども金ならある好青年、レジー・ペッパー様がご遭遇される様々なご苦難を記録したるレジー・ペッパー・シリーズのことも忘れるわけにはまいりません。翻訳はされておりませんが、サー・ペラムの初期短編集といたしましては、ロンドンよりニューヨークに渡られ、同地のホテル王のご令嬢と結ばれました心やさしき愛妻家の青年紳士アーチー・ムーン様の若気の過ちの数々を活写いたしたるアーチー・ムーン・シリーズもお勧めでございます。また、こちらも未訳ではございますが、『ブランディングズ城は荒れ模様』にご登場され、ドローンズ・クラブ第二番目のお金持ちと漏れ伺っております、心やさしくおツムは軽いハンサムな青年紳士、モンティ・ボドキン様が主役に抜擢されましたる『ボドキン家の幸運』も、翻訳が待ち望まれるところでございます。ドローンズのポンゴ・トゥイッスルトン様の叔父上様、フレッド叔父さんこと第五代イッケナム伯爵フレデリック卿もきわめて興味深い御仁でございまして、イッケナム卿がサー・ロデリック・グロソップとアイデンティティを偽ってブランディングズ城にご潜入あそばされる『春時のフレディー伯父さん』などを、読者各位に是非お読みいただきたき名作にございます。

かつてジーヴスドラマにてジーヴスを演じました英国の名優スティーヴン・フライ氏は、いみじくもかようにおおせでございました。

「ウッドハウスの文学への寄与が、エムズワース卿とブランディングズ城だけだったとしても、文学史上の彼の地位は確固たるものであったろう。もしマイクとスミスだけの作者だったとしても、最高のユーモア小説家として今日まで愛されつづけたことだろう。ジーヴスとウースターだけを書いていたとしても、なお巨匠として喝采を送られたことだろう。ユークリッジだけ、あるいはマリナー一族の回想だけ、あるいは一連のゴルフものだけの作者であったとしても、なおサー・ペラム・グレンヴィル・ウッドハウス博士の名は永遠不朽と考えられたことだろう。彼がこれらすべて、そして更にそれ以上をわれわれに与えてくれたことは、人類にとっての幸運である」

わたくしもまた、深くうなずき、この幸運を寿《ことほ》ぎたく存じます。

2 ── 雑誌の黄金時代

こういう編集者諸君というものは、僕が理解するところ、この仕事についてしばらくするとすっかり面やつれがしてくるものである。六カ月前、シッピーは陽気な男で、幸福な笑いに満ち満ちていた。……しかしこの三文雑誌の編集長になってよりというもの、僕は奴の変化を感じ取っていた。（「シッピーの劣等コンプレックス」『でかした』P46）

シッピーの頃の出版事情についておしえてくれるかな？

かしこまりました、ご主人様。一八七〇年初等教育法施行により初等教育が義務化されますと、イギリス庶民の識字率は飛躍的に向上いたしました。映画もテレビもラジオもございませぬ時代、字が読めるようになった庶民たちは活字に娯楽を求め、ありとあらゆる種類の雑誌が刊行される大衆雑誌の黄金期が到来したのでございます。ペニー・ドレッドフルと呼ばれましたいわゆる三文小説誌、ホラー雑誌にロマンス誌など安手の小説誌をはじめ、一九〇一年当時、イギリスには七百誌を超える月刊・週刊読み物雑誌が存在し、更にロンドンだけで朝刊紙十九紙、夕刊紙十紙が刊行されていたといわれております。ウースター様の叔母上様、トラヴァース夫人がご主宰される淑女のための雑誌『ミレディス・ブドワール』、リトル様がお幸せなご結婚の後に編集長となられたお子様雑誌『ウィー・トッツ』、そしてシッパリー様が編集長を務めておいでの『メイフェア・ガゼット』など、わたくしどもの作品世界にもたくさんの雑誌と編集者たちが登場いたします。

ウッドハウスも雑誌に書いていたのかな?

ご執筆されたどころの話ではございません、ご主人様。ダリッジ校の学生時代に学内誌の編集子になられてより、サー・ペラムは常に雑誌黄金時代の申し子のような方でいらっしゃったのでございます。最初期には少年誌『キャプテン』に学園ものをご連載あそばされ、少年読者たちの偶像となられた後に、夕刊紙『グローブ』にて毎日コラム「バイ・ザ・ウェイ」をご執筆あそばされ、またアメリカ時代には『ヴァニティ・フェア』誌の編集部でライターとしてたくさんのペンネームをご駆使され、毎号の実質半分をお一人にてご執筆されておいでであったと伝えられるほどでございます。

『グローブ』紙のコラムニスト時代、若き日のサー・ペラムは毎朝十時にご出勤されますとその日の新聞各紙を速やかに読了し、十二時には主なニュースをご題材に面白おかしいコラムを書き上げるという日々を過ごしておいでございました。かような日々のご実践を重ねた結果、作家にとりまして必須となります、締め切りを守る技術、周囲の騒音を無視して書く集中力を鍛えられたと後にご回顧されておいでございます。

やがては『サタデー・イヴニング・ポスト』や『ストランド』誌のような英米の超一流誌に高額の原稿料にて作品をご連載されるサー・ペラムでございますが、編集者としても、作家としても、三文雑誌の出版事情は肌で知っておられたのでございましょう。

3　服装について

「だめだ、ジーヴス」手を振り上げて僕は言った。「議論したって無駄だ。靴下、ネクタイ、――さらに言えば――スパッツに関する君の判断を尊重する点において、僕は人後に落ちるものではない。だがしかし、夜会用シャツに関しては君は神経過敏が過ぎるようだ。君にはヴィジョンが欠けているんだ。君は偏見にとらわれているし反動的だ。融通が利かない、といったらそのとおりだ。僕がル・トゥケにいるとき、ある晩カジノにプリンス・オブ・ウェールズが突然やってきて騒いでいったんだが、その時殿下は柔らかなシルク製シャツをお召しでいらしたといったら、君には興味深いところなんじゃないか」（「ビンゴ救援部隊」『それゆけ』P282）

バーティー・ウースター氏はそんなに趣味が悪いのかなあ？

ウースター様の叔母上様「ダリア叔母さん」ことトラヴァース夫人は、淑女のための雑誌『ミレディス・ブドワール（淑女の私室）』の主宰・編集をされてあそばされます。この雑誌にウースター様は一度だけ「お洒落な男は今何を着ているか」というご論稿をご寄稿あそばされたことがございます。たった一度の機会ではございましたが、ウースター様はそのことを誇りに思われること果てしなく、折節にそれにご言及されては、ご自分を《ジャーナリスト》と称しておいでなのでございます。伝統を重んずるわたくしには容認いたしかねるお洋服やネクタイなどをご選択あそばされるご傾向の著しいウースター様ではございますが、最先端の洒落者をもって任じておいでの愛すべき若紳士様なのでございます。

この時代の服装一般について教えてくれるかな？

はい、ご主人様。ヴィクトリア時代生まれのサー・ペラムが青春期をお過ごしあそばされたのが、エドワード七世時代でございます。紳士様はシルクハットにフロックコート、手には手袋、お足許はスパッツ（靴にかぶせる装飾具で、日本で申しますところのレギンスとは異なるものでございます）にて固め、ステッキをお持ちになって午後のお茶に訪問する習慣が生きていた時代でございました。淑女様はコルセットで細く腰を絞った、裾の長い優美なドレスにてお客人をお迎えになられました。第一次大戦と共に終焉を見た、かような時代と共に、コルセットは完全消滅いたしましてスカート丈は上へ上へと向かい、時代も断髪に口紅にくわえ煙草のフラッパーたちのジャズエイジ、いわゆる「狂騒の二〇年代」へと向かうのでございます。

男性の服装は女性ほど大きく変化はいたしませんでしたが、やはり簡略化に向かいました。幸い帽子は第二次大戦まですたれることなく、紳士様がたのご頭頂を飾りました。サー・ペラムの作品中には、シルクハット、山高帽、ホンブルク帽、フェードラ帽、トリルビー帽、ゴルフキャップにチロリアンハットに至るまで、様々な帽子が登場人物の社会的身分、性格や気分を表す小道具として用いられ作品に興趣を添えております。

お洒落なプリンス・オヴ・ウェールズについて、話してもらえないか？

かしこまりました、ご主人様。シンプソン夫人との《王冠を賭けた恋》を選ばれ、わずか三百二十五日にて王位をお捨てあそばされたことで有名なエドワード八世王陛下は、皇太子時代、男性ファッション界の大トレンドセッターとして名高いお方でいらっしゃいました。皇太子殿下がゴルフジャケットをご着用あそばされず、フェアアイルのセーターと膝下丈のプラスフォアーズ姿でセントアンドリュースにてプレイあそばされた後は、このスタイルがにわかに大流行したと伝えられるところでございますし、金融の中心地シティの有力者一同が燕尾服にシルクハットの礼装で出迎える中、背広姿でご到着あそばされて並み居る人々を驚愕させた瞬間から、仕事時のモーニング礼装着用が例外化したと聞き及んでおります。皇太子殿下もご着用であったからとウースター様が沢山ご注文あそばされた胸元の柔らかいシルク製のシャツを、わたくしが勝手ながら処分申し上げたこともございました。

ちなみにでございますが、ロンドン名物の黒タクシーの背がかくも高いのは、身長一八〇センチにおよぶの紳士様がシルクハットをご装用されたままご乗車できる天井高を維持することとの法令が、今日も有効であるからだと聞き及んでおります。

4 パーティーの恋人たち

「つまりこうなんだ。僕は自分が、大まかに言って通常人が持つべき脳みその半分くらいしか持っちゃいないってことを完全によく理解してる。それで普通人の容量の二倍くらい脳みそのある女の子がやってくると、そいつはあまりにしばしば目に恋の炎を燃やしながら僕のところに直進して来るんだ。どう説明したものか僕にはわからない。だけどいつだってそうなんだ」

「種のバランスを維持せんとする大自然の采配かと拝察いたします、ご主人様」(「刑の代替はこれを認め

ない」『それゆけ』P229）

ウースター氏は才女に人気なのかなあ？

はい、ご主人様。リトル様はじめ、ご友人各位の恋物語に翻弄されるお姿ばかりが印象的なウースター様でございますが、じつは動物と一部のご婦人がたにはたいへん好かれるご体質をお持ちでいらっしゃいます。とりわけどういうわけか頭脳明晰学業優秀眉目秀麗な才媛各位にことのほかアピール力がお強いようで、フローレンス・クレイお嬢様とだけとでも四度、ご婚約を繰り返しておいでででございます。クレイお嬢様は、やはりウースター様がご婚約されたことのあるオノリア・グロソップお嬢様と同じく、ケンブリッジの女子教育の名門ガートン・コレッジのご出身でいらっしゃいます。同コレッジは一八六九年に女性運動家エミリー・デイヴィスによって創設された、全英初の寄宿制の女子コレッジで、一九四八年、ケンブリッジ大学に所属するコレッジとなりました。一九七九年以降共学化されておりますが、ながらく「ガートン・ウーマン」は、高い学力はもちろん、強い信念と精神的道徳的向上心をもった真面目なご婦人として賞賛と崇拝の対象とされてまいったのでございます。

この頃の女性の職業事情について話してくれるかな？

かしこまりました、ご主人様。フローレンス・クレイお嬢様はブルームズベリー・グループの知識層作家のお仲間入りをされ、小説分野にてご健筆を揮っておいでございます。ウースター様ご周辺のご令嬢様がたは基本的に働かなくても生きてゆかれる上流階級のお生まれでございますから、女学校生活を終えられた後はご家庭にて花嫁修行をなされる方が大半をお占めでございました。上流階級のお嬢様方がご就職あそばされることはごくごく稀でございましたゆえ、わたくしどもの作品世界にご登場あそばされるご婦人方は、ご職業をお持ちになられるといたしましても芸術系、一芸系が多いように拝察いたします。

たとえばウースター様のご敬愛されるダリア叔母さんこと、ダリア・トラヴァース奥方様は『ミレディス・ブドワール』なる淑女のための雑誌をご主宰でいらっしゃいますが、同誌は経済的ご利益よりは、より高い文芸芸術を志向する商業的には恒常的不採算雑誌でございますゆえ、編集長業は職業と申しますよりは、高額な経費を要する知的なご道楽と申し上げた方が適切であるやもしれません。また、ご存じのようにリトル様の奥方様のロージー・M・バンクス様は、ベストセラー作家でいらっしゃいます。ウースター様が幼少のみぎりに通われたダンス教室のご学友、コーキー・ポッター＝パーブライト様は、現在はアメリカハリウッドにて、超人気女優、コーラ・スター様としてご活躍あそばされておいでてございます。

イギリスで女性が参政権を得るのは一九二八年、わたくしどもの作品世界の時代は、遠く日本の地におきましても大正デモクラシーのフェミニズム黎明期《れいめいき》でございました。

ウースター氏の女性観をどう思う？

ウースター様はかよわき女性の頼みはけっしてお断りにならない高貴な騎士道精神のお持ち主でいらっしゃいます。しかしながら今日的なフェミニズム的観点からいたしましたならば、保護される対象としてのみ女性を見る旧弊なる家父長意識を体現する言語道断の唾棄《だき》すべき存在ということに、あるいはなるのでございましょうか。

フローレンス・クレイ様は知的でごくお真面目な、いわゆる優等生タイプのお嬢様でいらっしゃいますが、わたくしどもの作品世界を彩るヒロインの皆々様には、浪漫《ロマン》主義的で夢見がちなお嬢様、やんちゃでご活発で小悪魔的とも形容されうるお嬢様などなど、さまざまに理不尽な麗しきご令嬢様方が沢山おいであそばされ、皆様ご自分のご都合でウースター様をご利用するだけご利用あそばされてはご自分本位に振り回し放題お振り回しあそばされ、平然としておいでていらっしゃいます。しかしながらウースター様は金《きん》のハートのお持ち主であらせられますから、ご婦人にはいつだっておやさしい、プリュー・シュヴァリエ、勇敢な騎士でいらっしゃるのでございます。まことに麗しきお心映えの、真の紳士であると、常々ご尊敬申し上げる所以《ゆえん》でございます。

5 自動車など

「こないだハイドパークであんたを乗せて時速一〇〇キロで突っ走ってた女じゃないでしょうね？　赤いツーシーターで？」（「ちょっぴりの芸術」『でかした』P174）

ウースター氏の車は何だったのかな？

ウースター様のご思慕あそばされる女流画家、グラディス・ペンドルベリー様のご愛車〈ウィジョン・セブン〉は、当時の人気車種オースティン・セブンのことであろうと推測されるところでございます。一九二二年に発売され、一六五ポンドで購入可能であったこの英国産小型車は、それまでごく限られた一部特権階級の持ち物であった自家用車をおおいに大衆化させ、一九三九年に生産終了するまでに二十九万台を売り上げたと、記録に残るところでございます。ウースター様のご愛車のツーシーターも、おそらくオースティン・セブンのスワロー・スポーツ型であったろうとは、ウッドハウス研究者諸兄のご推察されるところでございます。

ところでトラヴァース夫人の目撃情報によりますと、ペンドルベリーお嬢様はハイドパークを高速にてご疾走されておいであそばされたとのことでございますが、本作の執筆されました一九二九年当時には、ハイドパーク脇のパーク・レーンを時速百マイル（一六〇キロ）越えで爆走することが大流行した由にございます。ルマン耐久レースの影響ゆえであったとのことでございます。

一九二三年に初開催されました同レースには、イギリスよりベントレーがエントリーいたしまして、一九二四年にめでたく初優勝、一九二七年から一九三〇年に至るまで四大会連続優勝の偉業を達成したところでございます。ご出場あそばされた紳士の皆々様方は、ほぼ全員がアマチュアドライバーでいらっしゃり、しかもその内訳はアフリカのキンバリーのダイアモンド鉱山の鉱山王、オーストラリアの南洋真珠王の御曹司、男爵、准男爵と、大金持ちの御曹司たちでございました。皆様ご自前にて持ち寄られた車でワークスチームをご結成あそばされ、「ベントレー・ボーイズ」と呼ばれる国民的英雄となられたのでございます。ベントレー・ボーイズのご一同様方は数々の武勇伝にて名高く、ダイアモンド鉱山王の御曹司であられたウールフ・バーナート氏（一八九五―一九四八）は、地中海からロンドンまで走るブルートレインよりも速く走れるとご豪語あそばされた上で百ポンドを賭け、翌日汽車といっしょにスタートし、ロンドンに二時間も早く到着して、余裕の大勝利を収めたとのことでございます。またこの方のご愛車の後部座席には、大規模なカクテル・キャビネットがしつらえられていたと伝えられるところでございます。

もう一点、ペンドルベリーお嬢様は「シーグレイヴが時間に追われてるみたい」(『でかした』P174)に疾走していたとの由にございますが、このシーグレイヴとは、サー・ヘンリー・シーグレイヴ(一八八六―一九三〇)のことでございまして、一九二七年に自動車にて時速三二四キロを記録し、地上で二〇〇マイル越えした史上最初の人となられたお方でございます。生涯の最高記録は時速三七二キロ以上と伝えられるところでございます。サー・ヘンリーは自動車のスピード記録保持者であるばかりでなく、モーターボートでもスピード記録保持者であらせられました。不幸にも事故にて落命される仕儀となりましたウィンダミア湖にてのミス・イングランドII号の走行におきましては、時速九八・七六マイルを記録されたところでございます。第一次世界大戦には空軍パイロットとして従軍あそばされたサー・ヘンリーは、後に航空機のご設計もなさった、実に陸海空の王者だったのでございます。

ウースター氏は色々な乗り物に乗っているなあ。

はい、ご主人様。パリにて失意の日々をお過ごしあそばされたウースター様は、「敵機去レリ」の報を受け、通りすがりの飛行機に飛び乗られます。パリ―ロンドン間の定期空路が開業いたしましたのが一九一九年、飛行場はクロイドンにございました。当時のパリ―ロンドン間のフライト時間はおよそ二時間半、料金は片道二〇ポンドであったと伝えられるところでございます。

本作にていわば通奏低音をなしておりますのは、セレブな地中海ヨット・クルーズでございましょうか。ヨット、とは申しますもののシェフのムッシュー・アナトールをご同行されるくらいですから、広いキッチン設備を備えた、大型豪華船であったのでございましょう。ヨットの概念はごく広く、一人乗りのセーリング・ヨットから、かつて英国王室が所有した、全長一二六メートルのＨＭＹブリタニア号もヨットでございます。

ちなみにサー・ペラムご自身は、自動車の運転をお試しにはなられたものの、脱輪して側溝にはまられてより一切ご運転されることなく、飛行機には生涯一度もお乗りあそばされませんでした。とは申せ、大型客船にてイギリス―アメリカ間の大西洋航路をご頻繁にご往復され、また南仏カンヌにては作家のご友人仲間でヨット・クルーズを楽しまれたこともおありですから、あるいはわたくしと同じく、海の男の血が流れていたのであろうかと、想像をたくましくいたすところでございます。

6　お茶と食事と階級

「お茶についてだが、マフィンを買っておいてくれ」

「承知いたしました、ご主人様」

「それとジャム、ハム、ケーキ、スクランブルド・エッグ、それからワゴン五、六杯分のサーディンだ」

「サーディンでございますか？」ジーヴスは身震いしながら言った。

「サーディンだ」

嫌な沈黙があった。（「同志ビンゴ」『比類なき』Ｐ140）

どうしてジーヴスはサーディンがきらいなのかな？

はい、ご主人様。サーディンと申しますのは、缶詰のオイルド・サーディンのことでございます。

缶詰のサーディンと申しますのは十九世紀末に庶民の安価な食べ物としてイギリス中に普及いたしましたもので、そもそも缶詰と申しますものは、上流階級の方々の召し上がりものではございません。

食事に缶詰を供するということは、その家には料理人がいないことを意味するわけでございます。ウースター様にはご身分にふさわしいお暮らしと装いをしていただこうと、常に最善を尽くしておりますわたくしにとりましては、いやしくもウースター家の食卓にかような下々《しもじも》の食べ物が供されることは職能と誇りにかけまして我慢ならぬことでございます。

わたくしにとりましてお茶とは、磨き上げられた銀のティーポットにファインチャイナの茶器、鋭く切り揃えられましたキューカンバー・サンドウィッチにスコーンとトーストと焼き菓子が並び、クロテッドクリームと各種ジャムが添えられた、午後五時のアフタヌーン・ティーのことでございます。スクランブルド・エッグにハム、サラダ、ましてやサーディンなどの供されるものでは、断じてございません。

午後のお茶は、おやつなのかな？　それとも食事だろうか？

わたくしのお仕え申し上げる階級の皆々様は、労働というものをなされませぬゆえ、五時のお茶をゆっくりといただかれた後、お散歩やお手紙のお返事を書かれるなど数々のご用を済まされ、おぐしを整え正装に着替えられた後、八時以降にあらためてディナーをお召し上がりになられます。他方、労働者階級の者たちは、工場や炭坑にて終日労働に勤しんでおりますから、夕刻にゆっくりお茶をいただく暇はございません。

工場での労働を終え、空腹にて帰宅した労働者は、サーディンにハム、スクランブルド・エッグや冷たいサラダと一緒にお茶をいただいたことでございましょう。労働者階級の者がその後、豪華な晩餐をいただくことはございませんから、彼らにとりまして、お茶とは質素な食事のことだったのでございます。

庶民の食事についてもっと教えてもらえるかな?

かしこまりました、ご主人様。ロンドンのイーストエンドの労働者階級、いわゆるコックニーの人々の食べ物と申しますと、かつてテムズ川に大量に遡上しておりました、サケやウナギ、またウェルク貝、タマキビ貝、あるいはカキなどの貝類、カニとエビといったシーフードでございました。これらを呼び売り商人たちが路上にて売りさばいたのでございます。荒くれ男の代名詞、コースターモンガーと呼ばれるかような商人たちと、血気盛んな学生時代にウースター様はご乱闘されたことがあるとは、かねて仄聞《そくぶん》いたすところでございます。

酢をかけて提供されるウナギのゼリー寄せは、コックニーの名物料理でございますし、有名なフィッシュ&チップスも、屋台で売られた庶民の料理でございます。

テムズ川の汚染とともにサケもウナギも姿を消し、かつては貧民の主食と言われましたカキももはや高級品となりました。かつてテムズ川には大型のウナギが数多《あまた》棲息し、生命力旺盛で丈夫で輸送に耐え、市場では生きたまま売られぶつ切りにされてゼリーにされたのでございます。

「……身分違いの若いお方と結婚するのはありうべき話で賞賛すべきことだと書かれた一連の物語を、お若いリトル様がくる日もくる日も読んでお聞かせになれば、甥ご様がティーショップのウエイトレスとご結婚を希望しておいでだという情報を受け入れるご準備が、老リトル様にもおできあそばされるのではないかと拝察いたします」（「ジーヴス、小脳を稼働させる」『比類なき』P17）

イギリス階級社会のこと、おしえてもらえるかな？

かしこまりました、ご主人様。ウースター様のお過ごしになられた時代のイギリス社会は、王室を別格といたしまして、上流階級、中流階級、労働者階級に三区分され、中流階級は更にアッパー・ミドル・クラス、ミドル・ミドル、ロウアー・ミドルに三区分されました。上流階級と申しますのは、公侯伯子男の称号をお持ちの貴族の方々、称号はお持ちでないものの圧倒的な資産と財力を有される地主階級ジェントリーら、自らひたいに汗することなく裕福かつ優雅にお暮らしあそばれる皆々様でございます。

医師、弁護士、学者、聖職者のような専門職の皆様はアッパー・ミドル・クラス、教員や銀行の支店長や会社重役といった方々がその下のミドル・ミドルをお占めあそばされます。ミドルクラスの一番下は、小商店主、小企業主、飲食店主といった、労働者階級とさほど変わらない方々でございますが、雇われる側でなく、雇い主であるところが大きな違いであると申せましょう。全体の内訳を申し上げますと、上流が二—三%、中流が一〇—一五%、残りの圧倒的多数が労働者階級でございました。

イギリスは今日でも大変な階級社会であると言われ、その複雑な仕組みを理解しないことには社会も文化も文学も理解できないとする見解もございますが、しかしながら雑駁《ざっぱく》に申し上げて第二次大戦の終焉《しゅうえん》とともに、わたくしどもの物語世界におけるような華麗な上流階級は崩壊したと申せましょう。最高八〇％に及ぶ高額の相続税が課され、壮麗な居城やカントリー・ハウスなど貴族階級の財産は散逸の危機に瀕したのでございます。

一九九九年には、ブレア首相の開始いたしました歴史的な貴族院改革により、七五〇人おられた世襲貴族はわずか九二議席を残して貴族院をお去りあそばされる次第と相なりました。二十一歳に達するとともに全員が貴族院議員になられる、貴族イコール貴族院議員という十四世紀以来の構図についに終止符が打たれたのでございます。異論はあるやもしれませぬが、今日の英国は、階級社会でないと言われるアメリカ、日本、またその他欧州諸国と比べても、けっしてはなはだしい階級社会ではもはやないと申せましょう。

身分違いの恋というのは、ロマンティックじゃあないか？

はい、ご主人様。いにしえより身分いやしくも心うるわしき乙女に王子殿下がひれ伏すストーリーに、わたくしどもは胸を熱くしてまいりました。「優しき心は宝冠にまさる」とは、詩人テニスンの謳《うた》うところでございます。サー・ペラムのご小説中には、身分違いの愛に身を焦がす若き恋人たちが数多くご登場なさいます。伯爵様とバーメイドの恋（『でかした』「ジョージ伯父さんの小春日和」）、伯爵様のご御様とコーラスガールの恋、伯爵のご令息様とステージ歌手の悲恋（いずれも『ブランディングズ城は荒れ模様』）……などなど、例をあげれば枚挙にいとまなきところでございますが、現実世界におきましても、コーラスガールのお嬢様が貴族様にみそめられてご結婚あそばされるという例は本当に数多くあったのでございます。一九〇六年、若かりし頃のサー・ペラムが作詞家としてご勤務されていらした、当時大流行のガイエティ劇場が華々しく売り出しました十二人ユニット〈ギブソン・ガールズ〉は、またたく間にロンドン中の若者たちのアイドルとなりまして、デビュー後わずか二年にして、お一人が公爵夫人、お一人が侯爵夫人、お三人が伯爵夫人となられたのでございます。残る七人の皆様方もアメリカの大富豪、銀行家、実業家、弁護士、貴族のご令息らとご結婚あそばされて、たちまちのうちにめでたくご完売となられたとの由にございます。更に付言いたしますと、サー・ペラムご本人もコーラスガールとお幸せなご結婚をあそばされた方でございました。

どうしてジーヴスは総理大臣になっていないんだろう？

ありがとうございます、ご主人様。ウースター様は以前にも、わたくしほどに頭の回る男が、どうして僕の服のアイロン掛けなんかをして、総理大臣とかになっていないのかと、もったいなくもおおせあそばされたことがございました（「コーキーの芸術家稼業」『それゆけ』P47）。労働者階級出身で浅学菲才《ひさい》のわたくしではございますが、志さえあれば奨学金を得てオックスブリッジに学び、医師や法律家などの専門職になる進路もあるいはあったかと、省察いたす時もございます。同様の出自を持ち、事業に成功して立志伝中の人となった者も確かにおりはいたします。

しかしながらわたくしは誇り高き〈紳士様お側つき紳士〉として、高い職業意識をもってバーティー・ウースター様にお仕え申し上げておりますし、またこの生活に十分満足いたしております。また、ウースター様のご身分がご高貴でありますがゆえに、雇い主の社会的ご身分によって地位の高低が定まる執事／従者社会内、とりわけ執事／従者のためのロンドンクラブ〈ジュニア・ガニュメデス〉内におきましては、わたくしはごく満足のゆく地位を占めさせていただいており、それを誇りにするところであると、付言させていただきます。

どうして女子禁制のクラブにウエイトレスがいるのかな？

まことにご慧眼でございます、ご主人様。紳士様のクラブといえばご婦人禁制、働く者もみな男性ばかりでございます。また権威ある高級ホテル、高級レストランは男性ウエイターのみを使ったものでございますから、ウエイトレスと申しますものは、小規模のカフェレストラン、ティーショップなどにて働くものでございました。しかしながら第一次大戦中、男性が皆出征してイギリス中からいなくなってしまいますと、さようなクラブもウエイトレスを雇うことを余儀なくされ、またそのことは保守的な紳士様がたには大変な衝撃として受けとめられたのでございます。終戦後、男性たちが戻ってまいりますと再びウェイトレスはクラブから消滅するところとなりました。したがいまして『比類なき』のロージー様のようなウエイトレスをクラブにてお見かけすることは、珍しいことであったろうと拝察いたします。

ビンゴのこと、少しおしえてもらおうかな？

バーティー・ウースター様と同じ村にて数日違いでお生まれあそばされ、私立小学校、イートン校、オックスフォード大学にて共に学ばれ、現在は名門〈ドローンズ・クラブ〉にご所属あそばされるリチャード・リトル様は、「俺たちは同じ学校に行った仲じゃないか」とおっしゃってはウースター様に無理難題を押しつけになられる、いささか困ったご学友でいらっしゃいます。お家柄のことを申し上げますのはいささか憚《はばか》られるところではございますが、ウースター様のご先祖様はノルマン・コンクェストの折に国王陛下と共にお越しあそばされ、十字軍においてもご活躍あそばされた古いお家柄ゆえ、ウースター様はいわゆる〈オールド・リッチ〉に属されます。他方、リトル様は伯父上のモティマー・リトル様が〈リトルの塗布薬〉にて一代で財を成された〈ニュー・リッチ〉のお家柄でいらっしゃいます。

閨秀小説家ロージー・M・バンクス様との甘美なる新婚生活の描かれました短編は、わたくしどものシリーズにも幾つかございますが、実はめでたきご結婚を寿《ことほ》ぎ、これよりリトル様は晴れて〈ビンゴもの〉の短編シリーズをお持ちの、一国一城の主《あるじ》になられるのでございます。

ビンゴは結婚生活を無事に過ごしているのかな？

リトル様はご婦人と見ればどなたとでも恋に落ちずにはいられぬ、きわめて恋多き殿方でいらっしゃいます。ご結婚後の新生活のご無事が懸念されるところでございますし、またベストセラー作家のご夫君としてのお立場にて、リトル様は奥方様のご扶養の許、今後の人生を過ごされるのでしょうか。

ご結婚の後、リトル様は高級住宅街ウィンブルドン・コモンズにご一家をお構えになられます。またこちらの土地家屋につきましては奥方様のご出費によりご取得されたものと、推察されるところでございます。その後、奥方様のご人脈をご利用あそばされてご就職され、よい子の雑誌『ウィー・トッツ』誌の編集長という、ご立派なキャリアを手になさるのでございます。さらにリトル家にはアルジャーノン様というご令息もご誕生され、リトル様ご一家はますますご安泰でまことによろこばしき限りでございますが、そこはそれ。生来お持ちのスポーツの血のほとばしりをなんともいかんともされ難く、あるいは有望なご連載獲得がため、美人有名作家様といくらかご親密になり過ぎてしまわれたり、またご令息アルジャーノンお坊っちゃまのご容貌がいささかそのなんと申しましょうか……と、リトル家崩壊の危機をどうお乗り切りあそばされるかがスリリングな短編四本は『エッグ氏、ビーン氏、クランペット氏』（国書刊行会、二〇〇八年）に収録されておりますと、いささか宣伝にて失礼をいたしました。

8　大学生活

節制を常としている僕だが、年に一度、一夜だけ、他の用事を全部脇に押しやり、自己を解放して失われたわが青春を回復するときがある。すなわち、オックスフォード大学とケンブリッジ大学との年に一度の水上競技大会の夜のことだ。換言すれば、ボートレースの夜である。（「刑の代替はこれを認めない」『それゆけ』P211）

「ボートレース」とは何だろう？

はい、ご主人様。年に一度、春先のテムズ川を舞台に世界最長コースで開催されますオックスフォード大学ケンブリッジ大学対抗エイツ（八人漕ぎ）の漕艇レースでございます。日本国におきましても隅田川の早慶レガッタ、一橋対東大の商東戦、アメリカにてはチャールズ河で開催されるハーヴァード対イェール戦と、有名大学対抗レースは数々ございますが、本レースは第一回が一八二九年という伝統レース、世界中から二十万人以上の観衆が集う春のロンドンの大イベントでございます。体力自慢の青年紳士が八人力を合わせてボートを漕ぐ、激しい格闘技系の競技でございます。初戦の勝者はオックスフォードでございましたが、二〇一九年時点におきましては、八四対八〇とケンブリッジがややリードしております。

「ボートレースの夜」というのは何だろうか？

ボートレースの夜には学生たちの「一定限度の放縦は伝統的に当局の是認するところ」でございますとの由で、ロンドンのウェストエンドにおきましては学生たちがお祭り騒ぎをするのが慣例でございました。ウースター様はもはや学生ではございませんが、まだまだ血気盛んな青年紳士でいらっしゃいますから、かような折には母校愛に燃えて青春を謳歌あそばされ、警官からヘルメットをくすね取りあそばされるのでございます。

オックスフォード大学には〈エイツ・ウィーク〉と呼ばれるコレッジ対抗ボートレースがございますが、コレッジのチームが四日間で四回他コレッジのボートに衝突し、追い抜いた際にはコレッジを挙げた祝勝〈バンプ・サパー〉が開かれます。これまたずいぶん酒池肉林なお席であると漏れ伺っておるところでございます。わたくしもバンプ・サパーを体験したことのある六十代の友人より、最後にはフェローがたまでがご一緒になられて料理とプディングを投げつけ合ったものであったと、武勇譚を伺ったことがございます。なお、バンプ・サパーの際、ウースター様は全裸にて自転車にご乗車あそばされ、コミックソングをご放唱されながらコレッジの中庭を走り回られたとは、ご友人のヒルデブランド・グロソップ様がご述懐あそばされたところでございました（『よしきた』P328）。

「コレッジ」とは何かな?

カレッジでもよろしいのですが、英国流にコレッジで通すことといたしましょう。中世の僧院の伝統を残す「学寮」こと、コレッジでございますが、学生は必ずいずれかのコレッジに所属し、フェローと生活を共にして個別指導を受けるのでございます。オックスフォード、ケンブリッジの学生にとりまして、どの「学部」にて何を専攻するかはもちろん重要ではございますが、どちらのコレッジに所属するかは更に大きな問題なのでございます。

オックスフォード大学には三十九、ケンブリッジ大学には三十一のコレッジがございまして、いずれも固有の敷地建物と独自の歴史と伝統を持ち、経営的にも学問的にも独立した存在でございます。たとえば、オックスフォードのオールソウルズは学部生の入れない、限られた超一流研究者だけの集うコレッジでございますし、ウースター様のご卒業あそばされたモードリンは、美しい庭園と隣接する広大な森林を有し、鹿たちが逍遥しております。敷地人数共に最大規模のクライストチャーチには広大な牧草地がございまして、牛たちが草を食《は》んでおるのでございます。

さてと、オックスブリッジの学生たちがボートレースの夜にはすると申します、警官のヘルメット盗《と》りでございますが、ウースター様直伝の、正しいヘルメットの盗み方をお教えいたしましょう。

①警官がおりましたらば、背後よりそっと忍び寄ります。

②ヘルメットにはあご紐がついておりますから、そのまま引っ張りますとあごに引っかかりますゆえ、首尾よい奪取は不可能でございます。したがいましてあご紐が首筋から外れるよう、後ろから一旦前に押しやるようなかたちで、すばやく持ち上げ奪い去るのが得策でございます。

③運悪く官憲に捕縛された場合には、レオン・トロツキーのごとき偽名を必ず用いるようお心掛け

くださいませ。

9 ―― 若紳士の不行跡

「それにあれはレモネードじゃない」ユースタスは言った。「ソーダ・ウォーターだ。あの爺さんは、たまたま俺がサイフォンを持って、窓から身を乗り出してたときに窓の下に立ってたんだ。彼は上を見上げてね、――あの時目玉を狙って撃てないようじゃ、一生に一度の好機を無駄にするところだったんだ」（「クロードとユースタスの遅ればせの退場」『比類なき』P244）

ずいぶん簡単に放校されてしまったものだな。

おおせのとおりでございます、ご主人様。管見のところ、たかだかレモネード、ではございませんでした、ソーダ・ウォーターでございましたか、を副寮長にかけたくらいで放校となりますのはいささか異例であろうかと思料いたします。本来ならばご停学か外出禁止程度のペナルティーにて済まされるところではございますまいか。大学当局はよくよくクロード様とユースタス様を厄介払いされたかったのであろうと、拝察いたすところでございます。

そもそも学生とは悪ふざけをいたすものでございましょう。功利主義哲学の提唱者ジェレミー・ベンサムは、死後もご自分のお身体が世界幸福のため役立つようにと、ご遺言にてご自分のご遺体を「オートイコン」と名付けたミイラに加工してロンドン大学にご寄贈あそばされました。現在でも椅子にご着座あそばされたベンサム氏のオートイコンはロンドン大学の校舎内に展示されておりますが、頭部はナショナル・ポートレート・ギャラリー収蔵のベンサム氏の肖像をモデルに制作された蠟マスクに替えられております。もともと頭部は両脚の間に置かれて陳列されておりましたのですが、繰り返し学生による悪ふざけの標的とされ、ある時は誘拐されて身代金一〇〇ポンドを要求され、大学側は一〇ポンド支払ったと伝えられるところでございます。またある時ははるか遠くスコットランドの鉄道駅の荷物ロッカーにて発見され、ついには中庭でサッカーの練習に使われているところを発見され、大学の保管庫に納められたと伝え聞くところでございます。

問題児は南アフリカに送りつけてしまえと、そういうことだな？

イギリス本国よりクロード様やユースタス様を送りつけられましたのは、南アフリカに限ったことではございません。オーストラリアも、アメリカ大陸も、かつてはイギリスから囚人たちが送られた流刑地でございました。一七七五年に独立するまでにアメリカが受け入れた流刑囚の数は五万人以上と伝えられ、流刑囚は植民地の労働力として大変重宝されたのでございます。アメリカの独立後は、次なる流刑先として当初南アフリカが選ばれたのでございますが、風土病による死者続出のためオーストラリアが続く流刑地となったのでございます。

そもそもオーストラリアの植民は、流刑囚たちにより始められたものでございました。一七八八年、シドニーに入港してイギリスによる領有を宣言した〈第一船団〉千五百名中、七八〇名が流刑囚であったと伝えられるところでございます。十九世紀に流刑が完全に廃止されるまで、実に十六万人以上の流刑囚がオーストラリアに送られたといわれます。オーストラリアの元首相、ケビン・ラッド氏のご先祖様はロンドンの路上生活児で、ご婦人用ドレスと下着各一枚を盗んだ罪、もう一人のご先祖様は砂糖一袋を盗んだ罪にて流刑に処された罪人であったそうでございます。さような過去をむしろ誇りになさいますのが現代オーストラリアの流儀なのでございましょうか。クロード様もユースタス様も犯罪を犯されたわけではございませんが、原理は同一でございます。ご祖国にてご両親様の経済的支援を享受しながらご一族の厄介者でいられるよりは、植民地建設の大義の下に厄介払いしたいと、さようなところでございましょう。

そんなことでいいのかなあ、ジーヴス？

『ジャングル・ブック』などで知られる作家ラドヤード・キプリング（一八六五―一九三六）は「白人の責務」と題する詩におきまして、白人の責務を担え、最高の俊英を送り出せ、息子たちを海外に送り、囚われの蛮族に光明を与えよと謳《うた》いあげたところでございます。

当時イギリスの上流階級の子弟にふさわしいとされました職業は、聖職者、陸海軍人、外交官、公務員、法律家、医者くらいでございました。イギリス国内でのかような専門職の需要には限りがございますから、そうしたご俊英は専門職者として大英連邦各地に渡られたのでございます。

かような申しようをお許しいただけますならば、こうしたご俊英に続かれましたのが、その他大勢のクロード様、ユースタス様たちでございます。専門職の試験にも、サンドハーストの陸軍士官学校ご入学にもご失敗あそばされた、よいご家庭のご令息様たちは、どちらの学校にてご学習されたとか、どちらのクラブにご所属されておいでかなどが、まったく意味をなさない南アフリカのダイアモンド鉱山や金鉱にて、人間修業に励まれたことでございましょう。クロード様とユースタス様もいずれはヴァン＝アルシュタイン様のお嬢様がたとめでたくご結婚あそばされ、しっかりものの奥様にご人格をご陶冶されて、何とかなられたのではございますまいかと、いささか楽観いたすところでございます。

10 ―― 海浜歓楽地とカジノ

荒波の航海を終え、さらに一夜を列車に揺られた末、たどり着いたローヴィルというところはなかなか気の利いた場所で、伯母の形をした邪魔者さえいなければ一週間かそこらは快適に過ごせそうな様子だった。フランスのこういう場所はどこも同じだが、おもに砂とホテルとカジノから成っている。不幸にもアガサ伯母さんのご愛顧に与かってしまったホテルはスプランディドというのだが、僕が到着したときその不幸を深く感じていないスタッフは一人もいない様子だった。(「アガサ伯母、胸のうちを語る」『比類なき』P34)

今回のおでかけ先は、南仏ではないのだな?

はい、ご主人様。フランスの海浜リゾートと申しますと、コート・ダジュールのカンヌやニース、お隣モナコ公国のモンテカルロなどなど、灼熱の太陽がいっぱいで青い空、紺碧の地中海とカジノがまず念頭に浮かぶところでございますが、ここでのウースター様のおでかけ先はそちらではございません。ローヴィル・シュル・メールという地名は架空のものでございますが、ドーヴァー海峡を渡った向かい側、フランス北西部ノルマンディーにはドーヴィルとトゥルーヴィル・シュル・メールという隣接した海浜リゾート地がございまして、こちらがローヴィルのモデルと言われるところでございます。フランス映画『男と女』(一九六六)の舞台として、「ダバダバダ、ダバダバダ」の名曲と共に知られるこの辺りは、ロンドンより週末に気軽に行かれる距離、白砂のビーチ、海沿いに続く板張りの遊歩道「プロムナード」をお洒落な紳士淑女様がそぞろ歩かれ、ゴルフ場あり、競馬場あり、そして何よりカジノありの、戦前のイギリス上流階級の皆様方お気に入りのリゾート地でございました。

カジノがイギリスにはなかったからなあ。

おおせのとおりでございます、ご主人様。大陸のリゾート地にイギリス人がでかけてまいりました大きな理由の一つは、カジノの存在でございます。一九六八年の The Gaming Act によってカジノが合法化されるまで、イギリスに大陸型のカジノはございませんでした。競馬をこよなく愛好し、いかなることも賭けの種にせずにはおかれぬスポーツマン精神みなぎるイギリスに、なにゆえにカジノが存在しなかったのでございましょうか。

カジノは一六三八年にイタリアのヴェニスに創設されましたのが最初と伝えられるところでございます。フランスにおきましてはフランス革命後に合法化され、ナポレオンはこれを禁止いたしましたが、第三共和制時の一九〇六年に再び合法化されました。ドイツのバーデンバーデンなど高級温泉保養地にも、古くからカジノは付き物でございました。

イギリスにおきましては十八世紀にいわゆる「南海バブル」と申します投機ブームが起こり、また富くじにも規制がなかったため、悪質業者乱立により騙される者やギャンブルで全財産を失います者が相次いだのでございます。ギャンブルは悪徳とされ、一八二六年富くじは禁止されるに至りました。それから一八三七年にヴィクトリア女王が即位して四〇年にアルバート公とご結婚あそばされ、歴史上前例のないくらい真面目な統治者による支配の時代が長く続いたのでございます。また一八四〇年代には福音主義運動が隆盛をきわめるなど、かような時代の空気とプロテスタンティズムの倫理意識が、大陸の堕落した退廃文化、邪悪なカジノの存在を許さなかったのでございましょう。

ところで、赤いカマーバンドは、どうしていけないのだろうか?

お洒落なフランスの海浜リゾートにおでかけあそばされたならば、解放的なご気分にふさわしい装いが推奨されるところでございましょう。青年紳士様がたの昼間のお洒落は濃紺のブレザーにパナマ帽、白いパンツが規範でございます。あるいは先鋭的なお洒落をご愛好なされるウースター様やご友人の皆様におかれましては、パナマ帽に快活なストライプのブレザーをお合わせあそばせるやもしれません。夜間の装いに遊び心を取り入れるのも、またご一興でございましょう。

しかしながら、カマーバンドとなりますと、わたくしの容認いたせる範疇《はんちゅう》を大きく逸脱しておりますゆえ、一切許容いたすところではございません。今日ではすっかりフォーマルな装いの一部として定着いたしましたカマーバンドでございますが、そもそもはトルコやインドの飾り帯に由来し、軍服を経由して男性正装に取り入れられたものでございます。戦前のイギリスにおきましてはまだまだ新奇かつ奇抜な悪趣味と感じられたことでございましょう。

わたくしにとりまして紳士様のご正装とは、テイルコートとホワイトタイに白か黒のウエストコートのみ。それ以外の選択肢は一切ございません。カマーバンド、しかも色はまっ赤っ赤の赤、などと申しますものは無秩序、放縦、アナーキーのきわみ。いかなる意味におきましても容認できるところではございません。

ウースター様が南仏カンヌにてご購入あそばされた夜間礼装用の白のメスジャケットのことが想起

されてまいりました。あの折、常のわたくしには決して起こらぬことでございますが、つい注意をおろそかにし、アイロンを掛け損じて焼け焦げを拵え、もって大切なお上着を着用不能としてしまったのでございました（『よしきた』Ｐ353）。かえすがえすも慚愧《ざんき》の念に堪えぬところでございます。

11 ―― 子どもたちの学校

ブライトン近郊にございます若い淑女がたのための学校のエピソードが想起されてまいりました。この一件のはじまりは、ある晩わたくしがウースター様の許にウイスキーとソーダ・サイフォンをお持ち申したところ、あのお方がわたくしに向けていちじるしいご癇気をお示しあそばされた折にさかのぼると申し上げてよろしかろうかと存じます。（「バーティー考えを改める」『それゆけ』Ｐ322）

寄宿学校について、少し話してもらえるかな？

かしこまりました、ご主人様。日本国におきましては全寮制の学校はごく少数と聞き及ぶところでございますが、二十一世紀におきましても、イギリスの私立学校教育においては全寮制ないし寮生活が基本である学校は非常に数多く、むしろ一般的であると申せましょう。オックスブリッジの大学教育においてコレッジにて学生とチューターが食住を共にする直接指導体制が重要であることは以前申し上げたとおりでございますが、現代の初等・中等教育におきましても、寄宿舎で生活を共にする「ボーディング・スクール」が、名門パブリック・スクールのあり方の基本なのでございます。

少なくとも戦前まで、イギリスの上流階級におきましてはお母上様はあまり子育てご教育にかかわることなく、乳幼児時代は「ナニー」こと乳母に面倒を見てもらい、さらに成長すると住み込みの家庭教師に勉強を教えられ、それから名門寄宿学校に入れられるのがイギリス紳士となるための教育基本コースだったのでございます。ウースター様の母校イートン校には、かつて良家の子弟の「入学予約」という制度がございまして、イートン校のご卒業生は男子がお生まれになりますとすぐ、入学希望者としてお子様のお名前をご登録なさったそうでございます。

寄宿学校は、世界各地で帝国主義支配を展開しておりましたイギリス人にとりまして、きわめて都合のよい制度でございました。灼熱の赤道直下でプランテーションを経営し、あるいは植民地にて官僚をお務めになりながらも、ご自分のお子様を母国にて教育することが可能であったからでございます。

小さい時から寮生活とは、さみしくないのかなあ。

サー・ペラムご自身も、香港にて治安判事ならびにヴィクトリア監獄の長をお務めであられたお父上の許を二歳にてお離れになり、二人の兄上様とご一緒にイギリス本国にてご教育を受け、五歳で寄宿学校にご入学あそばされたお子様でございました。学校の長期休暇時には数多の叔父上様、叔母上様の家々をご転々とあそばされた少年期の成育環境が、ご両親不在、ご登場なさるのはおばさんばかりという小説世界に影響を与えたとも言われるところでございます。とは申せ、サー・ペラムは十三歳でご入学あそばされた母校ダリッジ校にて、クリケット、ラグビー、ボクシングの花形選手としてご活躍された上、古典学にて優秀なご成績をおさめられ、あるいは学生劇にご出演され、あるいは学内コンサートにてはご独唱あそばされ、学内誌の編集、ご執筆にあたられる、輝かしいスター学生生活をお過ごしになられたのでございます。ご学友たちと過ごされた母校を、サー・ペラムは終生お愛しになられました。また、サー・ペラムは愛する学園生活を活写したる学園小説の作家として作家生活を始められ、少年読者たちの間にてきわめて高い人気を誇ったのでございます。

「俺たちは一緒に学校に行った友達じゃないか！」とリトル様がウースター様に申し向けられますとき、それはたんに同じ教室で机を並べたことを意味するだけではございません。同じ寄宿舎の同じ部屋で、ご幼少のみぎりにおやつのチョコレートバーを半分こして分け合った友達、先生のご叱責や体罰に耐えるときもご一緒であった同志、という意味なのでございます。

ところでこの話の舞台は女子校だな。

はい、ご主人様。十九世紀前半まで、イギリスの女子教育の場は主としてご家庭であり、女性の居場所はご家庭の中であると考えられておりました。したがいまして女子教育の担い手はお父上やお母上、あるいは「ガヴァネス」こと女性家庭教師でございました。また、教育内容もピアノ、声楽、絵画、ダンス、刺繡、フランス語など、「淑女らしい妻や母」となることを目標とするものでございました。

十九世紀中葉に女子教育改革運動が興り、それとともに、女子にも数学、科学、地理、歴史、古典、ラテン語などの教科教育を教える学校が登場いたします。一八五〇年にはフランシス・メアリ・バス（一八二七―一八九四）によりまして通学制のノース・ロンドン・コリージェット・スクールが創設されております。男子パブリック・スクールのような全寮制の女子パブリック・スクールは、一九五四年に創設され、二代校長ドロシア・ビール（一八三一―一九〇六）の下で名声を高めたチェルトナム・レディーズ・コレッジが最初でございます。一八六九年にはケンブリッジにガートン・コレッジが、一八七一年にはニューナム・コレッジが設立され、女子進学校から大学へというルートが確立されるのでございます。両コレッジは一九四八年までケンブリッジの正式コレッジとは認められなかったものの、かのオノリア・グロソップお嬢様やエロイーズ・プリングルスお嬢様のような、文武両道の女子学生の教育に大いに貢献するのでございます。

女学校への通学、寄宿を通じて、女性の皆様方は、親ご様のご管理の下に置かれる子供時代、ご夫君の保護・監督下に置かれ「よき妻、よき母」として生きることを期待される結婚後の大人時代、という二つの時代を生きるのみであった前世代には存在しなかった「女学生時代」、親や夫の管理下にない「少女期」という時間と空間をご獲得されたのでございます。

女子パブリック・スクールにおきましては、男子名門校に倣《なら》ってスポーツによる健全育成が重視され、ラクロス、ホッケーのような、女子校スポーツ競技が隆盛を見たところでございます。オノリア・グロソップお嬢様は女学校でありとあらゆるスポーツに勤《いそ》しんでミドル級のボクサー並の身体を発達させたとは、ウースター様がいみじくもおおせあそばされたところでございますし、ドローンズ・クラブのご友人モンティ・ボドキン様のご婚約者、ガートルード・バターウィック様もホッケー選手として、海外遠征までされるほどのご活躍をされていらっしゃいました。

一八九〇年代には、ローディーン、セント・アンドリュースなどの女子名門校対抗で、ホッケー、ラクロスの遠征試合が行われるようになりました。リトル様の奥方様、ロージー・M・バンクス様とそのご学友パイク様は女学校時代のお友達同士でいらっしゃいましたが、夕刻にお茶をいただけないお苛立ちから「あなたがホッケーチームに入れたのはキャプテンにおべっかを使って取り入ったから」と、かつての旧悪を暴き立て罵り合っておいでてでございました（「ビンゴ夫人の学友」『でかした』P306）。ことほどさように、ホッケー選手であることが、女学生の皆様方にとってどれほどきらめく価値あることだったかがおわかりいただけようかと存じます。

女子校ならではの悪戯もあったのかな？

はい、ご主人様。女子校には女子校ならではの悪戯もございました。ただちに念頭に浮かびますのは、ボビー・ウィッカムお嬢様がウースター様を苦境に陥れた「湯たんぽ事件」でございましょうか。「棒の先にかがり針を取り付け掛け布団の上から針を突き刺して湯たんぽに穴をあける」という手続きを経て布団びっしょりの結果発生に至るものでございますが、男子校では「寝てる奴に水差しの水をかけてやる」のがせいぜいなのに比べ、「女の子の方が男よりも芸が細かいな」とウースター様を感心させていらっしゃいます（「ジーヴスとクリスマス気分」『でかした』）。

『でかした』収録「ジーヴスとクレメンティーナ嬢」におきまして、クレメンティーナお嬢様は「インク瓶にジュースの素をいれてシュワシュワさせた」かどで残念ながら誕生日に外出禁止を言い渡されておいでですが、ここで申します「ジュースの素」とは、シャーベットと呼ばれる、水で解くとソーダになり、指先につけてなめるとシュワシュワする「粉ジュース」あるいは「ラムネ菓子」のような駄菓子でございます。

女子生徒に好まれた悪戯としてその名もかわいらしい「アップルパイ・ベッド」を紹介いたしましょう。シーツを中央部にて半分折りにしてベッドメーキングをいたしますと、眠ろうとベッドに入って脚を半分入れられたところでお足先が袋小路の行き止まりになってとても困るという、他愛のない悪戯でございます。

男子禁制の女子校のことを、ウッドハウスはどうやって知ったのかなあ？

サー・ペラムの最愛のご令嬢レオノーラお嬢様が寄宿学校の女学生だった時代、サー・ペラムは「バーティーが女子校に行く話を書くから女子校のことを教えて」とご令嬢様宛に手紙を送っていらっしゃいます。「女子校に男が行ったらどうなる？　歓迎の歌の歌詞は？　バーティーをどぎまぎさせるようなことは何かない？」といったご内容でございました。その成果は本作に結実しておるところでございます。

この手紙の後、サー・ペラムは実際にご令嬢様の学校をこっそり自転車にてご訪問されたのだそうでございます。サー・ペラムの伝記の筆者でレオノーラお嬢様の同級生でいらっしゃったフランシス・ドナルドソン女史がその際のことを書いておいでございます。「大柄で赤ら顔の、頭に日よけの白いハンカチを巻いた男が私設車道を自転車でやってきて道脇の植え込みの陰に止まった」。「あれ、プラミーよ」と、レオノーラが言った。「いったいあの人、何してるの？」「彼、ミス・スターバックがこわいの。だからあそこで私が出てくるのを待ってるのよ」。至極温厚な校長先生をこんなにも本気で怖がった人をはじめて見たと、ドナルドソン女史は記しておいでございます。

ところで、「ブービー爆弾」についておしえてもらえるかな。

かしこまりました、ご主人様。日本国におきましては教室の前方扉に黒板消しをはさんで先生の入室を待つ、というかたちで伝わる伝統技能でございますが、わがイギリスの幼き学徒たちは小麦粉を用いて、さらに破壊的な効果を希求いたすのでございます。

以下に記しますのは、イギリスを代表するウッドハウス研究者、ノーマン・マーフィー元陸軍中佐直伝にかかるブービー爆弾の設置方法でございます。
① 小麦粉の紙袋の上部を開封し、袋を完全に開口させます。
② ドアを十五センチほど半開きにし、ドア上中央部とドア枠との距離が十センチ程度になるようにいたします。
③ ドア枠とドア上中央部にまたがるかたちで、傾斜角約三十度にて小麦粉袋を設置いたします。その際、袋の上部開口部は全開にいたしましょう。
④ 外よりドアを押し開けて入室する場合、この三十度の傾斜により、入室者の進行方向に小麦粉袋が落下することとなり、もって頭上への衝突が見事達成されるのでございます。

12 ―― クリスマス

「メリー・クリスマス、ご主人様！」

僕は癒しのお茶に弱々しく手を伸ばした。一口か二口飲み下し、少し気分がよくなった。（「ジーヴスとクリスマス気分」『でかした』P98）

イギリスのクリスマスのことを話してもらえるかな？

かしこまりました、ご主人様。ヴィクトリア朝期以前のイギリスのクリスマスと申しますものは、家族揃ってご馳走をいただき、ヤドリギの下に立つ淑女様に紳士様はどなたでもキスする権利をお持ちになられ、親戚一同でプレゼントを交換し合い、ユール・ログと呼ばれる大薪を暖炉で燃やす一日でございました。

クリスマスツリーやクリスマスカードのような現在の習慣をイギリスにもたらしましたのは、ヴィクトリア女王最愛の夫、ドイツ出身のアルバート公でございます。王室がご導入あそばされたクリスマスツリーは、瞬く間にイングランド中に普及いたしました。ヒイラギやリボンにて家じゅうを飾るクリスマスデコレーション、ポンと破裂させると小さなプレゼントが飛び出すクラッカーなどが普及いたしましたのもこの当時のことでございます。

クリスマス・プディングの説明もたのむ。

かしこまりました、ご主人様。イギリスのクリスマス・デザートと言えば、クリスマス・プディングが有名でございます。ブランデー漬のドライフルーツとナッツにごく少量の小麦粉を加え入れて蒸し焼きにした、濃厚で日持ちのするフルーツケーキでございます。

どれくらい日持ちがするかと申しますと、新婚家庭の若奥様は一家の最初のクリスマスに、二個プディングを焼くのだそうでございます。一つは今年のクリスマス用、もう一つは来年のクリスマス用にでございます。翌年のクリスマスにはさらに来年用にもう一つ焼きまして、去年焼いたものをいただくのでございます。ご一家のご繁栄とともに、それが幾久しく続くのでございます。

一六〇〇年頃、ロンドンにございます四つの法曹院の一つ、インナー・テンプルのクリスマス祝賀会にエリザベス一世女王陛下がご招待された際、女王陛下お手ずからクリスマス・プディングを作られたと伝えられます。翌年再びご招待された女王陛下は、前年のプディングの一部をプディング生地に混ぜ入れて焼き上げられました。幾久しき御治世の永続を寿《ことほ》いで前年の欠片《かけら》を混ぜ入れるこの伝統は何世紀も続いたものでございますが、一時断絶いたしまして、一九五〇年代にエリザベス王妃陛下がご復活あそばされて現在に至るものでございます。エリザベス女王陛下はお母上様より教えられたこの習わしを、現在でも忠実にご継続されておいでと伝えられるところでございます。

クリスマス・プディングと申しますと、イギリスの子供にとりましてきわめて大事なことは、六ペニーコインが入っているかどうかでございます。焼き上げの際に半ダースのコインをプディング生地に混ぜ込むものでございますが、それを引き当てた者には一年間の幸運が続くと言われております。むろん賢く愛深きイギリスのお母様がたにおかれましては、お子様がたのお皿に必ずコインが入るよう、お取り分けあそばされるのでございます。

サンタクロースはいるのだよな？

もちろんでございます、ご主人様。子供たちを愛してやまず、貧しい子供たちの家の窓にプレゼントを運んだと言い伝えられる四世紀の聖人聖ニコラウスを、ヴィクトリア朝期の人々はサンタクロースとして甦《よみがえ》らせました。お母様がたは「いい子にして早く眠る子にはサンタクロースが靴下にプレゼントを入れてくれますよ」と、よい子たちに言い聞かせたのでございます。靴下の一番底にはオレンジを入れるのが伝統でございました。オレンジの実らぬ北国英国において、冬のさ中に明るいオレンジの実がどれだけファンシーなものであったことかが、しのばれるところでございます。

13 —— 大英帝国博覧会

「そして今この瞬間、ハイド・パーク・コーナーからタクシーに乗って二十分もかからぬ地に、大英帝国全土から集められた、きわめて興味深くかつまた教育的な生物無生物のコレクションが陳列されておるのですぞ。現在ウェンブレーにて開催中の、大英帝国博覧会のことを、私は申しておるのだがな」(「旧友ビッフィーのおかしな事件」『それゆけ』P192)

大英帝国博覧会は本当にあったのかな?

もちろんでございます、ご主人様。大英帝国博覧会とは、一九二四―二五年の足掛け二年にわたり、ロンドン郊外ウェンブリーパークにおいて開催されました総経費一二〇〇万ポンド、観客動員総数二七〇〇万人、世界人口の四分の一と陸地面積の四分の一を擁し日の没する時はないと言われた大英帝国の植民地・自治領五十八カ国のうち五十六カ国が参加いたしました、空前絶後の大博覧会でございます。その目的とは「貿易を振興し、母国と姉妹子女諸国との絆および諸国間の親密な関係を強化し、英国国旗に忠誠を誓う者たちが共通の場に集って互いについて学びあう」ことでございました。第一次大戦後の国際的経済危機下にあって、大英帝国の威信と経済的重要性を回復せんがため、大英連邦諸国が一堂に会したのでございます。

で、どんな展示があったのかな?

会場には「産業の殿堂」「工業の殿堂」「芸術の殿堂」など、英国の科学技術と文化の発展を誇示するコンクリートの大展示館をはじめ、キャンディの仏歯寺を模したセイロン館、王宮を模し三基の仏塔を擁するビルマ館、タージマハールを模したインド館らが大きな人造湖の周りに建ち並び、〈ネヴァー・ストッピング〉鉄道が各会場を結ぶ、きわめて大規模なものでございました。

もちろん遊園地もございましたし、会場内各所では連日パレードや花火や音楽演奏がにぎにぎしく開催されたところでございます。各パヴィリオンは各国の歴史、文化、産業に関する展示の意匠を競い合い、たとえば南アフリカ館のダチョウ羽毛産業展示場には三十羽の生きたダチョウがおりまして、六シリング支払いますとお好きな羽一本をむしらせてくれたと聞き及びますし、フィジー館には食人族のフォークのコレクション展示があったと伝えられるところでございます。カナダ館の酪農展示部門ではインディアンの酋長の扮装をしたプリンス・オヴ・ウェールズとそのご愛馬の等身大冷蔵バター彫刻が注目を集めたとのことでございますが、モデルご本人様のお気に召すところではなかったと聞き及んでおります。

14　動物たち

「……こいつを懐かしき我が家に送り返してやるにあたっては、僕は安堵の念を禁じえないんだ。こいつの保護責任者たることには苦痛が伴った。僕のアガサ伯母さんがどんなかは知ってるだろう。甥に注ぐべき愛情を、あの犬にふんだんに降り注いでやってるんだ」(「犬のマッキントッシュの事件」『でかした』P140)

当時のペット事情を教えてもらえるかな?

かしこまりました、ご主人様。かわいいだけの愛玩犬を飼うことは、長らく王侯貴族のみに許された特権的趣味でございました。庶民が飼う犬とは牧羊犬、あるいは猟犬、闘犬など、何かしら有用で役に立つ犬たちだったのでございます。かわいがるためだけに愛玩犬を飼うことが一般化いたしましたのは、産業革命後、中層階級の成長した十九世紀ヴィクトリア朝期においてでございました。とりわけ「ラップドッグ」と呼ばれます小型膝乗り犬が、ファッショナブルな淑女がたのご必須アイテムとなったのでございます。

賢くも貴きヴィクトリア女王陛下におかれましては、大の愛犬家であらせられ、ご自分でもポメラニアンのブリーディングにご情熱をお注ぎあそばされたと伝えられるところでございます。一時は三十五頭のポメラニアンをご飼育であったとの由にございます。女王陛下のご愛犬は、犬を描いたら右に出る者はいないと讃えられた動物画家サー・エドウィン・ランドシア(一八〇二―一八七三)描く肖像画となって数多く残されております。また、アヘン戦争中には中国王朝門外不出の宮廷犬、ペキニーズ五頭が紫禁城より奪いだされ、うち女王陛下に献上された一頭はルーティーと名付けられ、十年をウインザー城にて過ごしたと伝えられるところでございます。その後ペキニーズはファッショナブルな人気犬種となり、サー・ペラムの作品世界にも数多登場いたしますし、またサー・ペラムご本人も同犬種をたいそうご愛玩されたのでございます。

周知のとおりエリザベス女王陛下はウェルッシュ・コーギーをことのほかご愛好され、芳紀十八歳のお誕生日に贈られましたご愛犬スーザンに始まります、代々三十頭に及ぶコーギー犬をご愛玩あそばされました。一九四七年にフィリップ王配殿下とご結婚された際には、ハネムーンにご愛犬スーザンを伴われたとは著名な逸話でございます。
二〇一八年四月十五日にはロイヤルコーギー、スーザンの最後の子孫、ウィーロー逝去の悲報が伝えられたところでございます。ご高齢ゆえ女王陛下がコーギーを飼われることは今後ないとのことで、女王陛下のご心痛やいかばかりかと憫察《びんさつ》申し上げておりましたが、王室のご慶事に伴い、ロイヤルドッグの歴史に新たな頁が付け加わったことを知るに及び、大変うれしく存じておるところでございます。ハリー王子殿下のお妃であらせられます、メーガン妃殿下におかれましては、ご独身のみぎりに保護犬団体よりお引き取りあそばされたビーグル犬、ガイ君をご婚姻の際に英国に伴われ、エリザベス女王陛下とお引き合わせあそばされ、大いに意気投合あそばされたとの由にございます。ご挙式の際には、女王陛下はウインザー城に向かうお車にガイ君をご同乗あそばされ、隣席に着座する栄誉をお許しあそばされたのでございます。

犬泥棒は本当にいたのかな？

はい、ご主人様。遺憾ながら憎っくき犬泥棒は実際に存在したのでございます。犬を窃取、転売したところでその利益はたかが知れていると思われましょうが、なんと彼らの目的は高額の身代金だったのでございます。卑劣な犬泥棒たちは犬を掠取し、金を出せ、出さねば愛犬の命はないぞと脅した挙句に、飼い主より市場価格の何倍、何十倍もの身代金をゆすりとったのでございます。
「カタツムリ枝に這《は》い……すべて世はこともなし」、で著名な詩人ロバート・ブラウニング（一八一二―一八八九）のご夫人であり、第十四代桂冠詩人の候補となられたエリザベス・バレット女史（一八〇六―一八六一）は、三度も愛犬誘拐の被害に遭ったことで知られております。三度拐われたのはコッカースパニエルのフラッシュ君でございました。病弱なバレット女史は忠犬フラッシュ君を心の友とし、男と女が愛するよりも多くの愛を捧げ合う、種を越えたフラッシュ君との相愛を詩に謳い上げ仲睦まじくお暮らしであられたのですが、フラッシュ君は凶悪な犬泥棒の魔手に三度も落ち、総額二〇ギニーもの身代金を女史に出捐《しゅつえん》させるに至ったのでございました。

三度目の誘拐のことはヴァージニア・ウルフ（一八八二—一九四一）による小説、『フラッシュ——或る伝記』に記されているところでございます。フラッシュ君を奪還せんがため、バレット女史は悪の巣窟《そうくつ》に自ら乗り込み、命がけで交渉までされたのでございました。交渉の末、無事女史の許に戻ったフラッシュ君でございますが、それからわずか一週間もせぬうちにイタリアに旅立つ次第と相なりました。四十歳のバレット女史はお父上のご反対を押し切り、六歳年少の詩人ブラウニングとご結婚あそばされ、駆け落ちなさったのでございます。新婚夫妻がイタリアに向かう馬車の中には、バスケットに収められたフラッシュ君がご同乗していたのでございました。

ふむ、ウッドハウスはたいへんな動物好きと見たぞ。

ご明察でございます、ご主人様。サー・ペラムはご自身も大変な動物好きで、ねこ、オウム、そして何よりたくさんの犬たちを飼っておいででございました。マッキントッシュと同じアバディーン・テリアを飼われたこともおありでございます。一番ご愛好されたのは前述いたしましたペキニーズでございましたが、名のある犬種ばかりでなく、お庭に迷い込んできた犬やねこたちも引き取ってお世話なさいました。晩年のサー・ペラムはご自宅近くのアニマルシェルター建設に、ご夫妻でご尽力されておいでです。〈バイダ・ウィー〉と申します、その施設の隣地に拡がる動物墓地には、ウッドハウス家の愛犬愛猫たちの墓所もございます。

15　白鳥

白鳥はまたもやシュルシュルと巻きを解いて我々の方向にさらに首を伸ばしてきた。しかし、今、彼は急に振り向いた。背後からした話し声が彼を強烈に動揺させたようだ。彼はジーヴスを短く、鋭い精査に付した。そしてそれからシューシュー音をたてる目的でいくらか息を吸い込んだ後、一種のジャンプをして突撃を加えた。（「ジーヴスと迫りくる運命」『でかした』P37）

イギリスの白鳥は全部女王陛下のものだと聞いたが。

おおせのとおりでございます、ご主人様。十二世紀以来、英国中の湖沼河川におります「目印」の付いていない白鳥は、すべて王室財産であり、女王陛下の白鳥記録係官によって管理がなされております。目印を付けて白鳥を所有できるのは王室のほかに三主体のみ、すなわちヴィントナーズと呼ばれますワイン醸造業者組合、ダイヤーズこと染物業者組合、そしてドーセットのイルチェスター伯爵家だけなのでございます。

シグネットと呼ばれます白鳥のひな鳥は古来より美食として珍重され、ハレのご晩餐に供されてまいりました。今日でも毎年七月の第三週には、テムズ川にて「スワン・アッピング」と申します白鳥狩りが行われております。この時期、親鳥たちは換毛期にあり、またひなたちはまだ飛べないゆえ、複数の小舟にて囲い込み捕獲することが可能なのでございます。現在女王陛下におかれましてはテムズ川の白鳥にのみ所有権を主張されておいでゆえ、スワン・アッピングはテムズ川下流サンベリーよりアビントンに至ります七十九マイルにて行われております。ヴィントナーズとダイヤーズは揃いの制服に身を包み、各々二艘ずつ船を出すのでございます。王室からも二艘ボートが出され、計六艘にて五日間かけて川を上るのでございます。

捕獲した白鳥を、食べるということかな？

いいえ、ご主人様。もはや白鳥が食用に供されることはございませぬゆえ、現在のスワン・アッピングは主として白鳥保護の目的にて行われております。ただいまの「女王陛下の白鳥番」はオックスフォード大学にて鳥類学教授の任にある方でございまして、捕獲された白鳥たちは古式ゆかしく脚を後ろで縛られました後に体重を測定され、白鳥番教授による病気やけがのチェックを受けるのでございます。また、流域の小学生を集め、白鳥の健康と河川の管理について教育広報活動が行われているとの由、仄聞《そくぶん》いたすところでございます。さらには女王陛下の白鳥記録係官によりまして親鳥の所有者が確認され、ひな鳥の所有権が三者に分配されるのでございます。かくして、ダイヤーズとヴィントナーズの白鳥たちには目印のリングが付され、女王陛下の白鳥は無印のまま、再び川に放されるのでございます。

白鳥とウッドハウスとは何か関係があったような？

さようでございます、ご主人様。ドーセット、アボッツベリーにございますイルチェスター伯爵家は、スワナリーこと、白鳥繁殖地をご所有あそばされ、野生の白鳥を飼育しておいでございます。

同スワナリーの歴史は、かの地の修道院が食用のため白鳥を飼育した六百年前にさかのぼるものでございますが、ヘンリー八世時代に同修道院は解体され、この土地をご購入あそばされたイルチェスター伯爵家のご先祖様に、国王陛下よりここで生まれた白鳥を所有する特権が与えられたのでございます。

このイルチェスター家のご一族は、わたくしどもの作品世界とは深い関わりを有しておいでございます。一九二三年にサー・ペラムはイルチェスター伯爵夫妻とのご知遇を得てご友人となられ、ご夫妻にてイルチェスター家にご滞在されました。イルチェスター伯爵夫人は野太い声の持ち主であそばされ、鋭いユーモア感覚をお持ちの、キツネ狩りをご愛好されるごくご活発なご婦人であったと伝えられるところでございます。この滞在の一年後、サー・ペラムは本シリーズにはじめてダリア叔母さんこと、トラヴァース夫人をご登場させるのでございます。

トラヴァース夫人のモデルは、サー・ペラムのお母方のメアリ叔母様であったと伝えられるところでございますが、イルチェスター伯爵夫人もキャラクター造形に大いに貢献した、重要なモデルだと考えられております。

16——ガルボとボウ

「……あの方のご意見では、ミス・ガルボは美しさにおいても才能においてもミス・クララ・ボウに断然劣るものだとお話しくださったからでございます。セバスチャン坊っちゃまはミス・ボウにたいし、長らく深いご尊敬の念を抱いておいでの由にございます」（「愛はこれを浄化す」『でかした』P275）

この頃の映画というと、無声映画なのかな？

はい、ご主人様。まさしくこの当時はサイレントからトーキー映画への移行期でございました。本作の雑誌初出が一九二九年でございますから、初のハリウッド発トーキー映画『ジャズ・シンガー』におきまして、有名な「お楽しみはこれからだ！」という台詞が口にされてから時わずかに二年を経たのみ、映画各社がこぞってトーキー製作になだれ込んだ時代でございます。この一九二九年はアカデミー賞が設立された年でもあり、セバスチャンお坊ちゃまご敬愛のクララ・ボウ嬢ご主演のサイレント映画『つばさ』が第一回作品賞受賞作に選出されたところでございます。

当初、芸術的にも技術的にも問題ありと思われておりましたトーキーは、急速に普及いたしまして、サイレント映画はやがて過去のものとなるのでございます。それとともにご容姿とお声のイメージが合わない、ご発音の訛りがひどいなど、トーキーに対応できなかった俳優の皆様もまた、ハリウッドを去られたのでございます。二〇一二年アカデミー賞作品賞はじめ五部門を受賞した『アーティスト』は、まさしくこの辺りの人間模様を活写し、『つばさ』以来、八三年ぶりに作品賞を受賞したサイレント映画となったのでございます。

クララ・ボウとグレタ・ガルボについて話してくれるかな？

はい、ご主人様。お二方とも同じ年にお生まれになられ、一世を風靡した銀幕の大スターでいらっしゃいます。グレタ・ガルボ（一九〇五―一九九〇）はスウェーデンの貧しい労働者家庭のご出身で、理髪店、デパート勤務の後、ハリウッドに渡って成功をおさめ、その神秘的な美貌は「崇高なる女神」「神聖ガルボ帝国」と大いに讃えられたところでございます。アカデミー女優賞候補には四度なりながらもついに一度もご受賞されることなく、引退後の一九五四年に名誉賞をご受賞になられましたが、その時にはすでに人前に姿を現すことを拒み授賞式をご欠席あそばされました。そのご美貌、お早いご引退と謎に満ちた隠遁生活すべてがハリウッドの伝説となったと申し上げて過言でない、大女優でいらっしゃいます。

クララ・ボウ（一九〇五—一九六五）はニューヨーク、ブルックリンの貧しいご家庭のご出身で、狂騒の二〇年代を象徴する「フラッパー」としてスターダムに躍り出られました。ご奔放な私生活も話題となり、時代のセックス・シンボルとして圧倒的な人気を集めた方でございます。

片や神秘の女神、片やご活発なお色気娘と対照的なお二人は、トーキー移行により、たどられた命運もまた対照的でございました。片やガルボは「ガルボがしゃべる！」が宣伝文句とされまして、ハスキーボイスが人気を博したのに対しまして、ボウはと申しますと、ブルックリン訛りのアヒル声が明らかとなり、上流階級の健康なお転婆娘のイメージが崩れたと伝えられるところでございます。ご引退された後もアルコールとドラッグと縁の切れない破滅型の生涯をお過ごしあそばされ、ガルボと比べますと現在では相対的に知られていないボウ嬢ではございますが、かようにサー・ペラムをインスパイアし、また赤毛のお騒がせ娘、ロバータ・ウィッカム様のモデルともなってわたくしどもの作品世界に永遠化されているのでございます。

17　フットボール

「最初の試合はヘンリー八世治世下に執り行なわれたものでございます。何平方キロかを覆う地域一帯で、正午から日没まで戦われ、その際の死者は七名でございました」
「七人！」
「観客二名は別にいたしましてでございます、ご主人様」（「タッピーの試練」『でかした』P363）

まさかこんな試合、現実には存在しないと思うが。

滅相もないことでございます、ご主人様。歴史あるアッパー・ブリーチング対ホックレイ＝カム＝メストンのラグビー戦に、きわめて似通ったフットボール試合は、昔あったどころの騒ぎではなく現在も粛々と行われているところでございます。現存いたしますその対戦は千年余の歴史を持つといわれ、ひとつの川を隔てて村内が「川上」と「川下」に分かれ、二つのゴール間の距離は四・八キロ、村全体が競技場と化して日没後も終わることなく夜十時にようやく終了。戦いは翌日も再開して都合二日間に及ぶという、小説や漫画よりもスケールアップいたしました血で血を洗う大血戦なのでございます。

すまない、どこの話だそれは？

英国ダービーシャーのアッシュボーンにおきまして「シュローヴタイド」こと懺悔の火曜日と灰の

水曜日の二日間に開催される「ロイヤル・シュローヴタイド・フットボール」でございます。厳寒の二月、村の商店がウインドウまわりに頑丈な板木を打ちつけて試合による被害防止を図る姿があちこちに見られる頃、屈強な若者からご年配まで、多種多様な数百名の人々が各地より結集いたします。村全体をアレーナとする暴力行為と破壊活動と申し上げますならば身も蓋《ふた》もなきところではございますが、しかしながらラグビー・フットボールの起源ここにありという、由緒正しき伝統行事なのでございます。

同試合のルールはごくわずかで、一番肝心なのは人を殺さぬことでございます。他には教会の敷地、墓地、民家内にたち入らぬこと、車でボールを運ばぬことなどがございます。平時でありますれば暴行罪、傷害罪に問われることまちがいなしの暴力行為が横行いたしまする本試合の起源に関しては諸説ございますが、公開処刑で斬首されたる死刑囚の首、あるいは一説によりますればデーン人王子の首を見物の観客に投げ与えたのがはじまりとの説が有力に主張されております。二月のなかば凍った川の中を歩いて渡りましてゴール板に三度ボールを打ちつけましたらばゴールとなります。ゴールを決めました者は勇者として、永遠に村の歴史に名を刻まれるのでございます。

男というのは、がさつなものだなあ、ジーヴス。

名誉あるゴールを決めました最初の女性は、川上のドリス・マッグルストーン嬢、一九四三年のことでございました。同日に川下のドリス・ソウター嬢もゴールをお決めあそばされたと、記録されるところでございます。

ちなみにこの懺悔の火曜日はイギリスにおきましては「パンケーキ・デー」と呼ばれ、パンケーキをいただく日でございます。四旬節の節制が始まる前日に、牛乳や卵やバターを使い切り、食べ納めする行事ということでございましょう。ダービーシャーにおきまして殿方たちがボールを追って死闘を繰り広げておいでのこの日、バッキンガムシャーのオルニーにおきましてはご婦人たちが「パンケーキ競走」をされておいでででございます。教会の懺悔の礼拝に遅れそうになり、手にフライパンを持ったまま、エプロンと三角巾姿で教会に駆けつけた一人の主婦のお姿を記念いたしまして十六世紀より開催されております伝統レースでございます。

古えの一主婦に倣《なら》ってエプロンと三角巾姿に身を包み、フライパンを手に持ったご婦人走者の方々は、スタート地点にてフライパン上でパンケーキを一回くるりと回転させますと町内三八〇mのコースを走り抜け、もう一度パンケーキくるりを行いまして教会前にて堂々ゴールあそばされるのでございます。

18 ―― ニューヨークあれこれ

「あの方（ジミー・マンディ）はタンゴとかフォックス・トロットってのは、悪魔が人を底なしの地獄に引きずり込むための策略だっておっしゃるんだよ。古代ニネヴェやバビロンの享楽を全部合わせたよりも、黒人のバンジョー・オーケストラが十分間演奏する方がもっと罪深いっておっしゃるんだ。それであの方が片足立ちしてあたしの座ってるところを指差して〈これはお前のことだ！〉って叫んだとき、あたしゃ床を突き抜けて地面に沈んじまうところだったよ」（「伯母さんとものぐさ詩人」『それゆけ』P165）

ジミー・マンディって、本当にいたのかい？

さようでございます、ご主人様。実在のモデルが存在するのでございます。ジミー・マンディのモデルはビリー・サンデー（一八六二―一九三五）なる、メジャーリーグの野球選手からキリスト教伝道師にご転身あそばされた方でございます。派手なアクションにて演壇上をぐるぐるとご旋回され、壇場を行ったり来たり、天国の門にスライディングで飛び込もうとする不届き者に「アウト！」を宣言する審判と選手役をご自分で両方ご演じあそばされ、熱が入ると床に椅子を叩きつけて破壊、果ては演壇まで叩き壊したという、狂熱のご説教にて全米を泣かせた伝道師でございます。

サンデーは資本主義を憎悪すること果てしなく、ダンスやトランプゲームはもとより、観劇や読書といったごくごく健全な娯楽にまで反対いたしました。とりわけ飲酒には批判的で、この方のご説教により一九一九年の禁酒法成立が促されたとまで伝えられるところでございます。

サンデーのニューヨーク説教は一九一七年に実現いたしましたが、サー・ペラムが本作をご執筆あそばされたのはそれより一年前の一九一六年でございました。またその際の会場はマジソン・スクゥエア・ガーデンではなく、サンデーの説教専用に建てられた巨大仮設テントでございましたから、原作が現実のニューヨーク説教に取材してご執筆されたとは思えません。退廃ゆえにニューヨーク行きを嫌ったというサンデーの説教が現実に出来《しゅったい》いたす前に、時代の風俗流行を作品に取り込むことに長けておいでであったサー・ペラムが「もしサンデーがニューヨークで説教したら、会場はもちろんマジソン・スクゥエア・ガーデンで」と、想像力を羽ばたかせてご創作あそばされたのではあるまいかと思料いたすところでございます。

ロッキーがイモムシと暮らしていた田舎ってどこだったかな？

本作におきまして、ウースター様は汽車に乗り、ロングアイランドのロックメトラー様のご居宅にお向かいでいらっしゃいました。ロングアイランドは大西洋に突き出した細長い半島でございまして、ロングアイランド鉄道にてペンシルヴァニア駅よりニューヨーク中心部と結ばれております。十九世紀末からアメリカじゅうのオールドマネーが集まった、マンハッタンへの殿様通勤が可能なリゾート地であるとともに、きわめて富裕な高級住宅地でございます。

サー・ペラムは一九一四年にご結婚され、新婚時代をブロードウェイの作家プロデューサー役者友達が沢山お住まいであったロングアイランドのベルポートにて過ごされました。この辺りがロックメトラー様が住まわれた地域であろうと推察されるところでございます。その後、ご夫妻はグレートネックに移り住まれ、冬期はマンハッタンにてお住まいになられました。

グレートネックと申しますのは、かの『グレート・ギャッツビー』の舞台になりましたゴールドコーストの町でございます。同時代に作者スコット・フィッツジェラルド（一八九六―一九四〇）もこの町にお住まいで、サー・ペラムとはご親交がございました。また晩年のサー・ペラムは終《つい》の住処《すみか》、ロングアイランドのレムゼンバーグにて二十年以上お暮らしでございました。ロックメトラー様のように、イモムシを見つめながら、愛する田舎暮らしを楽しまれたのでございましょう。

ジーヴスおすすめのナイトスポットは、本当にあったのかな？

はい、ご主人様。当時、サー・ペラムはブロードウェイのミュージカル脚本家／作詞家としても人気の絶頂でございまして、一九一七年のブロードウェイにおきましては関わられたミュージカル五作が同時に五つの劇場で上演されておりました。サー・ペラムのミュージカル『ミス・スプリングタイム』（一九一六）が上演されたのがニュー・アムステルダム・シアターでございまして、一九〇三年築ながら現在も現役で、ディズニーの『アラジン』のロングランが続行中でございます。一七〇二席を有する、建設当時はニューヨーク最大の劇場でございました。

こちらの劇場は当時「ジークフリート・フォリーズ」というレヴュー・ショーが上演されていたことで名高うございましたが、同建物の屋上にも庭園と舞台がございまして、階下のショーよりもいささか低俗な、「ミッドナイト・フロリックス」のショーにて人気を集めておりました。わたくしがウースター様に、ただいま注目としてお勧め申し上げた「フロリックス・オン・ザ・ルーフ」が、こちらでございます。

「ニューヨークのナイトライフに乾杯だな。僕もそろそろ喉が渇いてきた。ジーヴス、飲み物を持ってきてくれないか」

「かしこまりました、ご主人様」

「これからの話は、君にたのんでいいかな。僕はウイスキー・アンド・ソーダをゆっくりいただくことにするよ」

「かしこまりました、ご主人様。ではこれよりはわたくしが、ウースター様の愛してやまれぬアルコール飲料につきまして、お話をさせていただきたく存じます。ご満足をいただけますよう、あい努めてまいります」

カクテル

僕はシェーカーを落っことした。

「ほら！」彼女は言った。教訓を指摘しながらだ。「そんなモンを飲んでるとそうなるの。手がぶるぶる震えるようになるんだわ。若い子にあたしはいつもこう言ったものよ。〈飲みたきゃポートになさいな。ポートは健康にいいの。あたしもちょっとはいただくのよ。だけどこういうアメリカからきた今どきのゴタマゼもんはだめ〉って。でも誰も耳をかさなかったわ」（「ジョージ伯父さんの小春日和」『でかした』P339）

ウースター様のジョージ伯父さんこと、ヤックスレイ卿の運命の恋人でいらっしゃったモーディー・ウィルバーフォース夫人、現在はめでたくレディー・ヤックスレイとなられたお方でございますが、この方は長らく〈クライテリオン〉にてバーメイドをお務めでいらっしゃいました。かのエムズワース卿のご宿敵、サー・グレゴリー・パースロー＝パースローも、若き日の恋をめでたく実らされ、クライテリオンの元バーメイドでいらっしゃった「モーディー」を奥方に迎え入れられました（『ピッグス・ハヴ・ウィングズ』一九五二年）。

ここクライテリオンのバーは『緋色の研究』第一部第一章冒頭におきましてワトソン博士が旧友スタンフォードと出逢い、ルームメイト候補としてシャーロック・ホームズ氏を紹介される場所でもございます。現在同店内にはお二人の邂逅を記念してプラークが設置されておるところでございます。

一八七四年創業のレストランの〈ロング・バー〉は、ロンドン初のアメリカ式バーでございまして、ヤックスレイ卿、ギャラハッド・スリープウッド閣下、はたまたワトソン博士たちのお若い時代から、新興国アメリカの酒文化をロンドンの若者たちに運んでいたのでございます。

アメリカ独立戦争から禁酒法成立までの一世紀半あまりの間に、カクテルはアメリカで生まれ育って成熟し、世界中に広まったところでございます。とは申せ、ことアルコール飲料につきましては世界一のうるさがたでございますイギリス紳士様がたのお墨付きなくしては、ボルドーワインもシャンパンも、ポートもシェリーも、ジンもラムも、スコットランドのスコッチ・ウイスキーですら、今日ある洗練と繁栄を得ることはなかったことでございましょう。これらすべて、イギリス市場に受け入れられ、はぐくまれ、洗練されることによってはじめて今日ある高みに君臨し、世界の人口に膾炙《かいしゃ》することを得たのでございます。アメリカ生まれのカクテルも、イギリス紳士様の鋭い審美眼のハードルを越え、現在ある繁栄を得たものであると、愚考いたすところでございます。

ドライマティーニ

「他のことは何だってそれに比べたら重要なことじゃないんだ。僕が自分を思う気持ちは、強めのドライマティーニにおける、ジンに対するベルモットの割合くらいに過ぎないのさ」(『封建精神』第14章・P185)

「あの人、私のことをそれはそれは切なく愛しているのよ」

「ばかばかしい。あの男がドライマティーニ以外に何かを深く愛したことがあるとは、思いません」(『がんばれ』P241)

サー・ペラムも、晩年には食前のドライマティーニをたいそう好まれたそうでございます。マティーニの起源につきましては諸説ございますが、一九一〇年にニューヨークのニッカーボッカーホテルにおきましてマルティーニ・ディ・タッジャによって考案され、石油王ジョン・D・ロックフェラーに供されたのが最初との説が有力に主張されるところでございます。

ジン三～四にドライベルモット一の割合でステアいたしましたものをカクテルグラスに注いでオリーブを飾る、と申しますのがマティーニの標準レシピでございますが、ことドライマティーニとなりますと、どこまでドライにできるかが一つのチャレンジでございます。

アーネスト・ヘミングウェイ（一八九九―一九六一）の短編「川を渡って木立の中で」に登場いたしますマティーニは「モントゴメリー将軍」こと十五対一の超ドライでございました。英国の第一次大戦、第二次大戦の英雄、バーナード・モントゴメリー将軍（一八八七―一九七六）が、第二次大戦におきましてドイツ軍と戦闘いたしました際、戦力比十五対一の圧倒的優勢になるまで攻撃を開始しなかったことを揶揄して名づけられたと伝えられるところでございます。

ウィンストン・チャーチル宰相がエクストラドライ・マティーニをお好みであられたことも有名でございます。「チャーチル・マティーニ」と申しますカクテルは現にございまして、その配合はジン一、他には何も入れない、というものでございます。レシピは「未開封のドライベルモットのビンを眺めながらジンと氷をステア」とも、「氷のように冷えたジンを用意し、フランス方向に一礼」とも伝えられるところでございます。マティーニにベルモットをどれだけ入れるかと訊かれたところ、宰相におかれましては、「マティーニを飲んでいる時、部屋の向こうにベルモットが見えるのがいい」とお答えであったそうでございます。あるいは「ネズの香の蒸留酒を存分に注ぎながら、ベルモットのビンをちらりと見る」のがよろしいとも。

グリーン・スウィッズルズ

……カウンターの向こうには颯爽としたスポーツマンがいて、ビンから何かをロンググラスに注ぎ入れたりそいつをスティックでステアしたりしていて、それでそのグラスの中には氷が入っていたみたいだった。この男をもっと見たいという渇望が僕を圧倒した。(「旧友ビッフィーのおかしな事件」『それゆけ』P198)

一九二四年大英帝国博覧会の会場じゅうをサー・ロデリックに引きずり回され、疲労困憊したウースター様とビッフェン様は、のどの渇きにあえぎながら西インド諸島セクションの〈プランターズ・バー〉によろよろとさまよい入られたのでございました。

そこでお二人がお飲みあそばされたのがグリーン・スウィッズルズでございます。たちどころに三杯を飲み干された後、深い感動のあまりウースター様は、将来もし結婚して息子が生まれたら、父親がウェンブレーにて死を免れた日の記念に、その子をグリーン・スウィッズルズ・ウースターと名づけようと強く心に誓われるのでございました。

一九二九年に作家アレック・ウォー(一八九八—一九八一)が書いたトリニダード旅行記に、グリーン・スウィッズルズに関する記述がございます。アンゴステュラ・ビターを一匙半も使ったカクテルを飲んだ後「口の中からその苦味を消し去るため、バーテンダーがグリーン・スウィッズルズを拵えてくれる。これは私の知る限り大西洋のこちら側ではどこでも目にすることのない飲み物である」と、記されております。

アレック・ウォーがイギリスではどこでも飲めないとお書きのグリーン・スウィッズルズではございますが、大英帝国博覧会にては供されていたのでございます。

ウッドハウス研究家、ノーマン・マーフィー元陸軍中佐は『ウッドハウス・ハンドブック』におきまして、『パンチ』誌の編集長を長く務めたE・V・ノックスがウェンブリー博覧会について記した文章に、西インド諸島パヴィリオン、プランターズ・バーのグリーン・スウィッズルズに言及した箇所があると記しておいでございます。その際ノックスは、バーテンダーが次のような鼻歌を口ずさみつつ、シェイカーを振っていたと記しております。

酸味をひとつ
甘味をふたつ
強味をみっつ
弱味をよっつ

これこそグリーン・スウィッズルズがどのような飲み物かを解明する鍵であると理解したマーフィー中佐は、ただちに西インド諸島ジャマイカ政府高等弁務官事務所に架電され、この問題がウッドハウス研究においていかに重要かについて熱弁をふるわれた後、ノックスのくだんの引用を口頭にて開始されたのだそうでございます。すると、驚くべきことに、電話口の相手方はその先を引き取って、たちまち鼻歌を歌いはじめたではございませんか。

電話口の主によれば、このレシピは正統派ジャマイカン・ラム・パンチの配合として今日も有効であり、またその名を冠して売られる数多くのまがい物と混同されてはならないのだとの由であったそうでございます。ジャマイカ政府高等弁務官事務所職員がジャマイカ国家の文化的威信を賭けてマーフィー中佐に伝えたのが、以下のレシピでございます。

フレッシュ・ライム・ジュースを一（これが酸味）
無色シュガー・シロップを二（これが甘味）
高アルコール度のホワイトラムを三（ホワイトラムでなければならず、またアルコール度数は本当に高くなければならない。これが強味）
お好みでソーダ、水、レモネードのいずれかを四（これが弱味）
以上をクラッシュドアイスといっしょによく攪拌する（これがスウィッズル）

ところで上記ウォーが『わいん』に記しております西インド諸島マルティニーク島風のラム・パンチの作り方が、まさしくこのグリーン・スウィッズルズの作り方と同一でございます。記された「酸味をひとつ……」の文句もまったく同一で、たいへん驚いたものでございます。一九二九年にマルティニーク島に六週間滞在いたしましたウォーは、「自分でラム・パンチを調合するのがよい」と、テーブル上に置かれたラムの壜と、運んでこさせたライムとシロップと氷を使い「古典的な公式」を用いてパンチを調合するのでございますが、この「古典的な公式」と申しますのが、「酸味をひとつ……」ではじまる、ノックス／マーフィー中佐のこの歌なのでございます。ジャマイカ、マルティニーク、トリニダードと西インド諸島に遍《あまね》くひろく、このレシピは伝わっているようでございます。

とまれ、亜熱帯モンスーン高温多湿の日本国の夏におきましても、多くの人命を救うと思われるグリーン・スウィッズルズ、救命用にぜひお勧め申し上げます。

ミントジュレップ

「お前はミントジュレップを飲んだことはあるかい、ビーチ？」
「記憶いたす限りございません」
「もしあったらばきっと憶えてるはずだ。油断のならない飲み物なんだ。一番下の妹みたいにこっそり忍び寄ってきて小さい手をお前の手の中にそうっと滑り込ませ、それで次に気がついたときにゃあ、書記官宛に五〇ドル払うべしって裁判官がお前に言い渡してるんだ」（『ブランディングズ城の夏の稲妻』P197）

ブランディングズ城のギャラハッド閣下はアメリカ人の旧友ジョニー・スクーンメーカー様を、最高の男でアメリカ一番のミントジュレップの作り手であるとご賞賛なさいます。ミントジュレップと申しますのはバーボン・ベースのカクテルでございまして、O・ヘンリー（一八六二―一九一〇）の一九〇二年の短編「ハーグレイブズの一人二役」に、南部出身の少佐がこのジュレップを作るくだりがございます。アメリカ南部を代表いたします爽やかな夏のお飲み物で、ケンタッキー・ダービーの公式カクテルとしても知られるところでございます。

ケンタッキー・オークスとダービーの開催される二日間に、チャーチルダウンズ競馬場にて売り上げられるアーリータイムズ社製ミントジュレップは十二万杯、リットルに換算いたしますとおよそ八千リットルに及ぶそうでございます。グリーンの芝生上で繰り広げられる若馬たちの死闘に声援を送りながら、五月の陽光の下、銀のジュレップカップにていただく冷たいミント味のカクテルは、さぞかし爽快でございましょう。
下記はケンタッキー・ダービーの公式サイト記載の、アーリータイムズを使用いたしましたオールドレシピでございます。

材料
砂糖二カップ
水二カップ
フレッシュミントの葉、茎ごと
クラッシュドアイス
アーリータイムズ・ウイスキー
銀製ジュレップカップ

① 砂糖と水を五分間煮立ててシロップを作り、冷ましておく。
② ①にフレッシュミントを茎ごと六〜八本加え、蓋付き容器に入れて一晩冷蔵する。
③ ジュレップカップにクラッシュドアイスを満たし、ミントシロップをテーブルスプーン一杯（15 ml）、ウイスキー二オンスを入れてステアし、飾りにミントを添える。

ケンタッキーのお国自慢の飲み物でございますから、レシピは数限りなく存在するようでございます。最後に、ケンタッキーの地元紙『ルイヴィル・クーリエ・ジャーナル』のピューリッツアー賞受賞記者ヘンリー・ワターソン編集長作の高名なレシピを紹介いたしましょう。

①夜露が葉に落ちる、その直前に花壇からミントをそっと摘み取る。
②シロップを作る。タンブラーに半分ウイスキーを計量する。
③霜で覆われた銀のジュレップカップにウイスキーを注ぎ入れる。
④他の材料は放り捨ててウイスキーを飲む。

ウイスキー・アンド・ソーダ

この一件のはじまりは、ある晩わたくしがウースター様の許にウイスキーとソーダ・サイフォンをお持ち申しあげたところ、あのお方がわたくしに向けていちじるしいご癇気をお示しあそばされた折にさかのぼると申し上げて宜しかろうかと存じます。（「パーティー考えを改める」『それゆけ』Ｐ322）

僕が到着に気づく前に、奴らは一番いい椅子に腰を下ろし、僕の特製タバコを数本つまみ上げ、勝手にウイスキー・アンド・ソーダをこしらえて、最悪の落馬に遭遇して流刑に処せられたというよりは、人生の野心を成し遂げた二人の男の陽気さと奔放さをもってべらべらと話し始めた。

「ハロー、バーティーの兄貴」クロードが言った。（「クロードとユースタスの遅ればせの退場」『比類なき』Ｐ243）

彼の目はどんより曇ってはいなかったし、彼の生来の体力に衰えはなかった。また芝生を颯爽とスキップして横切りながらスパニエル犬にけつまずいたとき、バランスを回復したその優雅で敏捷なさまときたら、手にしていたウイスキー・アンド・ソーダが一滴たりともこぼれぬほどだった。彼はグラスを、その下でしばしば戦を交え、勝利を収めてきた何か勇ましい御旗のごとく、天高く捧げもち続けたのである。誇り高き一族の汚点である代わりに、絶対禁酒の曲芸師だったと言っても通ったくらいだ（『ブランディングズ城の夏の稲妻』第1章・P26）

「それにあれはレモネードじゃない」ユースタスは言った。「ソーダ・ウォーターだ。あの爺さんは、たまたま俺がサイフォンを持って、窓から身を乗り出してたときに窓の下に立ってたんだ。彼は上を見上げてね、──あの時目玉を狙って撃てないようじゃ、一生に一度の好機を無駄にするところだったんだ」（「クロードとユースタスの遅ればせの退場」『比類なき』P244）

ウースター家の夜は、わたくしがお運び申し上げるウイスキーとソーダ・サイフォンとともにしんしんと更けてまいります。ウイスキー・アンド・ソーダはわたくしどもの作品シリーズ全巻に登場いたします、ウースター様がもっともよくお飲みになられるお飲み物でございます。あるいはブランディングズ城のヒマラヤスギの影落ちる芝生上にて深い椅子に背をもたれ、ギャラハッド・スリープウッド閣下が思慮深げにお啜りあそばされるのも、ウイスキー・アンド・ソーダでございました。

イギリスにおきましては、長らく大陸より輸入されましたワイン、ブランデー、ポート、シェリーが上流階級の皆々様のお飲み物でございました。スコッチ・ウイスキーが飲まれるようになりましたのは割合新しく、十九世紀に入ってからのことでございます。

一七〇七年のスコットランド・イングランド連合法によりスコットランドが実質上イングランドに併合され、グレートブリテン王国が成立いたしましたが、スコットランド人はイングランド政府に唯々諾々《いいだくだく》と従ったわけではございません。スコッチ・ウイスキーの歴史は、イングランド政府により課された重税とそれに対抗する密造者たちに象徴される、スコットランドの抵抗の歴史と重なり合うのでございます。これはけっして象徴的な意味のみでなく、ハイランドの山間の小村にては実際にジャコバイトの残党たちが密造ウイスキーを生産しておりましたそうでございますから、人的にも重なり合っていたものであろうと思料いたします。

美食と賭博、お洒落とお酒をこよなく愛され、東洋趣味を凝らしたブライトンのロイヤルパヴィリオンにて夜昼なく享楽にお耽りあそばされたプリンス・リージェントこと、放蕩王ジョージ四世陛下は、歴史的な一八二二年スコットランド行幸の折にグレンリヴェットのウイスキーの虜《とりこ》となられ、スコットランドにおける国王の酒席には必ずグレンリヴェットを供するべしとの布告を下されたと伝えられるところでございます。しかしながら当時グレンリヴェットはご禁制の密造酒でございましたから、国王陛下がさようなものを召し上がられるのは大変よろしくないとのことで、ただちに法改正が行われ、翌一八二三年には酒税法の改正なってスコッチへの課税が大幅に引き下げられたのでございます。

かくしてハイランドの山あいにてひっそりと小規模に密造酒を作ってまいりました小醸造所たちは、イギリス政府より免許状を取得して合法的にウイスキーを生産できるようになったのでございます。とは申せ反骨のスコットランド魂は唯々諾々と免許状を獲得することをよしとはいたしませんでした。第一号取得者となりましたグレンリヴェットのジョージ・スミスは、密造者仲間からの猛反発に遭いまして幾度も襲撃されたため、護身用のピストルを携行したと伝えられるところでございます。

ヴィクトリア女王陛下はスコットランドの地を深くお愛しあそばされ、ハイランドのバルモラル城を夏のご居城となさいました。一八四八年、女王陛下ご夫妻はバルモラル城近隣のロッホナガー蒸留所をご訪問され、王室御用達のご認可をご恵与されていらっしゃいます。女王陛下のご愛顧を得て、やがてスコッチ・ウイスキーはイングランドのみならず、大英帝国諸国、ヨーロッパ大陸へと市場を拡大してまいります。また、一八五三年にはエジンバラの酒商アンドリュー・アッシャーにより多種類のウイスキーを混合いたしましたブレンディッド・ウイスキーが考案され、飲みやすさと安定した品質にてますます人口に膾炙するところとなったのでございます。そしてさらにウイスキー普及の決定的な追い風となりましたのが、フランスにおけるブドウ畑の害虫被害による、ワイン／ブランデー生産の壊滅的被害でございました。

一八六〇年代、新大陸アメリカより取り寄せたブドウ苗木から広まりました害虫ブドウネアブラムシことフィロキセラは、七〇年代にフランス全土を席巻いたしました後、たちまち他の大陸諸国におきましても猛威を揮い、ヨーロッパの全ブドウ栽培面積の三分の二から九分の一を壊滅させたのでございます。これによりワイン、ブランデーの在庫が払底いたしましたことを奇貨として、スコッチ・ウイスキーは十九世紀末に広くイギリス、大英帝国全域、そして世界へと普及したのでございます。

炭酸水

ウイスキー・アンド・ソーダには、ソーダも必要でございます。ペリエに代表される天然炭酸水は古来より珍重されてまいりましたが、輸送のご困難性ゆえどこでも手に入るというものではございませんでした。二酸化炭素を水に溶解させてはじめて人工的に炭酸水を製造いたしましたのは、イギリスの科学者、哲学者、神学者、功利主義哲学の祖とされるジョセフ・プリーストリー（一七三三―一八〇四）でございました。酸素の発見者としても知られるプリーストリーでございますが、ビール製造の際、発酵中のビール樽の上に水を入れた容器を吊るしておきますと炭酸水ができますことを発見したのでございます。一七七二年の論文「固定された気体による水の飽和」には、プリーストリー氏の考案なさいました炭酸水製造方法が記されております。一七八三年にはジュネーヴにて、J・J・シュウェップがプリーストリー氏の製法によるソーダ水製造会社を設立いたしまして、それが十年後にロンドンに移転いたしまして今日も続く大清涼飲料水メーカー、シュウェップスとなったのでございます。

氷

冷たいカクテルには氷も必須でございます。西インド諸島のグリーン・スウィッズルズも、ケンタッキーのミントジュレップも、ウイスキー・アンド・ソーダにいたしましても大量のクラッシュトアイスなしには作れません。しかしながら電気冷蔵庫以前の時代、カリブの燃え盛る太陽の下、あるいは炎熱の南部の平原で、人々はどうやって氷を手に入れていたのでございましょう。

一八七九年、ドイツのミュンヘン工科大学の教授職を辞したカール・フォン・リンデが、アンモニアを用いた冷却技術に関する特許を取得し、冷却製氷機を商業生産するリンデ製氷機会社を設立いたしました。これによりましてそれ以降は製氷工場で製造された人工氷が流通いたしましたから、ウースター様がたのご時代には四季を通じて氷がございました。人々は氷商から氷を購入し、また裕福なご家庭には「アイスボックス」という氷で冷やすタイプの冷蔵庫のようなものがあったのでございます。

しかしそれ以前はどうしていたのでございましょう。常夏のカリブの島々で、人々はどうやって冷たいグリーン・スウィッズルズを飲んでいたのでございましょうか？　製氷機械以前の時代に氷は、どこから、どのように運ばれてきたのでございましょう？

十九世紀のボストンには「氷王」と呼ばれた方がおいでございました。フレデリック・チューダー（一七八三―一八六四）なる人物でございます。チューダー氏は「ボストンの氷を西インド諸島に運んだら大儲けができるだろうなあ」と夢想した少年期の夢を実現に移すべく、ボストン近郊の湖沼より切り出したる天然氷を船でカリブ海の島々に運んで販売する事業に着手したのでございます。水を売る奇想天外な商売と世間は笑い、当初は失敗つづきで債務監獄に投獄されたりと、艱難辛苦《かんなんしんく》いかばかりでございましたが、次第に事業は軌道に乗りまして、やがてボストンは氷の大生産地、輸出港となり、チューダー氏は本当に氷を売って財を築いたのでございます。

おがくずで防熱されたチューダー氏の「ボストン氷」は、大西洋から喜望峰をまわって遠くインド、はるか日本にまで輸出されました。黒船後の日本におきまして、半年がかりではるか彼方《かなた》の異国より運ばれてまいりました高価な「ボストン氷」は、主として在留外国人に利用されたと伝えられます。ディズニー映画『アナと雪の女王』冒頭に、湖から氷を切り出す迫力シーンがございますが、ボストン近郊の氷の収穫（ice harvest）もかようなものであったろうと拝察いたすところでございます。

氷の収穫先はケンブリッジのフレッシュポンド、アーリントンのスパイポンド、コンコードのウォルデンポンド等であったそうでございます。ウォルデンポンドの畔で暮らした哲人ヘンリー・D・ソロー（一八一七―一八六二）は、『ウォルデン』に氷収穫の模様を記し、「炎熱にうだるチャールストン、ニューオリンズの住人、マドラス、ボンベイ、カルカッタの住人は、みな私の井戸より水を飲む」と記したところでございます。文明開化の日本国におきましても、ウォルデンのソローの井戸より水が飲まれていたと知ることには、一種感慨がございます。なお、この氷王フレデリック・チューダーは、スローライフで知られる絵本作家ターシャ・チューダー（一九一五―二〇〇八）の曾祖父様であられることも、申し添えさせていただきます。

第Ⅲ章

ジーヴス・シリーズで辿るウッドハウスの生涯

ウッドハウス家はノーフォーク、キンバリーの旧家である。ノーフォークの州都ノリッジの大聖堂にはウッドハウス家が寄贈したステンドグラスの大窓がある。ご先祖様のサー・ジョン・ウッドハウスは一四一五年にアジャンクールの戦いで軍功をあげてナイト爵に叙せられた。以後、ウッドハウス家の家長は、一六一一年には准男爵位を獲得し、一七九七年に男爵に昇位し、一八六六年には伯爵に叙せられた。

ペラム・グレンヴィル・ウッドハウスは一八八一年（明治十四年）十月十五日に、サリー州ギルフォード、エプソムロード五九番で誕生した。父、ヘンリー・アーネスト・ウッドハウス（一八四五―一九二九）は香港で治安判事裁判所の判事を務め、ヴィクトリア監獄の長も務めた人物である。母のエレノア・ディーン・ウッドハウス（一八六一―一九四一）の兄、ウォルター・メレディス・ディーン（一八四〇―一九〇六）は香港警察の長で、いわば警視総監にあたる地位にあり、ヘンリーとは同僚だった。エレノアは香港から里帰り中で数キロ先の姉妹宅に滞在していたのだが、たまたま友人宅を訪問していたときに、急な早産でウッドハウスがこの世に誕生したという。まもなく母親とともに彼は香港に向かい、兄のフィリップ・ペヴリル（一八七七―?）と、アーネスト・アーマイン（一八七九―一九三六）と暮らすようになる。一八九二年には弟のリチャード・ランスロット（一八九二―一九四〇）が生まれている。

一八八三年、二歳のウッドハウスは二人の兄たちとイギリスに向かい、バースに住む母方の祖父母の家に隣接した家に、乳母のミス・ローパーとともに暮らすことになった。一八八五年、三人兄弟は現在エルムハースト校となったサウス・クロイドン、セント・ピータース・ロードの学園の寄宿生となり、その後ガーンジー島のエリザベス・カレッジに転校した。それからウッドハウスはドーヴァーのマルヴァーン・ハウスという小規模な学園に入学する。この学園の名は、やがてバーティー・ウースターの母校名となって作品中に永久に留められることになる。

二歳で渡英してより、ウッドハウスは香港在住の両親とは四年に一度の帰郷休暇の際に会うのがせいぜいで、十五歳まではほとんど会うことなく暮らした。冷房のない時代、熱帯病のおそれもあり、植民地官僚の子供たちは母国で親戚の世話のもとで暮らすのが一般的だった。学校の長期休みなどの間、ウッドハウス兄弟は一連のおじさんおばさんたちの間を転々として暮らし、またおじさんおばさんたちを実の両親よりも親しく思いながら成長したのである。両親とも大家族の出身だったから、ウッドハウスは二十人以上のおばさんと十五人以上のおじさんの持ち主で、またその多くは聖職者、公務員、植民地統治官だった。

祖父の死去後、バースに住んでいた母方の祖母は、未婚の娘たちとウィルトシャーのチェイニー・コートに転居した。やがて五人のおばさんが咆哮を交わすデヴリル・ホールのモデルとなる館に滞在中、ウッドハウスはおばさんに連れられて地元のお屋敷を訪問したものだった。退屈するウッドハウス少年を気遣って女主人は、「ペラム坊やはサーヴァント・ホールでお茶をいただいた方が楽しいのではないかしら」と提案したそうである。またそこで彼は執事やフットマンたちとのびのびと楽しく過ごしたようだ。かくしてウッドハウスは、「階下の暮らし」への関心を幼い頃から育むことになった。

ダリッジ校を卒業してロンドンに住むようになったウッドハウスには、いわゆる社交上の義務を果たすべきおじさんおばさんがたくさんいた。ケンジントンやナイツブリッジ界隈の親戚を訪問する際、ウッドハウス青年はシルクハットとフロックコートを着用し、手袋とスパッツを身につけ、またあるいは特別な晩餐の際にはホワイトタイとテイルコートのイヴニング礼装に身を包んだ。

ウッドハウス作品におけるこうしたおじさんおばさんたちの影響は、どれほど強調しても強調しすぎることはないと、ノーマン・マーフィーは述べる。威圧的な父親や母親は面白おかしい登場人物とはなり得ないが、威圧的なおばさん、おじさんならなり得ることを、早いうちから作家は理解していたのだ。

一八九四年五月二日、ウッドハウスはロンドンの南にあるダリッジ・カレッジに入学した。同校には兄のアーマインが二年前から在学しており、兄を訪問した際に一目でこの学園と恋に落ちたウッドハウス少年は、父親を説得して同校への入学を果たす。そして終生ずっとこの学校を愛し続けた。

実の両親と強い絆を育むことのなかったウッドハウスにとって、ダリッジは本当の意味で初めての家庭であり、社会であり、すべてだった。彼はそこでのびのびと成長し、上級監督生（prefect）になり、クリケットとラグビーチームで活躍し、ボクシングをし、学内誌『アレイニアン』の編集者になった。また彼の過ごした時代はダリッジ校にとっても黄金期であり、A・H・ジルクス校長の下、オックスフォードとケンブリッジに送り出す奨学金付き学生数の多さでも名をあげていた。

ダリッジ校での最終学年、ウッドハウスはオックスフォード大学への奨学生資格を勝ち取るべく学業に精励したが、一九〇〇年の年頭、大学の学費を支払えないこと、香港上海銀行（ＨＳＢＣ）の行員として職を確保したことを、父親に告げられる。入行後ロンバルド街のオフィスで数年勤務したが、作家になろうという決意は堅く、夕方になると彼は『パブリックスクール・マガジン』にダリッジのフットボールについてなど、原稿を書いて過ごした。また新聞や雑誌に、エッセイや詩の投稿も始めていた。ラジオも映画もテレビも存在しなかった当時は新聞雑誌の黄金時代で、イギリスには七百誌を超える週刊、月刊の小説誌が存在したし、ロンドンには朝刊紙が十九紙、夕刊紙が十紙もあったから、投稿場所には事欠かなかった。

チェルシーのウォルポール・ストリートでウッドハウスと下宿を共にしたパーシヴァル・グレーヴスは、彼は夕食を終えるとすぐに食卓を去り、深夜までバスルームで書き続けていたと回想する。昼間はシティーの巨大な銀行で働き、夜は下宿の屋根裏部屋で毛布にくるまって書いていたのだ。それこそ「中編小説を一本、短編を三本、あと小説誌に連載を毎号一万語ずつ、全部違う名前で毎月書いてるんだ」(『それゆけ』P48)みたいな勢いで書いていたのだ。

一九〇一年八月、ウッドハウスはダリッジ校の元教員で、当時夕刊紙『グローブ』に「バイ・ザ・ウェイ」というコラムを執筆していたW・ビーチ・トーマスに面会に行き、この欄に時折執筆する仕事を獲得した。その一方で様々な雑誌にエッセイなどの投稿を続けてもいた。一九〇二年、ウッドハウスは『グローブ』紙で五週間働かないかとの誘いを受け、銀行を辞してフリーランスの作家として働くことを決意した。ウッドハウス二十一歳の時である。

同年九月十七日には有名誌『パンチ』に初めて原稿が掲載され、続いて初の単著『ポットハンターズ』が刊行された。翌一九〇三年八月には「バイ・ザ・ウェイ」コラム執筆者として『グローブ』紙に正式採用された。

「バイ・ザ・ウェイ」はその日の出来事にユーモアの利いたコメントを添えたコラムで、『グローブ』紙の一面に掲載された。原稿は正午までに印刷に回さなければならず、ウッドハウスは毎朝定時に出勤して、朝刊各紙を読み、お題を選んで韻文でユーモアコメントを書いた。『グローブ』時代の経験に基づいた自伝的小説、『ノット・ジョージ・ワシントン』（一九〇七）で、ウッドハウスはこの経験がどれほど貴重だったかを記している。

締め切りに間に合わせて書き上げる、という技能を私はここで学んだ。騒音を無視することを学んだ。それはロンドン在住の作家にとって、何にも増して重要な資質である。これらすべてが私に集中力を与えてくれた。

正午を過ぎると、自由になった時間で、彼は雑誌に小説を書き、ミュージカル・コメディー用の歌詞を書いた。当時歌詞を提供したミュージカル『ザ・ビューティー・オヴ・バース』（一九〇六）には、アメリカ人作曲家ジェローム・カーンの曲が二曲あった。後にこの二人はブロードウェイで再会し、「アメリカのミュージカルをつくった男たち」になる。

少年誌『キャプテン』にはウッドハウスの学園小説が続々と掲載され、『ポットハンターズ』の後、『監督生の叔父』、『聖オースティン学園物語』（共に一九〇三）、『金のバット』（一九〇四）などが続々と刊行されていた。そして一九一九年に『マイク』が刊行された。

『マイク』で、ウッドハウスは初めてルパート・スミスを登場させた。彼の慇懃《いんぎん》な態度と上から目線の話し方はたちまち少年読者たちを魅了し、『シティのスミス』、『新聞記者スミス』と、スミスを主人公とする続編が続いた。

スミスはウッドハウスが初めて主役級で登場させた喜劇的キャラクターであり、学園小説とドローンズ・クラブの世界との間を架橋する役割を果たした。後年には『スミスにおまかせ』に登場して、スミスはブランディングズ城を訪れる数多《あまた》のペテン師たちの一人となった。一九二〇年代半ば近くまで、ウッドハウスは学園小説作家として、何よりも「スミスの作者」として最も知られていたのである。

一九〇三年、ウッドハウスはハーバート・ウォットン・ウエストブルックと出会う。彼はケンブリッジを卒業後、サセックスとハンプシャーの境にある海沿いの小さな町、エムズワースのボールドウィン・キング゠ホールの経営するプレップスクールの副校長を務めていた。二人は友人となり、ウエストブルックはウッドハウスを学校に滞在するよう招待した。ウッドハウスはエムズワースの地を気に入って、校庭に面した家を借りた。

エムズワースはいくつかのウッドハウス作品の舞台となったが、何よりも重要なのは、この地の名がブランディングズ城に住まう一族の名に冠されたことである。また一族の姓「スリープウッド」は、エムズワースのレコード・ロードにあるウッドハウスが住んだ家の名称である。この家の正面玄関上に掲げられたブループラークは、一九六〇年代のテレビドラマでバーティー・ウースターを演じたイアン・カーマイケルにより、一九九五年に除幕された。レコード・ロードの南端はビーチ・ロードにぶつかるが、この通りからブランディングズ城の執事の名はとられたのである。

ウッドハウスはウエストブルックに時々『グローブ』紙の「バイ・ザ・ウェイ」コラムの代筆を頼み、また『グローブ・バイ・ザ・ウェイ・ブック』と『ノット・ジョージ・ワシントン』を共著で執筆した。ウエストブルックは長身でハンサム、大変な自信家で、女性に対しては魅力的だったが、要するにいい加減な男だったようだ。

一九〇五年に、ウッドハウスのダリッジ時代からの親友ビル・タウンエンドが、ニワトリについてまるきり無知であるにもかかわらず自分の経営能力を大いに過信してデヴォンシャーで養鶏場を経営しようとした知り合いの話をこの二人にした。ウッドハウスはこの逸話を大人向き小説第一作、『ヒヨコ天国』(一九〇六)にまとめ上げ、スタンリー・ファンショー・ユークリッジを主人公にした。

一九一二年にウエストブルックはボールドウィン・キング゠ホールの妹、エッラ・キング゠ホールと結婚し、ウッドハウスは、彼女を自分のイギリスでの著作権代理人にした。ウエストブルック本人とは疎遠になるばかりで、一九一四年から一九二三年まで会っていない。そして一九二三年にほぼ十年ぶりに再会した時、ウッドハウスはウエストブルックをモデルに、必ず大失敗に終わる儲け話シリーズ、『ユークリッジ』(一九二四)の着想を得たのである。

「そして私はウエストブルックなる人物と友好を結んだ。この男が本当のユークリッジなのだ。私たちは部屋をシェアし(家賃はいつも私が払った)、一九〇三年から一九一四年まで、二人してロンドンをうろついたものだった」(一九五八年三月二十八日付書簡)。

一九〇四年、ウッドハウスはニューヨークに短期間旅行した。一九〇九年、彼は二度目のニューヨーク訪問をし、短編二本を五〇〇ドルで売った。これはロンドンで受け取る原稿料よりも、はるかに高額だったから、彼は速やかに『グローブ』紙を辞し、現在はワシントン・スクゥエア・ホテルという名で営業する〈ホテル・アール〉に投宿した。

数カ月して当初ほど売れゆきが思わしくなくなると、ウッドハウスはロンドンに戻って、『グローブ』紙で再び働きだした。この後二十年にわたり、彼は大西洋をあっちへ行ったりこっちへ来たりする洋上通勤作家として過ごし、この間の航海は『ザ・ガール・オン・ザ・ボート』『ボドキン家の幸運』といった豪華客船を舞台とした作品に結実した。

一九一四年八月二日、何度目かの航海でニューヨークに到着した翌日、ウッドハウスは友人のノーマン・スウェイツにダブルデートに誘われた。この相手が、エセル・ロウリー・ウェイマンである。出逢いから二カ月も経たずして、二人は二九番街のリトル・チャーチ・アラウンド・ザ・コーナーこと、〈キリストの変容教会〉で挙式する。二人はハネムーンにアストール・ホテルに二泊すると、ロングアイランドのサウスショアのベルポートに一軒家を借り、ロングアイランドのグレートネックでもしばらく暮らした。

結婚後まもなく、ウッドハウスはニューヨークの『ヴァニティフェア』誌で劇評家として働きだし、筆名をいくつも駆使して記事も書いた。一九一五年のどこかの時点で、カーンはウッドハウスにガイ・ボルトンを紹介した。その結果が「アメリカのミュージカルをつくった男たち」の誕生である。そして時期を同じくして、ジーヴスが誕生する。

ウッドハウスは一九七五年に九十三歳で没するまで現役で執筆を続けたから、実に作家生活は六十年以上の長きにわたる。ジーヴスが誕生してからの話は、ジーヴス・シリーズの作品紹介と並行して、してゆくとしよう。〈ウッドハウス・コレクション〉の刊行順とは多少異同があるが、原著刊行順に話を進めよう。

1

比類なきジーヴス *The Inimitable Jeeves*（1923）
それゆけ、ジーヴス *Carry on, Jeeves*（1925）

お気楽で気のいいご主人様バーティー・ウースターと完璧執事ジーヴス、女性と見れば見境いなく恋に落ち、バーティーに恋愛の仲介役を押しつけてくる迷惑な友人ビンゴ、常にバーティーを震撼させる恐るべきアガサ伯母さんらを世界に知らしめた一冊。一番説教の長い牧師は誰かを賭けのネタにする「説教大ハンデ」、村のお楽しみ会の女子スプーン競走勝者は誰かを賭ける「都会的タッチ」などなど、スポーツマン精神にあふれた大名作連作短編集。（『比類なき』）

『マイ・マン・ジーヴス』（*My Man Jeeves*）所収のニューヨーク初期短編五編に併せてジーヴスとバーティーの記念すべき最初の出会いが描かれた「ジーヴス登場」、全シリーズ中唯一ジーヴス目線の一人称で語られた「バーティー考えを改める」など、全十編を収録した名作短編集。愛すべき善良で感心なダリア叔母さん、神のごときフレンチシェフ、アナトールら初登場の短編も収録。（『それゆけ』）

『それゆけ、ジーヴス』（一九二五）の刊行は『比類なきジーヴス』（一九二三）の後になる。とはいえ、第一章から第五章までに収められた短編の雑誌初出は『比類なき』よりも先であり、いずれも第一次大戦中に『サタデー・イヴニング・ポスト』誌に掲載された最初期のジーヴス短編である。また第一章を除き、これらはレジー・ペッパーという、バーティーの原型と考えられるお気楽暮らしでドローンズ・クラブのメンバーである青年を主人公とした短編といっしょに、『マイ・マン・ジーヴス』として一九一九年に刊行されており、したがってオリジナルの発表順では第五章と第六章の間に『比類なき』一冊が挟み込まれる格好になる。更に『それゆけ』第八章の「フレディーの仲直り大作戦」も、『マイ・マン』に収録されたレジー・ペッパーものの短編「セリフと演技」(雑誌初出は一九一二年。『よりぬきウッドハウス1』に収録)をジーヴスものに書き換えた作品である。

レジー・ペッパー・シリーズはジーヴスものの原型といわれる。この「フレディー」の場合などその関係は直接的だが、たとえば「ジーヴス登場」でバーティーの婚約者として登場し、後期の長編では重要な登場人物となるフローレンス・クレイ嬢も、レジー・ペッパーものにすでに登場している。とはいえ、そちらではクレイ嬢はレジーの年長の従姉妹で、アガサ伯母さんタイプの恐るべき女傑ということになっている。

ウッドハウス作品にジーヴスが初登場するのは、「ガッシー救出作戦」(一九一五。岩永正勝・小山太一訳『ジーヴズの事件簿』文春文庫、二〇一一年に収録されている)においてである。『それゆけ』内でも何度も「従兄弟のガッシーがヴォードヴィルの舞台に出ている女の子と結婚しようというのを阻止すべく、アガサ伯母さんにニューヨークに送りつけられた」一件として言及されている。そこでジーヴスは「グレッグソン夫人がご面会でございます、ご主人様」、「かしこまりました、ご主人様。どのスーツをお召しになられますか?」の二言しか口をきかない、ごくごく影の薄いデビューを飾った。したがってジーヴスの本格的なデビュー作は、『それゆけ』第二章に収められた「コーキーの芸術家稼業」と見なすことができる。

「コーキー」は一九一六年に『サタデー・イヴニング・ポスト』誌に発表された。初出時の原題は

「ジーヴスにおまかせ（*Leave It to Jeeves*）」で、単行本収録にあたっては、大幅な加筆修正がなされている。ちょっと長くなるが初出時の冒頭部を紹介しよう。

ジーヴス――ご存じ僕の従者だ――は、ほんとにものすごい男だ。すごく有能なのだ。正直言って彼がいなかったら僕はどうしていいかわからないくらいだ。広い意味で彼は、ペンシルヴァニア駅の大理石の壁を悲しげに見つめながら「案内所」と記された場所に座っている男みたいなやつだ。ああいう連中をご存じだろう。彼のところに行って「テネシー州、メロンスカッシュビル行きの次の列車はいつですか？」と訊いてみる。すると彼は少しも考えないで「二時四十三分、十番線、サンフランシスコ乗り換え」と答えるのだ。それでいつだって彼は正しい。うん、ジーヴスはこれとまったくおんなじ全知全能の印象を与えてくれるのだ。

僕の言いたいことを示す好例として、ある朝ボンド街でモンティー・ビンに会った時のことが思い出されてきた。奴はグレイの市松模様のスーツを着て、最高にいかして見えた。それで僕は自分もああいうのを手に入れるまでは絶対に幸せになれないみたいに思ったのだった。僕は奴から仕立て屋の住所を無理やり聞きだし、一時間もしないうちにそいつを誂《あつら》えていた。

「ジーヴス」その晩僕は言った。「ビン氏が着ていたような市松模様のスーツをこしらえているところなんだ」

「無分別でございます、ご主人様」彼はきっぱりと言った。「あなた様にはお似合いではございますまい」

「なんてバカなことを言うんだ！　ここ何年来で一番っていうような素敵な服なんだ」

「あなた様には不適切でございます、ご主人様」

それで早い話が、そのいまいましいシロモノが到着したところでそいつを着、それで鏡に映った自分の姿を見て、僕はあやうく卒倒するところだったのだった。完全にジーヴスの言ったとおりだ。僕はミュージック・ホールのコメディアンと安手の馬券屋の中間くらいに見えた。だがモンティーはこれとまったく同じ服を着て格好よく見えたのだ。こういうことというのは人生のミステリーであるし、ともかくまあそういうことだ。

無論ジーヴスの服装に関する判断が不可謬だというだけではない。もっと大事なことがある。この男は何でも知っているのだ。リンカンシャーの大穴予想の一件があった。どうやって入手したものか記憶はないのだが、とはいえそいつはホンモノの灼熱のタバスコみたいなやつだったのだ。

「ジーヴス」僕は言った。僕はこの男が好きだし、できるときには彼のために何かしてやりたいと思っていたのだ。「ちょっと金儲けをしたかったら、リンカンシャーの日はワンダーチャイルドを買うんだな」

彼は首を横に振った。

「いいえ、ご主人様」

「だが鉄壁だぞ。僕はこいつに全財産賭けるつもりなんだ」

「お勧めいたしません、ご主人様。あの動物は勝利いたしません。厩舎の方でも二着狙いがせいぜいの馬でございます」

無論完全なたわ言だ、と僕は思った。一体全体ジーヴスにどうしてそんなことがわかるというのだ？　とはいえ、結果がどうだったかはおわかりだろう。ゴール板直前までワンダーチャイルドがリードしていた。そこにバナナフリッターがやって来て、ハナ差で差し切ったのだ。僕はすぐに家に帰り、ベルを鳴らしてジーヴスを呼んだ。

「今後は」僕は言った。「君の助言なしには一歩だって歩かない。今日から君は自分を我が家の脳みそだと思ってくれ」

「かしこまりました、ご主人様。ご満足いただけますよう、あい努めてまいります」

それで実にまったくその通り、彼はよくやってくれている。僕は少々脳みそが足りない。僕のオツムは、実用よりも装飾向けにつくられているようだ。まあ、おわかりいただけよう。だが僕に五分間、ジーヴスと話しあう時間をくれたなら、僕は何についてだって誰にだって喜んで助言をしてやれるようになるのだ。それでそういうわけだから、ブルース・コーコランが困りごとを抱えて僕のところにやってきたとき、僕が最初にとった行動はベルを鳴らしてひたいの突き出たこの男にすべてを委ねることだった。

「ジーヴスにおまかせだ」僕は言った。

ジーヴス初登場の頃というのは、ウッドハウスにとって非常に華々しい時代であったと言える。一九一四年に彼は生涯の伴侶、エセルと出会って結婚した。三十二歳のこの初婚男性と、二度の結婚経験があり、二度とも夫と死別した十歳の娘もちでコーラスガールのこの未亡人は、ニューヨークで出会って二カ月でたちまち結婚し、一生涯を共に連れ添った。

またこの頃、ウッドハウスは小説家としてだけでなく、ミュージカルの世界でも一時代を画する活躍をしている。ガイ・ボルトン脚本、P・G・ウッドハウス作詞、ジェローム・カーン作曲の最初のミュージカル『ミス・スプリングタイム』が、ニューヨークのニュー・アムステルダム・シアターで幕開けしたのが一九一六年の秋である。この三人の天才のコラボレーションは揺籃期《ようらんき》にあったアメリカ・ミュージカル史を大きく方向付けた大事件だった。一九一七年だけで、ボルトン／ウッドハウス／カーンのミュージカルは五本が製作されているし、その後も多数のヒットが続いた。

こういうニューヨークのシアター・シーンでの経験は、小説中にも色濃く投影されている。従兄弟のガッシーの事件をはじめ、『比類なき』に登場したシリル・バジントン＝バジントンのエピソードとか、コーキーの恋人のコーラスガールのミュリエルとか、「フゥエディーにキスして」の舞台場面とか、ロッキーの手紙に描かれたニューヨークのナイト・ライフとか、この時代のニューヨークの空気が感じられる楽しい箇所は枚挙にいとまがない。

2 でかした、ジーヴス！ *Very Good, Jeeves!* (1930)

ジーヴス・シリーズ最強最後の短編集。赤毛のいたずら娘ボビー・ウィッカム、悪友タッピー・グロソップ、獰猛な白鳥、栄養満点のソプラノ歌手、アガサ伯母さんの愛息トーマス、ニューヨークの劇場経営者父子、ビンゴ夫人のベジタリアンなど学友、アイリッシュ・ウォーター・スパニエルらが次々とバーティーを襲う。読み進むほどにますます面白い珠玉のジーヴス短編集。

『でかした、ジーヴス！』の刊行は一九三〇年六月だが、その前年、『ストランド』誌一九二九年一月号に、ウッドハウスの愛娘レオノーラによる「家庭のウッドハウス」と題するエッセイが掲載された。娘の目から見た「プラム」あるいは「プラミー」ことＰ・Ｇ・ウッドハウスの肖像はこんなふうである。

プラムのフルネームはペラム・グレンヴィル・ウッドハウスだ。フロックコートを着込んだような仰々しい名前で私の素敵なプラミーにはまるで似つかわしくない。

彼は根っからの働き者である。だが時々、私は作家というのはまったく気楽な職業だと思う。イアン・ヘイが三、四日我が家に滞在していたとき、彼とプラムがミュージカルの脚本を共同執筆していた書斎からはずっと大きな笑い声がしっぱなしだった。それでいて昼食時には、午前中の仕事がどんなにたいへんだったかと二人は語り、それから外でゴルフをやって一日の仕事を終えるのだ。プラムが長編小説や短編を書くときの手順もだいたいこれと同じである。彼は午前中に執筆し、午後は「思索」する。その時には何があっても絶対彼の邪魔をしてはならないことになっている。その間彼は深い思索に耽り、偉大な長編小説の構想を練っているはずなのだが、蓋を開けてみれば、実は眠っていたりリンゴを齧《かじ》っていたりエドガー・ウォーレスを読んでいたりする。お茶の間は、ロンドンにいるときならば長い散歩に出、田舎にいるときにはゴルフをするのが常である。

彼の趣味は非常に単純だ。読書、パイプ、ラグビーの試合——こういうものを、彼は深く愛している。苦痛を伴うことは何であれ決して楽しまないから、狩猟や釣りはきらいだ。冷気肌を刺す十一月の朝、一月の午後の暖炉の火とマフィン、着古した服――彼がもっとも愛するのはこういうものだ。

彼には金銭感覚がない。千ポンドの小切手は彼にとって、良い仕事へのご褒美のしるしという以上の意味をまったく持たないのだ。でももし家内で半クラウンがなくなって大騒ぎになったら、舌をもつれさせて顔面蒼白になるのは誰かを、我々は皆心得ている。彼は五〇ポンドの小切手を、いつでも誰にでも現金七シリング六ペンスで売りかねない。この私が破産しないでいられるのも実はそのお陰なのだ。とにかく彼にはビジネスとかそういうことがまったく分からない。マミーが彼のことはすべて面倒を見ているし、そういうことがとても上手だ。プラムが望むのはタバコを買い、本屋の支払いをするための一ポンドをときどきもらうことだけである。どういうふうに暮らそうか、どんなところで暮らそうかとかはマミーと私でいつも段どっている。彼は計画を立てるのが嫌いだし、何が起ころうといつだって完璧に幸福でいられるからだ。

しかしながら、二つの事柄に関して彼は驚くほど、また面白いまでに確固たる態度を貫いている――骨董もののタイプライターへの偏愛とペケ犬の溺愛である。

そのタイプライターは彼が二十歳の時から使っているもので、これを彼は盲愛している。それを製造した会社はもうない。数えきれないほど修理を重ねているからオリジナルの部品などひとつも残っていない。それがバラバラにならずにいてくれるのは、ただただプラミーをがっかりさせないためだけだと私は思う。あまり使いすぎると壊れるし、使い方が足りないとキーが固まってしまう。誰もそれに触れることを許されておらず、彼が行くところにはどこにもついていく。必要とあらば、列車の一等座席を占めさせることをも辞さない。またポーターには絶対運ばせない。

それからスーザンがいる。

スーザンはうちのペキニーズ犬で、プラムは彼女を溺愛してやまない。極東に向けて大航海に乗り出そうとか、シチリアで気だるい夏を過ごそうとか考えるたびに、我々は彼女が留守番に取り残されねばならないことを思い出し、彼女を喜ばせるためにイギリスに留まり、あるいはリレーで世界を回るのだ。彼女はとてもかわいらしくて小さくて、こげ茶色の毛でペキニーズ特有のダンスするような歩き方をする。彼女が彼にほんのちょっとでも微笑みかけたら、たとえ誰の相手をしているときだって、話の真っ最中であったとしたって、彼は彼女のご機嫌を取りに駆けつけるのだ。

そうそう、私はプラムがどういうふうに仕事をするかを書く約束だった。彼は決して仕事を休まない。彼にとっての休日とは長編小説の代わりに芝居の脚本を書くことであり、ミュージカル・コメディーの代わりに短編を書くことである。彼の文章が読みやすいのは、彼が楽しんで書いているからだと私は思う。私は以前、とあるユーモア作家が、ページの合間合間に見られる小さな点は「コンマではなく、血の滴だ」と書くのを読んだことがある。けれどもプラムはまったく違う。いったんプロットをこれと決めた後は、彼はすらすら速く、やすやすと書く。誰にも見られないうちに破り捨ててと私がお願いするようなシーンがあるかもしれないし、五ページが書き直されて一パラグラフになることだってある。だが、書くときの彼は苦労していない。

私は「愛娘」と書いたが、レオノーラはウッドハウスの実の娘ではなく、妻エセルが最初の結婚でもうけた子供で、つまりは連れ子である。エセルと出会ってわずか二カ月で結婚したウッドハウスは、当時十歳だったレオノーラと対面し、瞬く間に意気投合した。まもなく彼は彼女と養子縁組している。

レオノーラは稀有なまでの魅力を湛《たた》えた少女であったらしい。ウッドハウスの評伝を書いたフランシス・ドナルドソンは女学校時代にレオノーラの学友だった。彼女がウッドハウス伝を書くと聞き、レオノーラを知る人たちはこれで彼女のことが記録に留められるとたいそう喜んだというし、また、一面識もない人から、「自分はウッドハウスについては何も情報を提供できないが、彼の娘さんに会ったことがあり、素晴らしくチャーミングな女性だった」という手紙を何通ももらったそうだ。

レオノーラは決して美人ではないが、金髪、碧眼、上を向いた鼻、薄い上唇、母親譲りの長い脚の持ち主の、頭がよくて才気煥発で親切で、誰からも愛された特別な存在であったという。ウッドハウスは彼女を愛してやまず、また作品のよき理解者、友人、第一読者、同志として彼女を尊重した。女子校のエピソード執筆の際、当時女学生であった彼女に、パーティーが女子校に迷い込んだら女の子たちが彼をからかってしまいそうなことは何か、とか、歓迎の歌があると聞いたがそれはどんなものか、と訊いている手紙がある。ドナルドソンによれば、ウッドハウスの小説のヒロインはみな二十代のレオノーラにそっくりなのだそうだ。

ウッドハウスの結婚生活は、ありふれたかたちのものではなかったようだ。妻エセルはウッドハウスより四歳年下だが、二度の結婚歴があり、鉱山技師だった最初の夫は病死、事業に失敗した二番目の夫は自殺した。最初の結婚でもうけたレオノーラをイギリスの寄宿学校に入れ、女優目指してブロードウェイ暮らしをしていた時に二人は出逢い、交際二カ月で結婚した。この時、ウッドハウスは三十二歳、エセル二十八歳、レオノーラ十歳。ウッドハウスがレオノーラと対面したのは、挙式後半年近く経ってからのことである。にぎやかなパーティーを好み、ギャンブルを愛し華やかでおしゃれで買い物好きの浪費家で、競走馬を買ってみたり株で大損したり、しょっちゅう若い男性を身辺にはべらせていたといわれるエセルは、ありとあらゆる点でウッドハウスと正反対の女性であった。結婚後まもなく、執筆に集中するためという理由でウッドハウス夫妻は寝室を別にし、ホテル滞在の際なども違う階にスィートをとったという。

とはいえ「人間のかたちをした天使」、妻エセルをウッドハウスは深く愛した。彼は彼女を崇拝し、偶像化し、全面的に頼りきった。またレオノーラの手記にあるように、妻は夫の生活、仕事、金銭関係全般の実務をすべて取りしきっていたようだ。エセルに対して必ずしも好意ばかりを抱いているわけではない印象を与えるウッドハウス伝の著者たちが見解を等しくする点は、彼女が傷つきやすい彼を、外部世界から守る盾の役目をしたという点である。

時にウッドハウスとエセルの関係は、エムズワース卿と彼の恐るべき妹コンスタンスの関係に比せられる。ウッドハウス作品の端々に伺える、結婚哲学というか達観あるいは諦観というべき境地は、作家の境涯とも多く重なるところであろう。とまれ、この二人がペキニーズ犬への偏愛と犬猫たちへの博愛を共有し、わかちがたく結びついていたことは間違いない。二人はウッドハウスが九十三歳で没するまで、六十年間を共に連れ添った。作家の死の一年半前、五十九回目の結婚記念日にウッドハウスが妻エセルに送った手紙を次に掲げよう。

エセル・ウッドハウスへ
一九七三年九月三十日

僕の大事なエンジェル・バニー、君のことを本当に愛しているよ。

また結婚記念日がきた！　僕らは五十九年も結婚していて、今も変わらず愛し合ってるのは、本当に素敵なことじゃないかな。僕がタバコを床に落っことした時以外はだけど。それだってもう絶対にしないから。

僕たちがめぐり合ったのは奇跡だ。他の誰といっしょでもこんなに幸せになれなかったってことが僕にはわかる。僕が君に「結婚しよう！」と言って君が承知してくれた日が、どんなに僕のラッキー・デーだったことか！

僕が悲しいのは君の健康のことだけだ。何とかしてあげられたらってどんなにか思ってる。でもすごいのは、君が具合が悪くて眠れなかったって言いながら僕のところにやってきて、それでそんなときでも五十九年前とまったくおんなじくらい君は美しいままだってことだ。でもね、君がぐっすり眠れたらどんなにいいだろうって僕は願ってる。言いたいことを全部言えたらいいんだけれど、でも本当のところは一言で言いつくせる。つまりこうだ。I LOVE YOU.

神のご加護のあらんことを
君の　プラミー

『でかした』の出版に一カ月先立つ一九三〇年五月八日、ウッドハウスはＭＧＭ社の招聘《しょうへい》を受け、週二千ドル、六カ月の契約でハリウッドの人となった。小ぢんまりした美しい中庭とプールのある女優ノーマ・シアラー所有の邸宅を借り受けた彼が、当初この地に対して抱いた印象は好ましいものであったようだ。デニス・マッケイル宛六月二十六日付書簡でウッドハウスが語ったここでの暮らしぶりはこんなふうである。

「僕の毎日の生活は規則的だ。朝起きると、ひと泳ぎして朝食、二時まで仕事をしてまた泳ぎ、七時まで仕事して三度目にまた泳ぎ、それからディナーを食べたら一日の終わりだ。時々スタジオから呼び出しがあると車ででかけて何時間かして帰宅する。絶え間なく降り注ぐ太陽をそこに付け加えよ。実に陽気な暮らしである」

とはいえスタジオでの仕事は「取るに足らない」もので、ほぼ完成済みの脚本を渡されて台詞の手直しをさせられ、普段は家で小説の執筆をしてたまに会議のときにスタジオに行くだけというここでの仕事を、ウッドハウスは「記録に残るかぎり最もなま易しい仕事」だと語って居心地悪く感じていた。六カ月の契約は一年に延長され、その間『ロサンゼルス・タイムズ』紙に、高級車に乗らずスタジオまで歩いて通うビバリーヒルズ唯一の歩行者として取り上げられたり、エセルが頻繁にハリウッド流のビッグなパーティーを開いたりして過ごしたのだが、結局、具体的な成果に結びつく仕事は何もしていない。一年の契約終了後、ウッドハウスは一九三一年六月七日付『ロサンゼルス・タイムズ』紙のインタヴューに答えて一種の舌禍事件を起こし、一躍時の人となった。

スタジオは僕に週二千ドル——年間十万四千ドルだ——を支払ってくれるが、僕には彼らが何のために僕と契約を結んだのかまったくわからない。彼らは僕にとても親切だが、僕は何だか彼らから金を騙し取ってるみたいな気がしている。つまり、僕は映画用の原作ストーリーを書く契約をしているつもりでここにいる。僕は二十作の長編小説と、大成功だった劇をたくさんと、数え切れないくらいの短編を雑誌に書いてきているんだ。ところが明らかに彼らは僕に何をやらせたらいいのか見つけるのに大苦労している。この一年の間に二回、彼らは他人の原作で完成済みのシナリオを僕に渡して台詞をどうこうするよう言ってよこした。十五、六人の人がこいつをいじくり回してきてあって、台詞も本当にちゃんとしていた。僕はほんのここそこを手直ししただけだ。

それから彼らは僕に『ロザリー』の仕事を持ってきた。ミュージカル曲がいくつか入るはずの素敵な小品で、僕はそいつに三カ月かかりきりだった。それでできあがってみれば彼らは僕に丁寧に礼を言い、ミュージカルはあまり流行らないからこれは使わないことにするって言ってよこしたんだ。

呼び寄せられて十万四千ドル払ってもらって、僕がしたのはそれだけだ。驚いた話じゃないか?

僕は個人的には礼儀正しい扱いを受けてきた。だけどワーナー・ブラザースで僕の友達のローランド・パーウィーがどんな目に遭ったかを見てもらいたい。彼はマリリン・ミラーのために原作を書いた。連中は彼の肩をポンポン叩いて素晴らしい出来だと言ってよこした。それで翌朝いつもどおりに彼がスタジオに出勤すると入り口の警官に、あなたは解雇されたから中へは入れませんって言われたんだ。

信じられない話じゃないか?

二日後、このインタヴューは『ニューヨーク・タイムズ』紙と『ニューヨーク・ヘラルド・トリビューン』紙、その他米国全土の地方紙に掲載された。六月十日、『トリビューン』紙は「P・G・ウッドハウス氏すべてを語る」として「名声は破棄されるために買い取られ、才能は利用されぬまま捨て置かれ、無意味な雇用、理不尽な解雇がまかりとおっている」という趣旨の記事を載せた。

彼の発言は、ヨーロッパを大戦に導いた「サラエボの皇太子暗殺事件」くらいのインパクトがあった、と、ウッドハウスは友人たちへの手紙で語っている。これら一連の騒動が東部の銀行家たちを刺激して映画産業の改革を一気に促したともいわれるが、当人にもとより大それた意図があった様子はなく、「皆が言っていることを言っただけなのに、社名人名をあげたのがいけなかったのだろうか」と、タウンエンド宛書簡で当惑して述べている。ウッドハウスは敵意みなぎるハリウッドでの生活を更に半年近く続けた後、十一月にイギリスに帰国した。

『でかした』内各所で猛威を振るうロバータ・ウィッカム嬢は「クララ・ボウ寄りの線」の女の子とされるが、燃えるような赤毛でツーシーターを飛ばして男たちを手玉に取る、たしかにジャズエイジのフラッパー、ボウを髣髴《ほうふつ》とさせるキャラクターである。第八章でブリンクレイ・コートに集《つど》った少年たちはボウやガルボら、この時代のハリウッド女優を崇拝すること果てしない。第四章でバーティーとタッピーは「サニーボーイ」を歌うが、この曲をアル・ジョルソンが歌った映画『シンギング・フール』(一九二八)は、自伝的映画『ジャズ・シンガー』(一九二七)の続編で、後者が映画史上初のトーキー作品であって、そこでジョルソンが言う映画初の台詞が「お楽しみはこれからだ」であったと述べたならば、「ホー!」と思われる向きもあるいはおありではなかろうか。クララ・ボウ主演の映画『つばさ』(一九二八)が第一回アカデミー賞を受賞したのは一九二九年のことである。サイレント時代が終わりを告げ、急速にトーキーに代わろうとしていた時期であった。トーキー移行期のハリウッドを舞台としたミュージカル映画『雨に歌えば』(一九五二)には、トーキーになって悪声がバレ、笑いのめされる大女優がでてくるが、ボウはアヒル声とブルックリンなまりがバレ、良家の不良娘のイメージが崩壊してまさしく現実にそういう目に遭った女優であった。

『でかした』収録作品はいずれも一九二六年から一九三〇年四月のあいだに、英国では『ストランド』誌、米国では『リバティー』誌、『コスモポリタン』誌に掲載された短編である。ちなみに第八章の「愛はこれを浄化す」は一九二九年十一月号の掲載であるから、アンストルーサー老人が懸念を表明している不穏なアメリカ市場の「強い売り崩しの動き」というのは、同年十月のウォール街のブラックサーズデーあるいはその前夜を指すと考えてよさそうだ。第九章ではノーフォーク州の田舎のご領主様に立派に収まっているビンゴの姿が見られるが、この設定はこの後何の説明もなく変更され、この先ビンゴは、ロンドン住まいの幼児雑誌の編集者で、ロージーとの間にはアルジャーノン君という赤ちゃんに恵まれているという設定で、ドローンズ・クラブものの短編に活躍の場を移すことになる。

『でかした』はE・フィリップス・オッペンハイムに捧げられている。オッペンハイムは日本ではほとんど読まれないが、ベール姿の謎の女性が機密文書在中の金庫を物色したりするようなスパイ小説の作者で、ウッドハウスとはよく一緒にゴルフをし、いつも負かしていたらしいし、フレンチ・リヴィエラで自分のヨットにウッドハウスを招待したりと交友があった。また彼の推薦でウッドハウスは文人俳優が集うロンドンの有名な〈ギャリック・クラブ〉のメンバーになった。

第六章でルーシャス・ピムが読んでいるエドガー・ウォーレスについても一言添えよう。レオノーラの手記にあるとおり、ウォーレスはウッドハウスが愛読した人気スリラー作家で、現在のわが国では『キング・コング』の原作者としてかろうじて知られるだけだが、一時期イギリスにおいては書籍売上数の四分の一が彼の著作であったと言われるくらいの人気を誇った。ハリウッド時代にエセルが催したパーティーでウッドハウスの隣席に座った老婦人が、「わたくしの息子はあなたの作品を山ほど持ってますの、ほかのものは何にも読みませんのよ、お目にかかれて本当に嬉しいですわ、息子に話してやったらどんなにか喜びますかしら、エドガー・ウォーレスさんのお隣に座っただなんて」、と言ったというエピソードを、ウッドハウスは好んでよく語った。

3 サンキュー、ジーヴス *Thank You, Jeeves*（1934）

突如バンジョレレ演奏熱に浮かされたバーティーの演奏三昧に耐えかねたジーヴスがついに辞表提出。ジーヴスの次なる就職先はバーティーの親友、貧乏貴族チャッフィーの許だった。ご近所から石もて追われ、バンジョレレ演奏の道をひとり究めんとしたバーティーはなぜかチャッフィーの所有するコテージを借りうけ、ジーヴスとチャフネル・レジスにて再会する。バーティーの元婚約者アメリカの大富豪令嬢、美貌のポーリーン・ストーカーとチャッフィーの悲恋、バーティーの宿敵ロデリック・グロソップの純愛成就がため、諸般の事情で顔を黒塗りにしたバーティーが夜陰に暗躍する。

親友ビル・タウンエンドに宛てた書簡を編集し、編纂した『パフォーミング・フリー』（一九五三）には、ウッドハウスの小説作法が繰り返し記されている。母校ダリッジ・カレッジの同級生で、寮では同室、一緒に読書し、語り合って過ごしたこの海洋冒険小説作家と、ウッドハウスは一生の友情を貫き、友人として、また先輩小説家として、彼を励まし書くことに対する思いを披露し続けた。ウッドハウスの小説を非常にうまく特徴づけた文章としてよく言及、引用される箇所は、タウンエンド宛一九三五年一月二十三日付書簡にある。

「僕が信ずるところ、小説書きには二つの方法がある。ひとつは僕のやり方だ。つまり現実の人生はまるごと無視して、一種の音楽抜きのミュージカル・コメディみたいなものにすることだ。もうひとつは人生のどん底深く入り込んで余計なことは一切気にかけないことだ」

この「音楽抜きのミュージカル・コメディ」という形容がもっともふさわしい作品が、本作『サンキュー、ジーヴス』であろう。『銀河ヒッチハイク・ガイド』（河出文庫、二〇〇五）で知られるダグラス・アダムスは、ウッドハウスの作品を評して「純粋な言語の音楽」だと語り、作家を「最も偉大な英語の音楽家」と讃えた。本作で読者は、かろやかな言語の音楽にいざなわれ、しばし天上の別世界に運んでもらって活劇の興奮とメランコリーの陶酔に浸り、ひとときを至福のうちに遊ばせてもらうことになる。

言うまでもなく、ウッドハウスはミュージカル・コメディの作り手でもあった。彼のミュージカルとの関わりは、作家が原作を提供するというだけの生やさしいものではない。黎明《れいめい》期のブロードウェイにおいて、ウッドハウスは脚本家、そして作詞家として米国ミュージカル史を画する活躍をした。脚本カイ・ボルトン、作詞P・G・ウッドハウス、作曲ジェローム・カーンによる一九一五年以降、とりわけニューヨークのプリンセス・シアターで上演された一連のミュージカルは、アメリカのミュージカルを確立したといわれる。当時のウッドハウスの生産性は恐ろしく高く、たとえば一九一七年の一年間だけで、ニューヨークで初演開幕した六本のミュージカルに関わっており、うち『キティ・

ダーリン』と『ザ・リヴィエラ・ガール』については全曲の作詞を、『ハヴ・ア・ハート』『オー・ボーイ！』『ジェーンにおまかせ』については全曲の作詞と脚本の一部執筆を、『ミス一九一七』については粗筋を担当している。その上作家としては、同年に『ピカディリー・ジム』と『ザ・マン・ウィズ・トゥー・レフト・フィート』の二冊の著書を出版し、更に『ストランド』誌と『サタデー・イヴニング・ポスト』誌にジーヴスものの短編を二編発表する凄まじさである。

ウッドハウスは学生時代にギルバート・アンド・サリヴァンのオペレッタ、『ペイシェンス』を水晶宮ではじめて観て「完全に恍惚に酔いしれ、これはこの世にありうる最高のものだ」と感激し、詩人としてW・S・ギルバートをずっと崇拝した。また、彼は香港上海銀行勤務時代から、『グローブ』紙で「バイ・ザ・ウェイ」というコラムを執筆し、毎日そのためのライト・ヴァースの類いを書くのが仕事だった。

音楽にあわせ当意即妙な詞をつける非常な才能がウッドハウスにはあり、娘のレオノーラによると、電話の向こうで作曲家に二、三度ピアノを弾いてもらったその晩のうちに詞を作り、出来上がった詞は完璧にその曲にぴたりと合っている、という芸当ができてしまう人であったらしい。

ジョージ・ガーシュウィン、アーヴィング・バーリン、コール・ポーターといった当代最高の作曲家らとも、ウッドハウスは一緒に沢山仕事をした。『バンド・ワゴン』で知られる作詞家でMGMの副社長でもあったハワード・ディーツはウッドハウスを「私が最も崇拝する作詞家」と述べたし、作詞家ロレンツ・ハートは「自分はウッドハウスにインスパイアされた」と語り、ジョニー・マーサーは二十一世紀の研究家にその作品が評されるであろう六人の作詞家の一人にウッドハウスを挙げた。ジョージ・ガーシュウィンの兄である作詞家、アイラ・ガーシュウィンは作詞家P・G・ウッドハウスについて後年次のように語っている。

「この分野でのウッドハウスの才能は、いまだ完全には認識されていない。僕に言わせれば、第一次大戦の直前から二〇年代にかけて、彼ほどチャーミングな詞を書いた人はいない。もちろん僕は彼のことを崇拝している。それに僕宛の手紙（一九六一年十一月十日付）で、彼は、リチャード・ロジャースから八十歳の誕生日を祝う電報をもらったんだが、ラリー・ハート、オスカー・ハマースタイン、それとリチャード自身が、長年の間プラムからどれだけ沢山の教えを受けてきたことかって言ってきたって書いてあるんだ」

本作でバーティーがバンジョレレで弾く曲は、『ショウボート』で歌われたカーンの名曲、「オールド・マン・リヴァー」や、コール・ポーターが作詞作曲を担当した一九二九年のミュージカル『ウェイク・アップ・アンド・ドリーム』から「恋とは何でしょう」など、きらきら輝く往時の流行曲である。作中に登場する「黒人ミンストレル」というのは少々説明を要しようが、「ブラックフェイス」とも言われ、多くは白人が焼きコルクや靴墨などを顔に塗り、黒人を装って黒人風の音楽を演奏するという、十九世紀半ばから起こった寄席演芸の形態である。二十世紀初頭にもミュージック・ホール等で大いに人気を博しており、「サニーボーイ」を歌ったアル・ジョルソンもブラックフェイスが持ち芸だった。現在では人種差別主義的カリカチュアと感じられ、廃れた芸であるが、少なくとも『サンキュー』の当時には、顔が黒塗りにされているだけですでにおかしい、という共通了解が存在した。

『サンキュー、ジーヴス』はウッドハウスが初めて書いたジーヴスものの長編である。南仏のラ・フレイユ滞在中に執筆され、作家自身がその後繰り返し懐かしがり慨嘆するほどのスピードで一気呵成に書き上げられた。一九三二年には完成していたが、連載権を買い取った『コスモポリタン』誌上での掲載が遅れたため、書籍刊行は一九三四年になった。第一章で仲たがいした二人が、最終章でめでたく仲直りして結ばれるという恋愛小説風の枠組みで、つまらぬ諍《いさか》いの末に別れた二人が、愛し合い、切なくやるせなく求め合いながらも互いに別のパートナーと生活を共にし、再会した時にも今の相手に不足はないようなことをしらじらしく言い合ったり、それで一方は新パートナーに裏切られた末にどんどんどんどん不幸になるばかりで、他方は現在のパートナーに忠実を貫き通す、というとことんベタなメロドラマなのがおかしい。

本作のヒロインはアメリカの大富豪の女相続人、美貌のポーリーン・ストーカーである。彼女はバーティーの元婚約者であるばかりでなく、彼の寝室にパジャマ姿で入った唯一の女性であるし、また、バーティーとのキスシーンまでが記録されている。大型船から海に飛び込む百万長者の娘というと、映画『或る夜の出来事』（一九三四）のクローデット・コルベールが想起されるが、この映画の原作は一九三三年に同じ『コスモポリタン』誌に掲載されたサミュエル・ホプキンス作の短編であるから、あるいはひょっとすると映画のほうでポーリーンにオマージュを捧げてくれたのかもしれない。

リー・デイヴィス著、ボルトン、ウッドハウス、カーンの伝記、『ボルトン、ウッドハウス、カーン――ミュージカル・コメディを創った男たち』（一九九三）の序文は、一九八〇年の感謝祭の日、当時九十四歳になっていたレディー・エセル・ウッドハウスが、ガイ・ボルトンの娘ペギーの家のお茶に招かれるところから始まる。ウッドハウスもボルトンもその数年前に亡くなっており、二人の伝記を書こうとした著者ははじめての聞き取り調査を開始しようとしていた。ペギーは著者の協力者として、エセルに二人の思い出を語らせようと誘導する。

「二人が散歩してたのは憶えてる?」彼女(ペギー)はレディー・エセルに向き直った。彼女の時間のトンネルから過去を引き出し、私のために何か思い出話を見つけ出そうとしてくれていたのだ。

「散歩。そう、散歩ね」レディー・エセルは答えた。心ここにあらずといったふうに。

「ねえ、二人は何の話をしてたんだと思う?」ペギーは促した。

「書くことよ。プラミーとガイが話してたのはそのことばっかり」

「憶えてる——?」

「もう、いやになっちゃう。記憶なんかないの。最初に消えるのがそれね。なんだって憶えてたものだった。パーティーもした。ダンスもしたわ。賭けるのだって大好きだった」

「そうよ!」ペギーは勢いづいて身を乗り出した。少しずつ、扉を開きながら。「ある朝、ル・トゥケでだった。私は十七歳だったはずよ。私はビーチにいたの。私、いつだってビーチにいたんだわ。そうしたら貴女がこっちに降りてきて、夜会服と宝石で素敵に飾り立てて、カジノから帰ってくるところだったんだわ。ねえ、あの頃のこと、憶えてる?」

眼鏡の奥の目が明るく輝いた。

「シャンパン色の日々」レディー・エセルは言った。

ル・トゥケにウッドハウスが家を購入したのは、『サンキュー』の出版された一九三四年である。ウッドハウスにとって最後のミュージカル作品となったガイ・ボルトン、P・G・ウッドハウス共同脚本、コール・ポーター作曲のミュージカル『エニシング・ゴーズ』制作のため、三者の居住地の中間地点の落ち合い場所として英仏海峡を臨む海浜リゾート地、ル・トゥケの地が選ばれたのだ。ウッドハウスもエセルもここが気に入り、ドイツ軍に抑留される一九四〇年まで、この地に住まいを構えることになる。

私は二〇〇六年の夏ル・トゥケにほんの少しだけ行った。モーツァルト生誕二五〇周年に沸くザルツブルグに行った帰りに、ダリッジのウッドハウス・ライブラリーで資料を見せていただく約束をしてあった。乗り継ぎに失敗して一日遅れでロンドンに到着し、それでもダリッジに行く約束の日までは二日あったから、「シャンパン色の日々」の地を見ておきたい気がして一泊二日ル・トゥケ単独行を敢行したのだ。

ユーロスターで英仏海峡を渡り、カレー・フレットソンという国境駅で降り、入国審査のお兄さんに助けてもらってやっと乗り込んだ頼りなげな在来線を更に乗り継ぎ、奇跡的にエタープル・ル・トゥケの駅に着いたものの既に時計は夜八時をまわりタクシーはおろか、車一台姿はない。誰に訊こうにも駅舎は閉まっていて誰もいない。しばらく待ってもどうにもならず、道路の向こうの宿屋兼パブといった風情の店に入ってタクシーを呼んでもらうことにした。

結局、パブのカウンターに座っていた地元の妖婦風のお姉さんと相乗りで、予約したホテルにたどり着き、コンシェルジュに「あなたが本日最後のお客様です。お待ちしておりました」と鍵を差し出されてほっとした。いつか日本に行って音楽がやりたいんだというコンシェルジュのファビアンさんは、かくかくしかじかの理由でここに来たのだと告げると、一九三〇年代のホテルの絵葉書を出してくれたり、旧い写真を見せてくれたり、ロウ・ウッドというウッドハウスの家を探す手伝いもしてくれた。とはいえ結局見つけられなかったのだが。

ファビアンさんの予約してくれたブラッスリーで晩ごはんを食べ、町をそぞろ歩いて海岸まで行った。出たところはちょっとした海浜遊園地になっていて、その向こうには砂浜が広がっていた。いつもペギーがいたというビーチはここだ。

翌朝はホテルでとても素敵な朝食にした。朝食室の横の廊下には、一九三〇年代からこちら、このホテルを訪れたセレブリティたちの写真とサインが壁一面に掛かっている。ディートリッヒ、グロリア・スワンソン、モナコのシャルロット王女、ブレア首相やシラク首相等々。ウッドハウスが滞在したロイヤル・ピカルディとかゴルフ・ホテルといったホテルは今はもうないから、偶然予約したホテルだったのだが、シャンパン色の日々を少しだけ垣間見られたようで嬉しかった。

その日のコンシェルジュに帰りのユーロスターに接続する電車の時間を訊くと、なんと今日一本きりの列車があと二時間後に出るという。全然時間がない。あわててチェックアウトして荷物を預けると、もう一度駅に電話して確認をしてくれ、すると二時間後の電車はキャンセルになったから、一時間後のに乗らなければだめだという。街を歩ける時間はほんのわずかしかない。ウッドハウスの家はゴルフ場のそば。それにここのゴルフコースは年に一度の「ドローンズ・クラブ・ゴルフ・トーナメント」が行われたところだ。とりあえず海岸からゴルフコースのところまで、松林の間の結構な距離を歩き、帰りは走って、頼んでおいたタクシーに乗り込み、結局来ただけになったけれど、来ただけでもよかったんだ、と、名残惜しく沿道を眺めながら駅に着いた。

それでまあ、帰路も何事もなかったわけではないのだが、ともかくも生きてふたたびロンドンの地を踏み、タクシーでホテルに向かう途中、偶然、去年探し当てた下積み時代のウッドハウスのチェルシーの下宿の前を通った。去年は売り出し中の札が掛かっていたが今年は掛かっていない。あっ、という間に通り過ぎてしまったが、やっぱりなんだか嬉しかった。

翌日は約束したダリッジのウッドハウス・ライブラリーに向かった。アーキヴィストのジャン・ピゴットさんはあと六日で定年退職だそうで、ご自分の資料や色々の整理で大変お忙しいのに、あるものは何でも見せてくださった。晩年のウッドハウスの書斎を再現した「ウッドハウス・コーナー」(ここのことをウッドハウス・ライブラリーの皆さんは「ウッドハウス聖堂(Wodehouse Shrine)」と呼んでいた)のガラスの囲いの中に私を入れて、しばらく放っておいてもくださった。作家の机を前に彼の椅子に腰掛け、彼のタイプライター、彼の眼鏡、彼のパイプ、本棚二つ分の蔵書等々にそうっと触ってきた。ピゴットさんは生原稿や書簡、写真の類いのどっさり入った箱をいくつも出してきてくださって、端から写真撮影を許してくださった。「ウッドハウスがダリッジにいた最後の年は、彼は色々なことをやったんだ。彼は合唱隊で歌ってもいたし」と、ウッドハウスが出演した学校の演芸会のプログラムと、彼がそこで独唱した曲'*The Song of Hybrias the Cretan*'という曲の楽譜を取り出して「この歌詞を彼は憶えていたんだね。ほら、ここで使っている」と、『アンクル・ダイナマイト』(一九四八)の該当箇所を示してくださったり、「彼はクリケットの選手としても優秀だったんだ」と、ウッドハウスが投手として十回連続で打者を敗退させた試合記録を見せてくださった。書庫の中にも入れていただいた。ダリッジの卒業生であるレイモンド・チャンドラーの本も少しあった。ピゴットさんによればウッドハウスとチャンドラーは直接の面識はなかったが、タウンエンドはチャンドラーと面識があったため彼を通じた交流があったらしい。

ウッドハウスがダリッジを卒業してすぐ、銀行員をしながら原稿を書き、作家になろうとしていた頃、一九〇〇年二月からの、「マネーブック」こと「原稿料収入記録帳」も見せてもらった。ダリッジに来る前にウッドハウスが行った学校で何かの賞品にもらった革装の手帖で、若きウッドハウスが受け取った原稿料が、いつ、何を書いて、どこから、幾ら、と、事細かに記してある。「ウッドハウスはお金のことにはまるで無頓着だったと後に娘さんが書いていますが？」と訊くと「それは嘘だ」とピゴットさんは言った（二〇〇四年刊のマックラムのウッドハウス伝でも同様の見解が示されている）。

とまれ、ピゴットさんが私に見せたかったのは、その手帖に書かれたメモで、銀行に勤めるかたわら『グローブ』紙で執筆していたウッドハウスが「［一九〇二年］九月九日、グローブと銀行のどちらかを選ぶ必要に迫られ、後者を捨てる決心をした。僕は自分の意志でフリーランスとして暮らし始める」と鉛筆で書きなぐっている箇所だ。「この字から、彼の興奮した思いが伝わってくるでしょう？」と、そこのところを何度も指でこすって示してくださった。

『パフォーミング・フリー』に収録された書簡も沢山あった。ウッドハウスとタウンエンドは話し合って、個人的に過ぎると判断した箇所はオミットしたから、手紙には赤鉛筆で、本に採る箇所に印がしてあった。第二次大戦中ドイツに強制収容された時代に家族や友人が送って配達不能で送り返されてきた手紙やイヴリン・ウォーなど他の作家からの手紙もあった。長編小説を執筆する前に四百枚書くという創作ノートも、晩年の*'Pearls, Girls and Monty Bodkin'*（一九七二）の生原稿もこの手で触らせてもらった。ウッドハウスはノートを取ると、そこに赤鉛筆で「good!」とかまだまだとか、こうしたらどうだろう、例えば……とか、先生が学生のレポートを添削するように書き込みを入れる。

雑多な写真の中には、学生時代のウッドハウスの写真や、ジーヴスの名前をもらったプロクリケット選手のパーシー・ジーヴスの写真、『サンキュー、ジーヴス』を含む映画化作品のスティル写真とか、テレビの〈ジーヴス&ウースター〉のパブリシティ用の資料もあった。

ウッドハウスとボルトンは最晩年に『ジーヴスにおまかせ』というミュージカルの制作を試み、二人して脚本も音楽も完成させたものの上演は果たせなかった。しかし、ジーヴスはあのサー・アンドリュー・ロイド＝ウェバーの手でミュージカルになっている。ウッドハウスの死後間もない一九七五年四月、ロンドンの〈ハー・マジェスティーズ・シアター〉で幕開けした『ジーヴス』は、ロイド＝ウェバー唯一の掛け値なしの失敗作と言われ、上演回数わずか三十八回で幕を閉じた。その後全面的に書き直され、一九九六年に『バイ・ジーヴス』としてふたたびロンドンのウエスト・エンドに登場してまずまずの好評を得、またブロードウェイでも好評をもって迎えられた。村の教会ホールでバーティー・ウースター氏によるバンジョーのリサイタルが幕を開けようという、その直前に、不審にも何者かの手によりバンジョーが消えてしまう。急遽ジーヴスの発案でバーティーの友人たちの愛と冒険譚をステージで披露することになるのだが、というオリジナルストーリーである。問題のアイテムがバンジョーであるところが、『サンキュー』への言及であるわけだ。なお、本作は日本でも『天才執事ジーヴス』として、二〇一四年、日生劇場にて上演された。（本書三一一頁参照）

ウッドハウスは一九七五年の舞台を見ることなく没したが、生前にロイド＝ウェバーの脚本を読んでおり、ガイ・ボルトン宛一九七三年八月十五日付書簡でその内容を酷評していた。

こうである。

「連中はジーヴスを聖典だと思って、ストーリーを詰め込められるだけ詰め込めばいいと考えたんだ。僕は一番重要なのは明快さだと確信している。明快な脚本を書いたら、どんなにいい材料を使い残したからって気にしちゃだめだ。

連中にはでっちあげたものは全部放り捨てて、『サンキュー、ジーヴス』に立ち戻ってもらいたい。あそこにミュージカルに必要なものはすべて揃っている——つまり、明快で直截なストーリーと、要所要所にまとまった喜劇的場面があるっていうことだ」

4　よしきた、ジーヴス　*Right Ho, Jeeves*（1934）

イモリを愛する内気で間抜けな純情青年ガッシー・フィンク＝ノトルと夢見がちな乙女マデライン・バセットとの悲恋成就がためバーティーが乗り出す。善良なダリア叔母さんの居館ブリンクレイ・コートを舞台に、バーティーの従姉妹アンジェラと悪友タッピー・グロソップとの間のサメをめぐる恋のもつれと、ダリア叔母さんがカンヌのカジノでやらかした大散財問題解決の難問に果敢に挑む策士バーティー。酩酊したガッシーが執り行うマーケット・スノッズベリー・グラマースクールの表彰式、神のごときフレンチシェフ、アナトールのよくわからない罵詈雑言、バーティーの可哀そうな自転車行などなど、笑えないページは皆無。ウッドハウスの最高傑作と評される反面、バーティーがあまりにも可哀そうすぎるとの声もまた高い。

『ジーヴスと朝のよろこび』（一九四七）の序文でウッドハウスは、「私がジーヴスとバーティーの登場する新著を出すたびに、批評家は『エドワーディアンだ！』と非難の声をあげる」と、愚痴をこぼしている。バーティー＝ジーヴスものはエドワード期に時代設定を置くと考えられ、作者もそう述べているし私もずっとそう思ってきたのだが、ちょっと注意するとそうした理解は不正確であることがわかる。本作を見てもたとえば、タルラ・バンクヘッドやジョーン・クロフォードといった、一九二〇年代以降に活躍した映画女優の名や、「戦後のウィスキー」への信頼云々あるいはガンジーの非暴力不服従運動に言及したせりふなどが出てくる。リリアン・ギッシュのデビューは一九一二年である。もっとはっきり、ビンゴの伯父さんの老リトルが、「一九一七年の冬に一度だけ」、マヨネーズにクリーミーさが欠けていたことがあったのは、当時何度もあった空襲のせいだと述べている箇所もある。

こうしてみるとバーティーやジーヴスが活躍した時代というのは、気分はエドワーディアン（すなわちエドワード時代風と訳すべきなのだろう）だが、少なくとも第二次大戦前の作品に関しては、発表時期とおよそ同時代、戦間期に舞台を置くものと考えてよいようだ。したがって第一次大戦後の混乱、アメリカでは禁酒法の施行、大恐慌、ニューディール政策にヨーロッパではファシズムの台頭といった大変な時代をバーティーたちも生きているのだが、あまり大変そうに時代に翻弄されて暮らしてはいないようだ。ウッドハウスは上記まえがきで、「私の小説は一種の歴史小説と考えてもらいたい」と言っているのだが、この歴史小説において時間はずいぶん気楽に行ったり来たり伸び縮みをするようだし、あまり厳密であろうとしてはいけないらしい。

ともあれ、今日ではナショナルトラストなどのお世話にならねば存続が難しい田舎の大邸宅は、この時代には使用人付きで現役バリバリであった。『よしきた、ジーヴス』の舞台となるブリンクレイ・コートは、東方貿易で財を成したトム叔父さんが購入した館であるというから、トラヴァース家は代々その地の郷紳として住まいいたしてきた家柄というわけではないようだ。とはいえ、バーティー・ウースターをして三度、予期せぬ婚約に至らしめたというこの館は、木陰の小径やらバラ園やら湖やらあずまややらを配する広大な、クロード・ロランの風景画のごとき理想主義的庭園を擁し、窓という窓すべてに嵌め込まれた泥棒よけの鉄格子が、鬱然たる外貌にさらなる中世的威圧感を追加する堂々たる邸宅である。そして館の女主人たるダリア叔母さんは、ファッショナブルな淑女雑誌『ミレディス・ブドワール』の編集発行人であり、お洒落な男女が今何を着ているかに目を配るばかりでなく、客間には大部のテニスン詩集を置き、皮装のエドワード・フィッツジェラルド訳『ルバイヤート』を小テーブルに載せ置く、当時の知的ファッションをもおさえた教養あふれる才人であるのだった。

ところで岩波文庫の『テニスン詩集――イギリス詩人選（5）』（西前美巳編、二〇〇三）の編者前書きによると、テニスンという詩人の第一の特色は、「その作品の量の豊富さである」そうだ。ダリア叔母さんがバーティー目がけて投げつけた（と推察される）アルフレッド・テニスン卿著作集の鈍器のごとき分厚さ、重量に思いを馳せずにはいられない。

コールリッジやブラウニングらの詩句、シェークスピアあるいは聖書の文言を自由自在に引用するダリア叔母さんの才気は、当然ながらバーティーなんぞをはるかに凌駕する。むろんダリア叔母さんのみならず、本作の登場人物たちは相変わらず揃いも揃って皆、詩やら何やらを頻繁に引用し、それらに言及する。また本作ではバーティーが、「子供の時学校で聖書の知識で賞をとったことがある」

ことが明らかにされるが、そのためか本作には聖書への言及が頻出し、一巻を通じて通奏低音のごとく聖書の知識が鳴り響いている。これほど自由自在に登場人物たちが詩を引用する作品は、わが国探偵小説の金字塔、小栗虫太郎の『黒死館殺人事件』を措いて、他にはないのではあるまいかと思われるくらいだ。

本作、『よしきた、ジーヴス』の刊行は一九三四年、昭和九年である。これとまさしく同じ年に『黒死館殺人事件』は、雑誌『新青年』に連載されていたのだった。単行本の刊行は翌年になる。ちなみに本作の米国版の題名は *"Brinkley Manor"* すなわち、『ブリンクレイ館』であった。とはいえこちらの館では酸鼻を極めた殺人事件は幸い起こらないし、門外不出の絃楽四重奏団も抱えてはいない。だがしかし、フランス人シェフと踊る使用人らを擁し、登場人物たちは盛大にハートから血を流しつつジーヴスの神のごとき明察を待ちこがれているわけで、事情は少しばかり黒死館に似ていなくもない。

さて、この時期の『新青年』誌には、ウッドハウスの作品が頻繁に掲載されていた。多いときは隔月のペースでジーヴスものを含むウッドハウスの短編が紹介されていたようだ。ウッドハウスの初期短編は『サタデー・イヴニング・ポスト』誌や『コスモポリタン』誌、あるいはイギリスでは『ストランド』誌といった一般向けの文芸誌に発表されたのだが、発表後時をおかずすぐに日本語に翻訳され掲載されていたようだ。江戸川乱歩や小栗虫太郎や久生十蘭の新作と並べて、ウッドハウスの新作がほぼリアルタイムで読めた時代がかつてこの日本にはあったのだ。

時代を同じくしてウッドハウスの単行本も何冊も刊行されていた。ジーヴスものも戦前に三冊出ている。P・G・ウッドハウスユーモア傑作集として東成社から乾信《いぬい》一郎訳で『専用心配係』が、昭和十四年に、『天晴れジーヴス』が十五年に刊行されている。これは『新青年』誌に掲載された作品をまとめたもので、英米で刊行された短編集に対応する翻訳ではないようだ。また同年同じく東成社からP・G・ウッドハウスユーモア長篇小説集の一冊として乾信一郎訳『無敵相談役』が刊行されており、これが『よしきた、ジーヴス』の先行訳にあたる。

この『無敵相談役』は一種の「超訳」で、大意をとった大胆な訳しとばしは今日的翻訳観からすれば邪道であろうが、省略が奏功し、スピード感があってなかなかに楽しめる。バーティーには人のよさがあまり感じられず幾分やさぐれた印象の造型であった。詩や聖書の引用などはほぼまったく無視されていたようなので、ここから推論すると、ウッドハウスの作中人物に触発されて黒死館の人々も詩をしきりと引用するようになった、という仮説は成立しそうにない。

『よしきた、ジーヴス』は長編である。ジーヴスものの長編としては二作目にあたる。はじまりの数章を除いて舞台はずっとブリンクレイ・コートに置かれ、二組のカップルの恋愛問題に叔母さんと叔父さんの金銭問題、コックのアナトールの進退問題やバーティーの婚約問題が絡み合う。もつれにもつれた問題を一気に解決するジーヴスの名案は最後の最後まで出し惜しみされる。「一体これだけの混乱がいかにして解決されうるのか？」と、まるで鉄壁のアリバイを前に、「この不可能犯罪がどう合理的に解決されうるのか？」と瞠目する本格ミステリー読者のような心もちで、読者はジーヴスの明察を待ち構えるのだ。なお、今回問題となるアイテムは金ボタンのついたメスジャケット。これ一着で最初から最後まで引っぱっている。

本作の白眉は、マーケット・スノッズベリー・グラマー・スクールでガッシーが執り行う表彰式の場である。ウッドハウスの評伝（二〇〇四）を著したロバート・マックラムは、『ワシントンポスト』紙のインタビュー記事で、「かつて英語で書かれた文章のうち、もっとも滑稽な三十ページ」と、この箇所を指して評した。長編なればこそのじっくり手間のかかったくすぐりの数々、微に入り細を穿った描写、巧みな比喩を重ね、これでもかこれでもかと惜しみなく畳みかけてよこすその雄弁に、読者たちは瞠目し圧倒され平伏させせられるに違いない。つくづくこれは神がかり的な天才の仕事である。

ガッシーの名はジーヴス＝バーティーもの第一作の短編、「ガッシー救出作戦」（一九一五）に登場する。そこでのガッシーは元舞台女優の母を持つバーティーの従兄弟という設定で、本書に登場するガッシーとは別人である。とはいえ愛着のある名前だったには違いない。ウッドハウス鍾愛《しょうあい》の詩人テニスンと同じリンカンシャー出身で、詩人と同じく長い婚約期間をもつに至るイモリ愛好家でさかな顔のこの好人物は、ウッドハウスお気に入りのキャラクターであったろうと想像される。

表彰式といえば、ウッドハウスは一九三九年にオックスフォード大学より名誉文学博士号を授与されている。同じ時に学位を授かった受領者の中には、合衆国最高裁判所のフランクファーター裁判官らがいた。学位授与式で大学代表弁士を務めたルクレティウス研究の泰斗《たいと》、シリル・ベイリー博士のラテン語演説が秀逸である。せっかくなので全文引用しよう。

見よ、ここなる著述の魔術師を。彼ほど世人の心を歓喜せしめ、笑ひを喚起せしむるに長けたる人はなし。数多なる作中人物を世に送り、その各々に独特なる滑稽味を与へ来たり。誰か知らざらん、彼の創造せし人々を。富貴なる若者、善良にして寛厚なるが、権謀術数の遣ひ手にして全能の服装決裁者「忠実なるアーカテース［伝説的なローマ建国の祖アエネアスの忠実な部下］」

の助けなかりせば、己が欲するところ何らする能はざりき。あるいは肥満せし能弁なる話し手、彼の言によればその伯父、甥、眷属一同皆揃ひてその生涯に非凡なる体験を経来し者ばかりなり。高貴なるクラレンスも忘れ難し。祖先伝来の地の所有者にして高雅なる雌豚の飼主なり。プスミス（「かの者にまかされたし」）、ならびにイモリの愛情生活の専門家たるアウグストゥス。その他数多なる星の下に生れ来し者たち。われらが著者は人の悪徳を鼻先であしらひて軽蔑するに非ず。それを優しき愛もちて観照し、その過ちを笑ふものなり。しかのみならず、かの著者の記せる頁は平俗の語にて満たされしが、彼はその語を音律なき無秩序にて配するに非ず。手際鮮やかにして才知縦横、典雅なる話術を愛するものなり。

言を重ねる必要はもはやないでせう。名高いこの人に証明の必要はありますまい。私はここなる愉快なる人、――われらがペトロニウス［古代ローマの風刺作家］はたまたテレンティウス［古代ローマの喜劇作家］と呼ぶべきこの人――王立文芸協会特別会員ペラム・グレンヴィル・ウッドハウスに名誉文学博士号取得を授与されんがため、御身にご紹介するものであります。

（F・ドナルドソンの『ウッドハウス伝』、本文中の英訳テキストを参考に巻末アペンディックス記載のラテン語テキストより訳出。前半はホラティウス風六歩格の詩。後半は散文）

ウッドハウスをペトロニウス、テレンティウスに喩《たと》えた箇所で聴衆の喝采は最高潮に達した。これに応えてオックスフォード大学副総長、ジョージ・ゴードンはラテン語で次のように述べてウッドハウスに学位を授与した。

最も愉快にして最も機知に富み最も魅力的かつ最も剽軽にして最も滑稽なる貴下、私ならびに全大学の権威をもって貴下の愉快学、機知学、魅了学、冗談学、滑稽学への奉仕を称へ、ここに名誉文学博士号を授与するものである。

前記マックラムの評伝によると、ローブ姿のウッドハウスらが行進したハイストリートからシェルドニアン・シアターへ至る沿道は、高名なユーモア作家を拍手喝采で迎える学生たちで埋め尽くされ、式典の最中も、他の受領者たちが「生ぬるい」拍手を受けたに過ぎないのに対し、ひとりウッドハウスのみが「何千人の人々の歓声の中、三分以上は立ったままでいないといけなかった」（ウッドハウスの言）そうである。式典後、クライスト・チャーチで開催されたディナーの席、全員が白いネクタイに白のウエストコートの正装で参集するところに、ただ一人ウッドハウスだけはディナージャケットを着て現れたという。彼にはオックスフォードのドレス・コードを教えてくれるジーヴスがついていなかったのだ。

ディナーも終わりに近づいたとき、学生たちがテーブルを叩きだし、「ウッド――ハウス、ウッド――ハウス……ウィー・ウァント・ウッドハウス！」とシュプレヒコールをあげ始めた。「スピーチ！」と叫び声もあがった。満場が偉大なるこの大ユーモア作家が機知縦横なスピーチを開始することを期待していた。しかし残念ながら、そのときその場でマーケット・スノッズベリーの寵児のごとき雄弁が振るわれることはなかった。きまり悪そうにそうっと立ち上がったウッドハウスは、よく聞き取れないもごもごした声で、ひとこと、「サンキュー」と言ったきり、困ったような顔で腰を下ろしてしまった、ということである。

ウッドハウスは『よしきた』をレイモンド・ニーダム勅撰弁護士に捧げている。当時英米両国から課税され、多額の追徴金の支払いを命じられる苦境にあったウッドハウスは、六年分、四万ポンドの追徴を命じてきたイギリス内国歳入庁を相手取って訴訟を提起し、勝訴した。その際の彼の代理人がニーダム弁護士である。献辞もそもそもは「私の首根っこを踏んづけ、財布に手をかけていた徴税吏を敗走せしめたレイモンド・ニーダム勅撰弁護士へ」であったところを、税務署をこれ以上刺激しないようにとの配慮からたんに「愛と尊敬を込めて」記すのみに落ち着いたのだという。

5　ウースター家の掟　*The Code of the Woosters*（1938）

ガッシーとマデラインの恋愛戦線に異常発生。ダリア叔母さんからは、トム叔父さんがだまし取られたウシ型クリーマーを奪回せよとの至上命令が下される。バーティーが急ぎ駆けつけた先はマデラインの父、かつてバーティーに罰金五ポンドを科した警察裁判所元判事サー・ワトキン・バセットの居館トトレイ・タワーズだった。マデラインを愛する黒ショーツ党党首ロデリック・スポードに首をへし折られる脅威の下、ウシ型クリーマー奪回は果たしてなるのか？　なかよしのチビ娘スティッフィー・ビングと旧友スティンカー・ピンカーの恋の成就もバーティーの双肩に。息をもつかせぬ密度とスピード感、バーティーやっぱりいい奴と、爽やかな読後感もうれしい文句なしの大傑作。

ウッドハウス研究家、リチャード・アズバーンが定式化する「ウースター家の掟」の第一条は、

「汝、友を落胆させるべからず」であり、第二条は「汝、女性の求愛を拒絶するなかれ」である。この金科玉条がため、バーティー・ウースターはマデラインに「私、あなたを幸福にして差し上げたいの」と寄ってこられたらばそれを拒否できず、ビンゴに「俺たちはいっしょに学校に行った友達じゃないか」と言われれば、いかなる厄介事をも引き受けざるを得ないのである。騎士道の人バーティー・ウースターの行動様式をバーティー・ウースターの行動様式たらしめているのが書かれざるこの掟であり、アガサ伯母さんの横暴とアナトールの料理を楯に無理難題を押しつけてくるダリア叔母さんの脅威と並んで、バーティーにとっての恒常的締めつけとなる規範がまさしくこの掟にほかならない。

本作『ウースター家の掟』は『よしきた、ジーヴス』の続編にあたり、舞台こそダリア叔母さんのブリンクレイ・コートからサー・ワトキンのトトレイ・タワーズに移るものの、『よしきた』同様、カントリーハウスを舞台にした長編で、同じくガッシーとマデライン・バセットの恋の行方が大きな軸をなす。この恋の行方を握るのが茶革の手帖で、この手帖を握るのがスティッフィー・ビング。スティッフィーとバーティーの親友スティンカー・ピンカー牧師が恋仲で、この二人の恋の成就がもう一つの軸となる。サー・ワトキンの魔手から銀のウシ型クリーマーを奪回し、アナトールをダリア叔母さんの雇用下に確保することがバーティーの帯びる密命であり、本書の本筋であるのだが、ここにロデリック・スポードの暗い秘密、オーツ巡査のヘルメット、世界一周クルーズを巡るジーヴス対バーティーの攻防戦、その他が解き難くもつれあい、更に件の掟の一条と二条がバーティーを絡めとり翻弄する。本作は物語の複雑さという点ではウッドハウス作品中屈指であろうし、五十七歳の円熟期にあった大作家の、まさに面目躍如たる大傑作である。

『ウースター家の掟』の刊行は一九三八年十月だが、執筆はその前年、当時ウッドハウス夫妻が住んでいた北フランスのル・トゥケでなされた。英米両国からの二重課税問題の解決策として、ウッドハウスは一九三五年にこの地に家を購入し、両国での年間居住期間を短縮させる方策を選んだ。お気に入りの滞在地であったノーフォーク、レ・ストレンジ家のハンスタントン・ホールが人手に渡ってしまったこともあり、静かに落ち着いて執筆に専念できる場所として作家が選んだのがこの地だった。

一九三六年にMGMの招きで再びハリウッドに渡ったウッドハウスは、ブロードウェイ・ミュージカル『ロザリー』（一九三六）の映画化と、長編『ア・ダムゼル・イン・ディストレス』（一九一九）を原作とした同題の映画（邦題は『踊る騎士』一九三七）の脚本を手がける。後者は監督ジョージ・スティーヴンス、主演はフレッド・アステアとジョーン・フォンテーンで、ジョージ・ガーシュウィンが音楽を担当した最後の作品となった。妻エセルは大掛かりなパーティーを催してはハリウッド暮らしをエンジョイしたが、作家はこの地での暮らしをあまり楽しまなかったようだ。予定を短縮して十月末に米国を発ったウッドハウス夫妻は翌月ル・トゥケの自宅に戻り、すでに始めていた『掟』の執筆を本格化させた。

多くの彼の作品同様、本作もまず最初に『サタデー・イヴニング・ポスト』誌に連載された。当時すでにヒレア・ベロックに「当代最高の作家。存命する最高の英国作家。われら作家業の頭領」との賛を献ぜられ、人気実力作品数共に当代一との名声を確立していた大ウッドハウスも、一流誌の辣腕編集者の前には盲従を強いられたようだ。親友ビル・タウンエンド宛書簡集（『パフォーミング・フリー』）には一九三七年十一月二十二日付で次のような手紙が収録されている。

ようだ——それを読むと、『ポスト』の方じゃ自分のところでこの小説を買うのが当然と思っている
と考えたんだ。僕は最初の五万語を送った——だが向こうは書き出しの箇所はカットする必要がある
したところ、「演技の滞りが多すぎる」ってのが編集のブラントの台詞だった。それで読み返
確かに彼らの言うとおりだってことがわかった。
僕が最初に配置した展開はこんな具合だ。
1．バーティーがダリア叔母さんに会いにでかける。
2．彼女は病気のアガサ伯母さんのために花を買いに行けと彼に告げる。
3．バーティーはフラットに戻る。するとダリア叔母さんが電話をかけてよこして仕事がもうひとつあるって言うのを忘れてたと告げる——骨董屋に行く仕事だ。
4．バーティーは花屋に行き、トラブルに遭う。
5．バーティーはフラットに戻ってきてジーヴスの肩にすがってむせび泣く。
6．バーティーは骨董屋にでかけてまたもやトラブルに遭う。
それでご想像の通り僕はそこの箇所を何十回も書き直して、たった今、かくあるべしってところをやっと摑んだところだ。こうだ。
1．バーティーはダリア叔母さんのところにでかける。彼女は彼に骨董屋に行けと告げる。
2．バーティーは骨董屋にでかける。最初花屋で起こることにしていた場面があって、それから骨董屋の場面が起こる。
これで十五頁カットになったが値打ちはまったく下がっていない。それで僕が何を言いたいかっていうと、三十七年間も作家をやって生計を立ててきてまだこんなバカな間違いをやらかすな

んてのはまったくそら恐ろしい話じゃないかってことだ。一体全体どうしてバーティーを何度も何度もフラットに帰さなきゃならないんだ。そこでは何にも起こらないっていうのにだ。皆目わからん。

これだけやるのに集中して五日かかった――

年が明けて、一九三八年一月四日付書簡で、ウッドハウスはこう書いている。

『ウースター家の掟』の仕上げに大汗をかいているところだ。僕はどうも以前のような活力や言葉の駆使能力を失ってしまったようだ。ラ・フレイエールで『サンキュー、ジーヴス』の結末を書いていた時、僕は一日に二十六ページ書き上げたものだった。今じゃやっと何とかかんとか引っ張り出して書いてるような始末だ。長い執筆期間の間に二回も中断されて、それで疲れ果てたせいだと思う。とはいえ、書きあがったものを見れば満更でもない。

無論、満更ではないはずだ。本作の読者は、『ウースター家の掟』がまごうかたなき珠玉の大傑作であることに同意されよう。苦心推敲の後は一縷《いちる》も留められるところなく、かくも複雑なプロットがひとつの論理破綻なく組み上げられ、筆には一気呵成に書き上げられたかのごとき即興的、自生的な勢いがあって精緻な技巧を感じさせない。名場面、名台詞、名会話が惜しげもなく散りばめられたお花畑を、絶叫コースターで上下左右にぶん回され、疾走させられるようなめくるめく高揚感、陶酔感がある。

本作において初めて紹介されるのが、ジーヴスが所属する「カーゾン街にある紳士お側つき紳士のためのクラブ」〈ジュニア・ガニュメデス・クラブ〉である。ガニュメデスというのは絶世の美少年ガニュメデスのことで、トロイアの王子であったがあまりの美貌のため全能神ゼウスの目に留まるところとなり、鷲に姿を変えたゼウスによって地上から誘拐されてオリュンポスの神々にネクトルを注ぐ給仕となった。この「神々の給仕」の名を戴くところに、誇り高きクラブの矜持《きょうじ》が伺えよう。イギリスじゅうの名士たちの暗い秘密を記したきわめて危険性の高いこのクラブのクラブブックは、案の定、後の長編では盗難にあってパーティーたちを苦しめることになる。

スポードにはモデルがいる。英国ファシスト同盟の創設者にして党首であったサー・オズワルド・モズレー（一八九六—一九八〇）である。黒衣に身を固めた彼と彼の追随者たちは「黒シャツ党」を名乗った。スポードの「黒ショーツ党」は、無論このパロディである。注意されたいのは本作の刊行（一九三八年）が第二次大戦開戦の前夜である点で、当時ドイツではヒトラーが、イタリアではムッソリーニが台頭し、ヨーロッパじゅうにファシズムの嵐が吹き荒れていた。

この頃モズレーはユダヤ人を弾圧したり街宣活動をやって街頭で乱闘騒ぎを起こしたりと大活躍だったわけだから、本作でウッドハウスがしたことは現役政治家に対する公然たる批判である。本作刊行の二年後、ル・トゥケの自宅でドイツ軍の侵攻に遭い、捕虜となってドイツに連行されて抑留生活を強いられたウッドハウスは、アメリカ向けのラジオ番組に出演して親独的ともとれるトークをしたため、ナチ協力者との汚名を着せられそのため生涯苦しむこととなった。しかし、作家の名誉のため付言するならば、ウッドハウスが実際に語ったのはこんなところであったのだ。「人生行路に踏み出したばかりの若者が、しばしば私にこう訊ねてきます。《どうやって被抑留者になったのですか？》

と。まあ、やり方は色々あるでしょう。私がとったのはフランス海岸部のル・トゥケにヴィラを買ってそこに住み、ドイツ人がやってくるのを待つ、という方法です。おそらくこれが最善かつ最も簡単な方式でしょう。まずヴィラを買う。あとはドイツ人がやってくれる、というわけです」（一九四一年六月二十八日、第一回ベルリン放送より）。静かに落ち着いて、愛犬と共に執筆に専念するため選んだル・トゥケの地が、作家生涯の汚点のポアン・ダピュイとなったことには、皮肉との思いを禁じえない。

とまれ、作家を弁護してウッドハウジアンが引き合いに出すのが本作で彼がモズレーをあからさまに笑いものにしたあてこすりであり、その際引用するのが第七章でバーティーがスポードに向かって切ってのけたあざやかな啖呵なのである。

『ウースター家の掟』が何よりも嬉しいのは、本作がバーティー・ウースターの完全勝利の書である点である。ある時は妄想の出ているキチガイ扱いされ、ある時は深夜にライトなしのボロ自転車で無意味な往復三十四キロの自転車行を強いられ、問題解決のためにはいつでも常に泥をかぶらされ続けてきた悲運の貴公子バーティーが、騎士道的な自己犠牲の精神を示してその魂のありようの高さ貴さを証明した時、裁かれ、処罰を下されたのは、スポードでありサー・ワトキンでありオーツ巡査であった。暗黒塔に巣食う闇の勢力に鉄槌が下されたことに読者は快哉《かいさい》を叫ぶが、よろこびはそれだけではない。『それゆけ』で友人のため、ひとりホテル住まいを強いられて茫然と立ち尽くし途方に暮れるバーティーの許にジーヴスがいそいそと通って甲斐甲斐しく着るものを用意してくれたとき、我々は「ああ、ジーヴスはバーティーのことが本当に好きなんだ」と、涙が出るほど嬉しく思った。本作で我々は、バーティーが愛してやまないダリア叔母さんへの思いが決して一方通行ではないことを知り、再び安堵し、じわじわと胸温まる思いにさせられるのである。ダリア叔母さんはバーティーが殴られてゼリーにされるくらいならばウシ型クリーマー奪回ならずともやむなしと考えてくれた。そしてバーティーが一月の拘禁刑に服するくらいなら、比類なきアナトールを失っても構わないとさえ思ってくれたのだ。「よかった！」と我々は感動する。バーティー・ウースターは愛されていたのだ、と。

6　ジーヴスと朝のよろこび　*Joy in the Morning*（1947）

恐るべきアガサ伯母さんと恐るべき海運王パーシー伯父さんの結婚により、元婚約者フローレンス・クレイと弟のボーイスカウト、エドウィンはバーティーの従姉弟になってしまった。状況の連鎖ゆえ、自ら進んで訪れるはずのない魔窟スティープル・バンプレイにバーティーは乗り込む。仮装パーティーで船乗りシンドバッドの扮装をすることだけを心の支えに現地到着したバーティーを迎えたのは、住むはずのコテージが大炎上し、焼け落ちる姿だった。呪われた魔境で、英国海運王とアメリカ海運王の商談を隠密裏に成立させんがためジーヴスが繰り出す秘策の数々。何かと問題の多いフローレンスとスティルトン、ノビー・ホップウッドと小説家ボコ・フィトルワースの恋の成就にバーティーとジーヴスが尽力する。

ビル・タウンエンド宛一九四五年四月五日書簡に、ウッドハウスは次のように書いていた。

この間の日曜日に『アンクル・ダイナマイト』を脱稿した。あれやこれやで書き上げるのにちょうど一年かかった。だが結果は良好だと思っている。

……いまやうちには、いったい自分たちは本当に活字にしてもらえるんだろうかと待合室で神経質に脚をもじもじさせている本がこれだけある。『マネー・イン・ザ・バンク』『ジーヴスと朝のよろこび』『フルムーン』『スプリング・フィーバー』そしてこの新しい『アンクル・ダイナマイト』だ。短編小説も十篇ある。

書くことというのはおかしなものだ。もし君が生まれながらの作家なら、金や名声のために書いているとは僕は信じないし、出版されるために書いているのですらないだろう。ただ作品をつくり上げるよろこびのためだけに書いているんだ。僕はこれらの本が出版されようがされまいが本当のところどうだっていい。大事なのは僕がこれらを紙に記したということで、それを読み、読み返し、磨き上げ、形容詞をもっといいものに入れ替え、無駄な文を切り捨てることができるってことが大事なんだ。

一九三九年にイギリス、フランスは対ドイツ宣戦布告を行った。当時、北フランスのル・トゥケの自邸〈ローウッド〉で暮らしていたウッドハウスは、開戦後も帰国せず自宅に留まり、一九四〇年七月、イギリス民間人捕虜となってドイツの強制収容所に送られることになった。以来、一九四六年に『マネー・イン・ザ・バンク』が出版されるまで、実に六年間、ウッドハウスは一冊の本も出版していない。ドイツ占領下の収容所を転々とさせられたおよそ一年間の収容所生活の後、ベルリンで悪名高いラジオ放送を行った作家はナチ協力者の汚名を着せられ、イギリスじゅうから轟々たる非難を浴びることになる。ウッドハウスの本を撤去した図書館もあったほどで、新刊が出版できる状況ではなかった。四一年には実母の死、そしてベルリンから移った占領下のパリ滞在中には、幸福な結婚をして二人の子供の母親になっていた最愛の娘レオノーラが三十九歳の若さで急死する不幸にも見舞われている。この暗鬱な歳月の間も、ウッドハウスは終始変わらず書き続けた。収容所の相部屋で、ベルリン、パリのホテルで、母国じゅうが彼を売国奴と非難していると知った後も、愛娘を失った茫然自失の日々も、出版の当てもないままに、作家は書いていた。

ル・トゥケでドイツ軍に抑留されたときにウッドハウスが執筆中であったのが、『ジーヴスと朝のよろこび』である。身柄を拘束される際、ドイツ兵の監視の下で十分間だけ与えられた荷造り時間に、彼は最終四章を残してほぼ完成済みだった本作の原稿を自宅に残す決断をし、代わりに「『シェークスピア全集』、タバコ幾らか、鉛筆、メモ用紙三束、パイプ四本、靴一足、かみそり一本、石鹸、シャツ、靴下、下着、紅茶半ポンド、テニスン詩集を荷物に入れた」。約一年間の収容所生活から解放され、本書の草稿を持った妻エセルが愛犬ワンダーを連れてベルリンに到着すると、一九四一年夏から一九四三年春まで、ウッドハウス夫妻はマグデブルクから二十五キロほど離れたデゲネルシャウゼンという村の山荘に滞在し、その地で本作を完成させた。パリで終戦を迎えた後、誹謗中傷の声かまびすしい故国への帰国を断念し、一九四七年四月にアメリカに住まいを移すと、それから九十三歳で生涯を閉じるまでの二十八年間、ウッドハウスは二度とイギリスを訪れることはなかった。

新天地アメリカに渡って最初に出版され、P・G・ウッドハウスをふたたび第一線の人気作家の地位に復帰させた作品が、『ジーヴスと朝のよろこび』である。

戦中の暗い体験は、晴明な明るさに満ちたこの作品に一筋の影も落としてはいない。タウンエンド宛一九四五年二月四日付書簡でウッドハウスは、シェークスピアに言及しながら、作品は作家の個人的な心理状態の反映であるとの見解に反対し、「君は君の私生活が作品に影響すると思うかい？　僕は思わない。僕はここ数年間くらい面白い作品を書いたことはないと思うし、その間全然まったく愉快に過ごしてはこなかった」と書いた。無論その、これまで書いたことがないくらい面白い作品の、なかでもとびきりの第一級品が『ジーヴスと朝のよろこび』である。

本作でバーティーが婚約の危機に遭遇するアンチ・ヒロインはフローレンス・クレイ。『それゆけ、ジーヴス』冒頭の「ジーヴス登場」に、素晴らしい横顔をもつバーティーの婚約者として登場した令嬢である。『それゆけ』の出版が一九二五年で、それから一度もどこにもちらりとも登場しないできたわけだから、実に二十年以上にわたる長き沈黙を破り、ブッククラブの今月の一冊、『スピンドリフト』をひっさげ、いきなり準主役として本作に返り咲いたわけである。ボーイスカウトのエドウィンも二十年間のブランクをものともせず、変わらず一日一善に励んでいる。ウォープルスドン卿は『それゆけ』で実際に登場はしなかったが、「ある朝、朝食に降りてきて皿の蓋をとり〈たまご！　たまご！　たまご！　たまごのこん畜生！〉と上ずった調子で叫ぶと、速やかにフランスに向かい、家族の胸ふところに再び戻ることはなかった」人物として言及されていた。たまごとフランスの件はなかったことにされたようで、本作ではイギリスの海運王として、よりにもよってアガサ伯母さん（いつの間にか夫と死別していた）と再婚した、バーティーの義理のパーシー伯父さんとなって登場する。今回ジーヴスの活躍は控え目で、端々でいい働きはしてくれるのだが、そもそも自分が魚釣りに行きたいばっかりにバーティーが避けたがっていた場所に無理やり引きずり出して散々不幸な目に遭わせた挙げ句、最終的な解決策さえ提出できないでいるのだから、本作は稀有なジーヴス失敗編とも位置づけられようか。華麗に復活を遂げたフローレンス・クレイはこの後「レギュラー」化し、長編二作でバーティーと再び婚約することになるので注意されたしである。

同年、イギリス国内でも『ジーヴスと朝のよろこび』は発売されたが、出版にあたっては版元の意向で戦後の食料事情を考慮し、当初あったバーティーがステーキを食べるシーンをカットして、ボコが朝食に食べている目玉焼きをサーディンに替えるといったような変更がなされたそうである。とまれ、戦中の極限的な状況下にありながら、のどかなイギリスの田舎、仮装舞踏会にシャンパン、船乗りシンドバッドのコスチュームといったお気に入りのモティーフに耽溺しつづけた作家の姿勢には、同時代に『細雪』を書いた谷崎潤一郎と同じ種類の妄執が感じられようか。

ウッドハウスは抑留中の記録を『キャンプ・ノートブック』という手帖に残しており、そのすべてがドナルドソンのウッドハウス伝に収録されている。抑留当日の記録をウッドハウスはこう記している。

一九四〇年七月二十一日（日）暑い夏の日――司令部に歩いて報告にゆく――ハロルドがスーツケースを持ってやってくるのに会う――中に入ると通訳がすべての男性英国民間人は強制収容されると言った。住所を告げると自動車で兵士に自宅に連行される。エセルは犬たちと出かけている――スーツケースに荷物を詰める――ワンダーが芝生を横切るのが見える――エセルが帰ってきた。あわてて荷づくり。スポンジ、かみそりの替え刃、パスポート、ブラシを忘れた。

司令部に車で戻る――バスが停まっている――長い待ち――やがて出発、妻たちがさよならの手を振っている――エタープルで停まってカートメルを乗せる。ドイツ人軍曹はとても礼儀正しい。ジョン・バリモア似の非常に気持ちのよい若いドイツ人兵士が我々にタバコをくれた――車外に出てワインを買う許可が出る。モントレイユでまた停車。リールまで八時間かかった。

リール到着。遅れた後ルース監獄に到着。

事務所で登録を終え、五〇〇フランを残して有り金全部とナイフなどを没収された後、アルジー、カートメルと私は四四号房に入る。

居房は縦三・六メートル横二・四メートル、漆喰塗りの壁、窓側の隅にベッド。縦一・五メートル横三メートルの窓。換気は悪くない。大理石張りの床。テーブルと椅子は鎖でつながれている――ドア側の隅にトイレ。トイレ横に水道つきの小さな流し。水道水は良質……

ウッドハウスのベルリン放送の内容というのは収容所生活の苦労をウッドハウス調に面白おかしく伝えるもので、決して親ナチ的というようなものではなかった。四十九週間の収容所生活の後、自分の生存をなにより家族や友人、読者たちに伝えたかった作家の心情は理解できよう。放送は五回分が収録され、六月二十八日、七月九日、二十三日、三十日、八月六日にアメリカ向けに放送され、またイギリス向けに八月九、十、十一、十二、十四日に再放送された。一九四一年六月二十八日に放送された第一回ベルリン放送の冒頭部を紹介する。

こちらはドイツ短波ラジオ。今晩我々のスタジオにはP・G・ウッドハウス氏がお見えである。

ウッドハウス氏は比類なきジーヴス、バーティー・ウースター、エムズワース卿、マリナー氏、その他の愉快な人物たちの生みの親である。ウッドハウス氏はドイツ軍が北フランスにある彼の住居を占領して以来、ほぼ一年にわたってドイツに滞在している。その間に新しい小説を書き上げ、それは出版のためアメリカ合衆国に運ばれる途中である。また、すでにもう別の新作執筆にも取りかかっておいでである。アメリカの愛読者の皆さんはウッドハウス氏の声をお聞きになりたいことであろう。そこで我々は彼をマイクの前にお招きしてご自分の言葉で何があったかをすべてお話しいただこうとしている。

ウッドハウス氏……

聴取者の皆さんにおかれては、私のこのトークの内に、いささか間抜けた調子、話がとりとめのないものになる傾向を感じ取られるかもしれない。もしそうだとしたら、その問題は、バーティー・ウースターが言うであろうように、容易に説明がつく。私はつい先だって四十九週にわたるドイツ捕虜収容所での民間人抑留生活から、外界に現れたばかりで、その影響はいまだ完全には消滅していないからである。私はかつて過去において衆目の称えるところであった、あの完璧な精神的バランスに、いまだ復帰してはいない。

とはいえそいつは回復されつつある。これから数週間のうちに、私の姿を見たらきっと驚かれるはずである。だが今のところはややぐるぐる回った気分で、時々言葉を止めて紙人形をこしらえて、髪の毛に藁を突き刺したくなる。それほどの髪の毛がまだ私にあればの話だが。

こういうことは常に長期の抑留の結果として起こるものである。また一九四〇年七月二十一日より私は一連のアイラッグで過ごしてきた。アイラッグとはオフラッグやスタラッグと混同されてはならない。オフラッグというのは捕虜になった将校が行くところである。スタラッグは兵卒用である。民間人捕虜はアイラッグに行く。そこがなんと素敵な場所であることか！ 捕虜業を始めて以来、私は四カ所以上のアイラッグを転々としてきた。他所よりもアイラッグ度の高いところもあれば、他所よりもアイラッグ度の低いところもあった。当初、連中は私を刑務所に入れた。それからバラック、それから要塞。それから連中はある日パレード中の私と他の仲間をとくと眺め、とうとう正解に行き着いた。連中は我々一行を上部シレジア地方のトストにある精神病院に送ったのだ。そこで私はこれまでの四十二週間を過ごしてきたのだった。

それは多くの点でなかなか快適な経験であった。抑留生活を称えて言うべきことは多い。それはあなたが酒場に入り浸るのをやめさせ、読書する時間を与えてくれる。よく眠れもする。難点は懐かしの我が家から遠く離れてすごさねばならないことだ。うちのペキニーズに再会する時までに、彼女が完全に私のことを忘れ去り、他人に向かって必ずそうするように、骨まで届けと嚙みつくだろうと思うことは、愉快ではない。また妻と再会するときには、紹介状を携えていったほうがいいかもしれない。念のため、ということだが。

ウッドハウスがベルリンから放送をしたことは、一九四一年七月十五日BBC九時のニュースの煽情的な『追伸』によって全国内に知れ渡った。この『追伸』は、『デイリー・ミラー』紙の「カサンドラ」なる匿名記者によるものであったが、イギリスのほとんどの人々は、実際の放送の内容を知らぬまま、この『追伸』を聴いた。BBCが一個人に向けてこれほどまでに悪意に満ちた罵詈雑言を放送した例はないといわれる。

今夜私は、最後の、そして最大の売り渡し――すなわち、売国、ということだ――をしようとしたある金持ちの男の話をしようとしている。豪華なホテルの柔らかいベッドと引き換えに、名誉がナチに売り渡された悲惨な物語である。それはP・G・ウッドハウスが四十年間に及ぶ荒稼ぎを、生涯最悪のジョークで締めくくった記録である。世界が沈黙で受けとめた、彼の唯一のジョークである。

開戦の時、ペラム・グレンヴィル・ウッドハウスはル・トゥケでギャンブルをしていた。九カ月後、彼はまだそこにいた。ポーランドは崩壊した。デンマークは侵略されノルウェイは占領された。ウッドハウスは依然お楽しみを続けた。この年寄りのプレイボーイは政治を信用しない。本人がそう言った。遊び人は皆そんなものだ。突撃隊が彼の薄っぺらな生活になだれ込んできたとき、ウッドハウスはカクテルパーティーを開いていた。彼らは彼を連行した――おどけた執事と愉快な若者とおかしなめかし屋貴族の膨大なレパートリーを持つ愉快な英国人を。政治はナチ突撃隊のかたちで居座りにきた。バーティー・ウースターの影は薄れ、ゲッベルスが足を引きずって登場した。（中略）

ドイツにはわが国五万人の同胞が囚われの身となっている。そのうちの何人が今夜アドロン・ホテルで過ごしているだろうか。有刺鉄線が彼らの枕である。彼らは耐え忍んでいる――しかし、屈伏してはいない。彼らは苦しんでいる――だが彼らは故国を売り渡しはしない。故国への裏切りとゲシュタポの嫌悪という恐ろしい選択を迫られても、彼らの答えは一つしかない。ドイツの監獄には躊躇なくそれを選んだ男たちがひしめき合っている。しかし彼らはウッドハウスがもはや二度と手に入れることのできない何かを持っている。銀貨三十枚をもってしても、決して購うことのできない何かを。

ウッドハウスは国会でも糾弾された。一九四一年七月九日、外務大臣アンソニー・エデンは彼を「ナチの戦争プロパガンダ・マシーンのために尽力した」と非難し、クェンティン・ホッグ議員は彼を売国奴と呼び、英国の青年たちがドイツに抵抗している時に、仲間の捕虜たちよりも快適なホテル暮らしをするために故国を売り渡すような真似をした、と断罪した。

『ディリー・テレグラフ』紙と『タイムズ』紙には各界の著名人によるウッドハウスの放送に関する公開状が掲載された。彼に同情する声も少しありはしたが、非難する声が圧倒的だった。とはいえ作家仲間からの手紙には、たとえば友人イアン・ヘイのように、本人にまったく悪しき意図のないことはわかっているが、しかしウッドハウスほどの有名人がドイツのラジオから何事かを発信するとき、その内容の中立性にも関わらずヒトラーの宣伝行為として機能する。彼は利用されたのだ。誰かが彼を止めなければならない、といった論調のものも多かった。しかし、例えば『トレント最後の事件』のE・C・ベントリーは、「真剣な文章を一行たりとも書いたことのないウッドハウスに名誉文学博士号を授与したオックスフォード大学は速やかに学位を剝奪すべきだ」と書いた（ベントリーはオックスフォード卒業である）し、また『くまのプーさん』のA・A・ミルンは以下のような悪意に満ちた手紙を公表した。

拝啓――P・G・ウッドハウスが強制収容所から解放されたとの知らせは彼の友人たちを喜ばせた。彼がアドロン・ホテルに快適に落ち着いたとの知らせは友人たちを不安にした。彼が週に一度放送をする（政治に関してではない。なぜなら彼は「政治にまったく関心を持ったことがない」からである）との知らせは彼に何が起きたかを友人たちに確信させた。彼はまたもや「逃げた」のだ。

彼が以前、私に向かって、自分も息子がほしいと言ったのを憶えている。そして彼は彼らしい言い方で（また実に大真面目に）、こう付け加えた。「だがその子には十五歳で生まれてもらわなきゃならない。寄宿学校にすぐ入ってもらえるようにな」と。その利点はおわかりいただけよう。息子を育て上げることは少なからぬ責任を人に課するものだ。しかし十五歳になれば、子育ての栄光をまったく犠牲にすることなく、その責任は寄宿学校の教師の手に移っている。

これが常にウッドハウスの人生に対する態度だと私は感じてきた。彼は自分のうちの生来の「政治」への関心の欠如を助長してきた――「政治」とは食事のときに大人たちが――子供がテーブルの下に隠れているときに――話す事柄である。たとえば彼がアメリカにいて、アメリカに留まり続けた、前回の戦争の時のように。また彼に太平洋上を行き来させた挙げ句、最終的にフランスに逃げ込み場所を見つけさせた税金問題のように。

昨年六月以来、ソンムに政治が怒濤のごとく押し寄せてきたときには、とんだ逃げ込み場所を選んでしまったと思ったことだろう。

新聞各紙が「認定ユーモリスト」と呼ぶ人物における「無責任」は、あまりにも度を過ごしている。単純素朴さはあまりにも度を過ごしている。ウッドハウスは過去に多くの認定を附与されてきたが、思うに今やその認定は取り消されるべきだろう。
そういうことが起こる前に、私は彼に、自らの意思においてそれを放棄するよう乞い願いたい。天才たるもの市民的責任と社会的責任に関する闘争において羨望すべき立場を享有することは可能かもしれないが、誰もがことごとくアレーナに降り、己が信ずる大義に誓いを立て、そのために苦しまねばならぬ時があるのだ。

敬具

A・A・ミルン

ミルンはウッドハウスとは作家仲間として親交があったが、このときの公開状をきっかけに当然ながら二人の間は断絶したようだ。とはいえミルンの作品をウッドハウスは相変わらず愛読し続けたようで、一九四五年十一月二十七日付デニス・マッケイル宛書簡には、こんな記述がある。

これが僕の聖者のごとき人格の証明であるのかどうかはわからないが、ある作家に対する個人的敵意がその作品に対する僕の意見になんら影響を及ぼさないことを発見した。たとえば、アラン・アレクサンダー・ミルンがほどけた靴ひもにすべって転んであのクソいまいましい首を折ってくれと、僕くらい心の底から願う者はいない。だがなお僕は彼の初期作品を定期的に繰り返し読んではあらためて楽しみ、彼の『ドーヴァーロード』は英語で書かれた最高の喜劇だといまなお主張し続けるものだ。

とはいえウッドハウスもただのたぬきではなかったようで、この後バーティー・ウースターに村の演芸会で「クリストファー・ロビンのうた」を暗誦させようとするなど、小出しにミルンに意趣返しをしている。最大の報復と思われるのは一九五〇年に書かれたゴルフ物の「ロドニーの病再発《リラプス》」（『よりぬきウッドハウス2』収録）という短編で、これが痛快なミルンへの当てこすりになっている。ロドニーという詩人が妻の愛と導きによって、ゴルフを愛しスリラー小説を量産する、至極真っ当な夫になって立派に暮らしていたのに、息子のティモシー・ボビンが金髪で夢見がちないやらしい子供であるばっかりに、またもや詩作を始めてしまった。妻の愛とゴルフ仲間の友情は彼をふたたび正道に立ち戻らせることができるのか、というスリルとサスペンスにあふれた好短編である。

ミステリー作家ではドロシー・L・セイヤーズが、ウッドハウス擁護論を主張しているのが救いである。セイヤーズ女史に賛意を表明し、この時代の話はおしまいにしよう。

拝啓――P・G・ウッドハウスの不幸な放送に関して議論する際に、われわれが念頭に置いていなければならない点がひとつある。彼が敵の捕虜になったフランス戦の当時、英国民はドイツのプロパガンダ戦の軍事的、政治的重要性にほとんど気づいていなかったということである。以来、われわれは多くを学んだ。われわれはなぜ、またどのようにフランスが陥落したかをいくらかは理解している。われわれはバルカンで進行中の分裂を見てきた。ナチの催眠薬の影響からアメリカが回復するのにどれだけ時間が要ったかも目にしてきた。

しかし、これらすべてのうちのどれだけを、ドイツの強制収容所の中から――アドロン・ホテルの中からですら――知り、理解することができただろうか？　理論的には間違いなく、すべての愛国心ある人間は死の瀬戸際まで敵の圧力に抵抗するべきである。しかし、そのような英雄でいることは、その緊急の必要性が理解されておらず、また理解することもできない場合には、はるかにずっと困難に違いないのである。

敬具

ドロシー・L・セイヤーズ

7　ジーヴスと恋の季節　*The Mating Season* (1949)

背の高いおばさん、背の低いおばさん、太ったおばさん、痩せたおばさん、ブツブツつぶやくおばさん……五人のおばさんを擁するおば、おば、おばの大海原デヴリル・ホールに、ガッシー・フィンク＝ノトルを名乗ってバーティーが潜入する。早朝五時にトラファルガー広場の噴水池でイモリを探したかどでガッシーは受刑中。ジーヴスの代わりの従者役を悪友キャッツミートが務め、やがてバーティーを名乗ってガッシーもホールに到着する。ホールの当主エズモンド・ハドックとハリウッド女優コーキー・パーブライトをはじめとする四組八人の男女の恋のこんがらがり回収にジーヴスが下すとどめの一撃。なお、デヴリル・ホールの執事はジーヴスのチャーリー叔父さんこと、チャールズ・シルヴァースミスが務めている。

『ジーヴスと恋の季節』の舞台、エズモンド・ハドックの五人のおばさんたちが咆哮を交わすデヴリル・ホールのモデルとなった館は、ウィルトシャーにあるチェイニー・コートという城館である（本書五六頁参照）。この地はウッドハウスがダリッジ・カレッジの学生であった時代、香港在住の両親の居住地ではなく自宅住所として学校記録に記載されていた住所であり、ここにウッドハウスの母方の祖母と四人のおばさんたちが実際に暮らしていた。

ウッドハウスの父親は男六人女三人の九人兄弟、母親は男三人女十一人の十四人兄弟で、しかもその多くは結婚して倍増したからおばさんおじさんの供給はふんだんだった。N・T・P・マーフィーの『ブランディングス城を求めて』（一九八一）によれば、幼いウッドハウスは不本意ながら、ソフィアおばさん、オーガスタおばさん、ルイーザおばさん、ジュリエットおばさん、マリオンおばさん、メアリーおばさん、アンおばさん、イーディスおばさん、ジェーンおばさん、キャロラインおばさん（ベージングストークに住んでいた）、ロザムンドおばさん、エメリンおばさん、マリオンおばさんもう一人、ジェマイマおばさん、アリスおばさん、ジェーンおばさんもう一人、エイミーおばさん、リディアおばさん、ルーシーおばさん、ハリエットおばさんよりなる計二十人のおばさんの持ち主であり、エズモンド・ハドックやバーティー・ウースターよりも数量的にはおばさんに恵まれていたわけだ。おじさんも沢山いてその総計は十五人。そのうち四人は聖職者だった。

ウッドハウスの父親は香港で治安判事を務めていたから、植民地時代のアッパー・ミドル・クラス家庭の慣行に倣い、ウッドハウスは幼い時期に親許を離されて英国本国で教育を受けた。六歳と四歳の兄とともに二歳で英国本国に渡ったウッドハウスは、長期休暇の間じゅうを、前記おじさんおばさんたちの間を転々として暮らしたのだ。

四人の聖職者のおじさんの間を転々としながら、ウッドハウスはイギリス国教会の主教、教区牧師、副牧師の生態に親しく接し、そのことは本作に登場するシド叔父さんをはじめ、ウッドハウス作品に頻出するあまたの聖職者たちに血肉を授けるに与かって力あった。またこれら地元有力者であったおじさんおばさんらの社交のお供をすることにより、ウッドハウスは執事、フットマン、メイドからなる「階下の世界」への畏敬の念と親愛の情をはぐくみもした。

執事との出会い、そして彼らへの畏敬の思いは、私のごく幼少の時分よりはじまった。私のニッカーボッカー時代、私の両親はほとんどずっと香港にいた。それで学校の長期休暇の期間中、私はおばからおばの間をたらい回しにされて暮らしたものだ。おばたちの多くは聖職者の妻であり、すなわちそれは地元の大邸宅への公式訪問を意味した。おばたちはこういう公式訪問をするとき、いつも私を連れて出かけた。なぜかは私にはまったく理解できなかった。齢《よわい》十歳のみぎりにおいてすら、すでに私は社交上の敗北者であって、足をもじもじさせ、愛情に満ちた手によって座らされた椅子の脚をけとばす他には、理性の饗宴と魂の奔流［ポープの詩「ホラティウスに倣って」］にはほぼまったく貢献することはなかった。すると決まっていつも女主人が苦しげに微笑んでよこして、お宅様の小さい甥御さんは、サーヴァント・ホールに行ってお茶をあがったらよろしいんじゃないかしら、と、示唆する瞬間が訪れるのだ。

それで彼女の言うとおりだったわけだ。私はそれが大好きだった。今日、私の胸は、優しきフットマンや快活なメイドたちの馥郁《ふくいく》たる思い出に満ち溢れている。彼らと一緒にあるとき、私は内気でいることを忘れ、この選り抜きの人物らと行ったり来たりふざけまわったものだ。彼らが回想録を書くようなことがあれば、一座の人気者、と、私のことを語るであろう。（「執事よ、さ

らば」一九五七）

ところで私は二〇〇七年の夏、このデヴリル・ホールことチェイニー・コートに行ってきた。英国ウッドハウス協会設立十周年記念〈ア・ウィーク・ウィズ・ウッドハウス〉なる催事があって、ロンドン、ダリッジのウッドハウス・ウォークを皮切りに、サリー州ウッドハウスの生家、青年時代のウッドハウスが暮らした港町エムズワース、ブランディングズ城のモデルとなったウェストン・パーク、シュードリー・キャッスル、ダリア叔母さんの居館ブリンクレイ・コートのモデル、ハンレイ・キャッスル、ガッシーの表彰式の舞台マーケット・スノッズベリー・グラマースクールのモデル、ハンレイ・キャッスル・ハイスクール等々を歴訪して、しかもツアーガイドはノーマン（Ｎ・Ｔ・Ｐ）・マーフィー、という、夢の一週間ウッドハウス聖地巡礼紀行が開催されたのだ。

英米両国をはじめロシア、オランダ、インド、マレーシア、そして日本の七カ国から四十三名が集まったこのウッドハウス・ウィークの、私は幸福な参加者の一人であった。これまで英国あるいは仏国内各所にて、そっと行ってそっと帰ってくる単独ウッドハウス紀行を私的に開催してきた身には、自力の限界がわかっていたし、何よりウッドハウスの生誕地やブランディングズ城に行かれなかったらもうぜったいに幸せじゃないとも思い定めてしまったものだから、高級魚ばかりひしめき合う高級生贄に投げ入れられるイワシか小アジの心持ちで、世界のウッドハウス・ファンの中にえいと身を投じたわけなのだ。

飛び込んでみれば、ノーマンやトニー・リングをはじめとするウッドハウス界の高級魚たちはみな愉快で親切で人間のかたちをした天使のような人たちばかりで、全参加中一番遠方の極東国日本から来た小アジ翻訳者を面白がり、かわいがり、またウッドハウス布教の大義を奉じる同志として尊敬もしてくれた。最初はとても心細かったのだけれど、世界中から集まったウッドハウス友達（以下、ウィーカーズと記す）といっしょに、いっぺんたりとも寂しい思いをすることなく過ごすことができた。国際的な誤解とか無理解とか幸福な相互意思不疎通のお陰様か、必要以上に大事にしてもらってアルカディアに遊んだめくるめく日々であった。この至福の一週間の最終日に我々一行が訪問したのが、『ジーヴスと恋の季節』のデヴリル・ホールことチェイニー・コートである。

ここチェイニー・コートに住んでいた一人のおばあさんと四人の未婚のおばさんたちのうち、叔母さん二人、アン・ディーンとエメリン・ディーンは画家で、アンは雑誌等にファッショナブルな挿絵を描き、エメリンは肖像画家として成功した。エメリンの描いたニューマン枢機卿の肖像は、現在ナショナル・ポートレート・ギャラリーに所蔵されている。なおこのジョン・ヘンリー・ニューマン（一八〇一―一八九〇）は、英国国教会をカトリック教会の教理や規律へ回帰させようというオックスフォード運動の主導者の一人で、後にカトリックに改宗し枢機卿に任命されて後に第二ヴァチカン公会議の祖と言われるに至る教会史上の偉人であるが、ウッドハウスの母親にとっては母方の従兄弟にあたる。

残る二人の伯母さん、メアリー・ディーンとルイーザ・ディーンはもっと重要である。ほかでもない、バーティ・ウースターのアガサ伯母さん、ダリア叔母さんのモデルと目される人物が彼女たちなのだ。ルイーザ伯母さんは兄弟姉妹で一番年長で弟妹たちの世話をよくし、親切で陽気なウッドハウスのお気に入りの伯母さんだった。ウッドハウスの晩年書かれた作家公認の伝記『ア・ポートレート・オヴ・マスター』（一九七五）において、著者デイヴィッド・ジェイセンは彼女がダリア叔母さんの「青写真」を提供したとしている。なお、ダリア叔母さんのモデルとされる人物にはもう一人、一九二三年にウッドハウスが知り合ったイルチェスター伯爵夫人こと、野太い声と優れたユーモアのセンスで知られ、狩りを愛した、レディー・ヘレン・メアリー・テレーズ・ヴェーン＝テンペスト＝スチュアートがいる。

メアリー叔母さんは作家で、大英図書館には彼女の書いた歴史小説、ロマンス小説が十三冊収蔵されている。また、一八九九年に彼女は、父親が執筆開始した一族の歴史、*Deane, Dene, Dean and Adeane* を完成させ、刊行した。ウッドハウスの作品には、ユークリッジのジュリア叔母さん、ボビー・ウィッカムの母親レディー・ウィッカムはじめ、強烈な女流作家が頻出するが、このメアリー叔母さんが彼女たちにモデルを提供した。一九五五年一月一四日付書簡でウッドハウスは、「アガサ伯母さんは私の子供時代の恐怖であったメアリー叔母さんにほかならない」と述べている。またウッドハウスの兄嫁ネラ・ウッドハウスはノーマン・マーフィーに、メアリー叔母さんについて語るべき美点が何ひとつ思いつかないと語ったという（『ウッドハウス・ハンドブック』第一巻、二〇〇七）。

アガサ伯母さん、ダリア叔母さんのモデルには諸説あり、ウッドハウスの伝記を書いたフランシス・ドナルドソンは特定の一個人をモデルに想定する説に反対して、これらおばさんたちはイギリス喜劇に伝統的な悪役や道化の「型」を踏襲した造型と考えるべきだと主張する。なるほど一個の生身の個人が独力であれほどまでのキャラクターを提供し得たと考えるのは人道上いささか問題かもしれないが、作家の身近に当たらずとも遠からずというようなおばさんたちが現実に存在し、「もし人生を最初からやり直せるならば、ジーヴス、僕は一人も叔母さんのいないみなしごに生まれたい」と、かつてバーティー・ウースターを慨嘆させたのと同種の感慨を作家の胸のうちに兆さしめたと考えることには、やはり夢誘う楽しさがある。二十人のおばさんたちの最後の生き残り、エメリン叔母さんが亡くなってウッドハウスがみなしごになったのは一九四四年のことで、五人のおばさんが一人の甥を圧倒するおばさんの館の話をウッドハウスが書き始められるまでには、おばさん絶滅の後、なお二年の歳月が必要だったのである。

『ジーヴスと恋の季節』の刊行は一九四九年だが、執筆は一九四六年から翌四七年にかけて、大戦後ドイツ抑留から解放された後、ウッドハウスが一時暮らしていたフランスのパリでなされた。執筆時の年齢は六十五歳だから、作家はすでに老境に差し掛かりつつあったと言えようが、輝かしい筆の勢いに衰えはない。前記ドナルドソンは本書を、『よしきた、ジーヴス』と並ぶウッドハウス作品中の双璧とみなし、ノーマン・マーフィーは本書こそがウッドハウス全作品中のベストだと断言している。

チェイニー・コートの庭園を歩きながら私はノーマンに、あなたは『恋の季節』をウッドハウスのベストと書いていらっしゃいましたね、と訊いてみたのだ。ノーマンは得意げに、バーティー、ガッシー、キャッツミートが揃ってアイデンティティーを偽り、間違った相手と結ばれかかった四組八人のこんがらがりが、ジーヴスの一撃で（と言ってノーマンは愛用のきっちり巻いた長傘をビュンと振り下ろした）解消される本書はウッドハウス全作品中もっとも複雑なプロットを持つ最大作で、これだけ凝ったものができたのは締め切りなしで時間がたっぷりあったパリ時代に書いたからだ、と、語ってくれた。

ちなみに、間抜けな響きのあるハドックという名はタラの一種で、英国ではフィッシュ・アンド・チップスになったりしておなじみの白身魚である。もうひとつ、ウィンブルドン・コモンに住むマデライン・バセットのご学友、ヒルダ・ガジョンとその登場シーンは、イプセンのヒロイン『ヘッダ・ガブラー』とそのピストル・シーンのパロディだとずっと私は思ってきたのだが、イギリスの誰に訊いてもアメリカの誰に訊いても誰も確認できる人はいなかった。舞台俳優キャッツミートが登場し、陰気なロシア劇への言及が散りばめられた本作幕間のお楽しみに、深刻なイプセン劇のパロディ・シーンがおかれるのはごく納得の構成と思われるが。

ところでこの頑丈なヒルダ嬢がしきりに述べているレッグ・ビフォア・ウィケット（ＬＢＷ）・ルールだが、これは投手の投げた球が打者の脚に当たった際に、もし当たっていなかったらばウィケット（三柱門）に当たっていたはずと審判が判断してアウトを取るルールである。あくまでも蓋然性判断であるから異論の余地があり、したがって多くの論議の的となってきた。クリケットの法改正は一九四七年にあり、ＬＢＷの法もその際に改正されたからヒルダが関心を持っているのはこの際の議論であろう。

と、こう書いてきて、あたかも筆者にクリケットの知識のあるかのごとき印象を与えるといけないのだが、前記解説はウッドハウスとクリケットに関するアンソロジー（一九九七）を編んだ、マレー・ヘッジコー氏によるものである。氏もわれらウィーカーズの仲間であったのだ。ウッドハウス作品に登場する〈ローズ〉という、イギリス随一の名門クリケット場を訪問した際、ウッドハウスとクリケットに関する見事な解説を聞かせてくださった。なお、ヘッジコー氏によれば、ウッドハウスがＬＢＷの法のことをレッグ・ビフォア・ウィケット・ルールと書いたのは途轍もなく嘆かわしいことであるそうだ。より劣ったスポーツにはルールとやらがあるのかもしれないが、クリケットに存在するのは「法」のみである。よってここでルールなどと書いたことはウッドハウスの経歴におけるはなはだしい汚点である、のだそうだ。

クリケットは私には依然、閉じられた書物であるが、われわれウッドハウス・ファンがクリケットを大いに讃えて明記すべき点が、少なくともひとつある。それもほかならぬジーヴスに関わる事柄である。ジーヴスの名前はウォリクシャーのプロクリケット選手、パーシー・ジーヴスに由来するのだ。彼は「一部の隙もない身なり、非の打ち所のないフランネルとピシッとアイロンの掛かったシャツで名高」く、投手としても打者としてもきわめて優秀なオールラウンド・プレーヤーだった（写真を見るかぎり、繊細な顔立ちの大変なハンサムである）。ウッドハウスはジーヴス選手の出場する試合を観戦してたいそう感銘を受け、「その名は胸に留め置かれ、私はジーヴスの名を彼からもらった」と述べている。また、プロクリケット選手からキャラクターの名前を取るのは、作家が敬愛したコナン・ドイル方式だそうである。いずれイングランド代表となるべき選手と大いに期待されていたパーシー・ジーヴスは、しかし一九一六年、『サタデー・イヴニング・ポスト』誌に最初のジーヴス短編が掲載される数週間前、フランスのソンムで戦死したのだ（本書二九六頁参照）。

名前つながりでもう一点。本作ははじめてバートラム・ウースターのミドルネームが明かされる作品でもある。

8 お呼びだ、ジーヴス　*Ring For Jeeves*（1953）

バーティーが職業訓練校に行って勉強中のため登場しない番外編。零落したロースター伯爵家第九代当主ビルは慢性的財政危機打開がため、執事ジーヴスといっしょに競馬場で大衆席賭け屋を営業していた。客に大穴を的中され支払不能で屋敷に逃げ帰った二人を待っていたのは、アメリカの大富豪スポッツワース夫人が屋敷を買ってくれるかもしれないという朗報。到着したスポッツワース夫人は、かつてビルがカンヌで出逢った美貌の恋人だった。とはいえ今やビルは地元の獣医師、かわいいジル・ワイヴァーンと婚約中の身の上。過去を利用して売却話を成功裏に運びたいところだが、ジルに疑惑の目を向けられたくはない。一方、競馬場から逃げ出した二人を追って館に到着した冒険家キャプテン・ビッガーもスポッツワース夫人とは旧知の仲で、夫人を心ひそかに慕い続けていたが、逆タマ狙いと言われたくない男のプライドが邪魔して胸の内を打ち明けられない。ビルは館を売却してジルと幸福な結婚ができるのか。キャプテン・ビッガーは男の純情と誇りを貫けるのか。様々な思惑をのせてダービー・レースが開幕する。

〈ウッドハウス・コレクション〉の邦訳版には、「『カモン、ジーヴス』に関する著者による覚書」、「ブリング・オン・ザ・ガールズ！」、「ジーヴス、オムレツをつくる」も収録。

『お呼びだ、ジーヴス』は、長年の盟友ガイ・ボルトンとの共作劇『カモン、ジーヴス』をウッドハウスがノベライズしたもので、時代は第二次大戦後、バーティー・ウースターの留守中にジーヴスがロースター伯爵家に執事として奉職している設定で、バーティーは登場せず、したがって物語は三人称で語られるシリーズ異色作である。舞台は架空の地サウスモルトンシャーのロースター（Rowchester と綴る、ウッドハウス毎度の綴りと発音ギャップを笑う小ギャグである）・アビー。ジーヴスが変装して競馬場の大衆席シルバーリングで賭け屋の会計係をやっていたというかなり衝撃的な設定やら、おなじみバーティーの語りが今回はおやすみであったりとか、勝手の違いに戸惑われる向きもおありであろう。バーティーの不在を補うためか本作のジーヴスはサーヴィス精神旺盛で、いつも以上に文学哲学よりの引用を乱発し、いつもより余計にジーヴスを演じているかのようである。かりそめのご主人様、ビルとの息もぴったりで、しかもあなた様のためならタダ働きしてもかまわないなどとバーティーには一度も言ったことのないような台詞まで言ってしまう借りてきたジーヴスぶりだから、バーティーファンとしては少なからず気のもめるところである。

本作の原案となったガイ・ボルトンとの共同脚本『カモン、ジーヴス』は、本作と同じ一九五三年に執筆され、翌一九五四年に小劇場で上演された。全三幕で舞台はすべてトースター（Towchester と綴る）・アビーの居間である。本作と設定はいくらか異なり、舞台はサウスモルトンシャーではなく実在するノーザンプトンシャーで、ジル・ワイヴァーンは近隣に住む貴族の令嬢で地元警察本部長と血縁関係はない。スポッツワース夫人とビル及びキャプテン・ビッガーの間のロマンティックな前日譚も一切なしで、スポッツワース夫人はスピリチュアル好きのアメリカの大金持ちの未亡人というだけ、美貌であるかどうかも判然としない。ハリッジ・デパートは実在するハロッズになっている。

第一幕が開くとモニカとローリーがトースター・アビーに到着したところで、本作で言うと第二章から開始される。ト書きによると、モニカは可憐で快活な三十代女性で、ローリーは四十代男性。陽気でうっかり屋で、二十年前にはドローンズの仲間だったが、今や必要に屈し、ハロッズ・デパートの売り場監督を務めているとされる。

ト書きと言えば、ジーヴスが、「印象深い威厳を湛えた四十代半ばの男性」とされていることが特筆に値しようか。おそらくジーヴス関連全作品中、ジーヴスの年齢が特定されているのはここ一箇所のみである。ガイ・ボルトンが舞台にリクルートしたジーヴスは、本作中よりも更にもっとサーヴィス精神旺盛でいささかお間抜けで、キャプテン・ビッガーを捕まえようとして暗闇で誤ってご主人様と乱闘してしまったり、自らレディー・アガサの扮装をして（！）ペンダントを奪取してきたり、宝石箱に指紋を残してきてしまったことに気づいてあわてたりと、ジーヴスらしからぬスラップスティックな奮闘を見せている。幕切れはローリーの間抜け落ちではなく、スポッツワース夫人とキャプテン・ビッガーの婚約の報に接したローリーが、「それで思い出した。キャプテン・ビッガーとビッガー夫人、どっちが大きい？　君にはぜったい答えられないだろう」とジーヴスに振ったところで、ジーヴスが厳かに「ビッガー夫人でございます。なぜなら彼女はもっと大きく（ビッガー）になりましたゆえ」とご名答で幕、となる。

舞台となった架空の地、サウスモルトンシャーは、もともとは実在するノーザンプトンシャーに設定されていたのだが、後に変更された。その経緯はガイ・ボルトン宛、一九五三年二月六日付け書簡に記されている。

ロンドン、ジェンキンズ社のグリムズディックから面白い手紙が来た。彼は一冊ノーザンプトンシャーの警察本部長に献本を送ったんだそうだ。後者が腹の底から笑ってくれてワイヴァーン大佐に何の異議もなしって言ってくれるだろうって思ってだ。だがグリムズディックはこう書いてきた。

「警察本部長はまったく好意的じゃあなかった。われわれの手紙に、彼はひどく腹を立てた返事をよこして、この件は弁護士の手に委ねると言ってきた。」だから僕はグリムズディックにノーザンプトンシャーをサウスモルトンシャー（ロームシャーとかグレブズシャーよりはましだろう）に変えるようにって書いて送っておいた。

本作のアメリカ版『リターン・オヴ・ジーヴス』において、この変更は徹底されておらず、物語前半（第一部、第二部）ではサウスモルトンシャー、後半第三部ではノーザンプトンシャーとなっており、不整合が見られる。なお、同書の舞台はトースター・アビーでローリーの勤め先はハロッズ・デパート、第一章がモニカとローリーの登場で始まるところなど、構成は『カモン、ジーヴス』に近い。バーティー不在で三人称で語られる本作はジーヴスものとしてはあまりにも破格であり、したがって正直言って評価の分かれる作品ではある。ウッドハウスには沢山ノン・シリーズの長編もあるが、本作はジーヴスものというよりはむしろそうしたノン・シリーズ作品に近い。舞台劇が原作となった本作は、お芝居を楽しむような気持ちで読んでいただくのがよいのではないかと私は思う。それもブロードウェイやシャフツベリー・アヴェニューの大劇場ではなくて、もっと田舎の素人芝居的な、おそらくは教会のオルガン修理のためのチャリティ公演であろうような公演である。ジーヴスは執事ジーヴス役を演じており、バーティー・ウースター氏も客席の観客の中にいて、前の方のお偉方の席に座らされている。

「ウースター様はただ今、紳士様お側つき紳士の雇用の許されぬ学校にご通学されておいでなのでございます」

「ウースター様は……かようなことを感情を露呈いたさずに申し上げますことはきわめて困難

でございますが……ご自身の靴下をお繕いあそばされる術をお学びでいらっしゃいます」

といったセリフの発されるたび、客席の私たちはクスクス笑いながら、赤面したりむっとするバーティーの方を伺わずにはいられない。最後にバーティーがズルして見つかって学校を退学になったと聞かされると、私たちはワッハッハと笑い、バーティーは顔を真っ赤にして出ていこうとするが、でも「わたくしのいるべき場所は、あの方のお側であると感じております」というセリフにホロリときてふたたび着席、というような脳内進行でお楽しみいただくのが私のお勧めである。

9 ジーヴスと封建精神 *Jeeves and the Feudal Spirit* (1954)

ジーヴスの留守中に口ひげをはやしてしまったバーティー。『ミレディス・ブドワール』売却話を好条件でまとめるため、ダリア叔母さんはリヴァプールの出版王トロッター夫妻をブリンクレイ・コートに招待し、バーティーに接待役を命ずる。夫妻の息子、詩人ピーター・ゴリンジはフローレンス・クレイの崇拝者で、色々あってフローレンスとスティルトンの婚約はご破算となり、バーティーはフローレンスと婚約する羽目に。スティルトンとゴリンジの嫉妬と猜疑にバーティーの背骨はへし折られる危機に瀕する。シドカップ卿ことスポードまで登場して、ますます事態は混迷を深める。

イヴリン・ウォーはウッドハウスを尊敬していた。

一九五四年十二月二十九日
親愛なるウッドハウス博士

二十五年前、イーディス・シットウェルが情け深いワシのように私に身を寄せてこう言ってよこした、恐ろしい瞬間がありました。「ミスター・ウォー、あたくしのことはイーディスと呼んでくださってよろしいのよ」私が女史をそう呼ぶようになるまでには、それから五年の年月を要しました。敬愛する大先生に「親愛なるプラム」などと書き送ることは私にはできません。しかし先生より頂戴した大層ご親切な葉書のことは、天にも昇るほどうれしく存じております。

先生が私よりも楽しいクリスマスをお過ごしになられたことを願っております。我が家を軽度ながら厄介なインフルエンザが席捲しておりました。病床から病床へと回し読みされる『ジーヴスと封建精神』だけが、憂鬱を軽減してくれるただひとつの慰安でありました。

当方今年は渡米の予定はありません。かの地は成功者である時にのみ訪れるべき場所であり、完成したばかりの私の新著はまったく島国的な関心に応えるものでしかありません。英国にてお目にかかれる可能性はないものでしょうか?

深い尊敬を込めて
イヴリン・ウォー

ウォーは第二次大戦後のウッドハウス受難の時代にも、率先して作家を擁護し、ジョージ・オーウェルのウッドハウス弁護論を評釈して応援した。一九六一年にウッドハウス八十歳を祝賀したウォーのウッドハウス賛は岩永正勝・小山太一編訳『ジーヴスの事件簿』に収録されているから全文が読める。ウォーの父、出版社チャップマン&ホールの会長だったアーサー・ウォーが一九三五年にウッドハウスに送った手紙には「……確かに私たちがこれまで直接お会いする機会はありませんでしたが、私たちはあなたと共に人生行路を歩んでまいったのです。アレック［ウォーの兄、作家のアレック・ウォー］が学校に通っていた頃、私たちは皆であなたのご著書をたいへん楽しく読んだものでした。……今日でも私たちはフリーメーソンの掟のように、スミス語（Psmithis）を維持しており、それは、よく手紙の端々にひょっこり顔をだしてきます……」とある。幼少のみぎりよりウォー家は揃って筋金入りのウッドハウスファンであったわけだ。

ウッドハウスの伝記を書いたフランシス・ドナルドソンは、イヴリン・ウォーとの交友記も書いている。その中でウッドハウスを巨匠と呼んで尊敬するウォーに、いったい彼のどこが巨匠と呼ぶに値するのかと彼女が訊くくだりがある。そこでウォーが答えて言ったのが、「一ページ毎に平均三箇所、比類のないほどに卓越し、完全に独創的な比喩を作り出せる人物のことを、人は巨匠と見なさねばならない」という台詞である。

ウッドハウス七十歳を祝賀した文章のお礼に、はじめてウッドハウスから「親愛なるイヴリン」で始まる手紙をもらったウォーは、それへの返信を「親愛なるウッドハウス」とも「親愛なるP・G・ウッドハウス」とも、また馴れ馴れしく「親愛なるプラミー」とも書き始められずに大層苦心し、ウッドハウスと親交のあったドナルドソン夫妻に手紙を見せたのだそうだ。「だが私は解決策を見いだせたと思う」と誇らしげに言ったというウォーが「親愛なるウッドハウス博士」（ウッドハウスは一九三九年にオックスフォード大学より名誉文学博士号を授与された）で書き始めたのが前掲書簡である。以降ウォーは、ウッドハウスに言及するときも、呼びかけるときも終生この呼称を通した。

作家同士の交流を知るのは楽しい。ウォーは一度だけアメリカで、晴れてウッドハウスと会う機会があった。『ヴォーグ』誌がウォーのために主催した昼餐会に、ウォー自らがウッドハウスを主賓として招いたのだ。両作家は隣り合って着席したが、残念ながら両者の会話はまったく弾まず、唯一ウッドハウスが反応したのは所得税に関する話題だけだったそうだ。

『ジーヴスと封健精神』には探偵小説作家たちへのトリビュートが色濃い。ダリア叔母さんが愛読するアガサ・クリスティーをウッドハウスも愛読した。一九五五年三月六日付デニス・マッケイル宛書簡によると、編集者からクリスティーがウッドハウスの大ファンだと聞かされ、自分もたいへんなクリスティーファンであることを是非とも手紙で知らせないといけないと焚きつけられたウッドハウスは、クリスティー宛に彼女を褒めちぎった長文の手紙を送ったそうだ。

「返事はどんなだったと思う？　だいたい三行だ。見知らぬファンに返事するようなやつが来た。〈わたくしの探偵小説を楽しんでいただけて大変嬉しく存じます。〉って調子のだ。最悪なのは彼女が一番好きなウッドハウス作品が『リトル・ナゲット』――一九〇八年の作品だったってところだ。それで途轍もなく頭にくるのは、だからって彼女の作品を読まずにはいられないってことで、なぜなら彼女は今日読むに値するほぼ唯一の作家なんだから」

幸いこの後、両巨頭の関係はいちじるしく改善し、生涯一度も直接対面する機会はなかったものの、二人は親しく書簡を往復する間柄を続けた。クリスティーは一九六九年の『ハロウィーン・パーティー』をウッドハウスに捧げている。

続いて『ピンクのザリガニの謎』のレックス・ウェストであるが、この名を目にして多くの読者はこれはレックス・スタウトのことかなと思うであろう。ウッドハウスはスタウトの熱烈な愛読者だった。何でも知っているノーマン・マーフィー英国ウッドハウス協会元会長にこの点を問い合わせたところ、気づかなかった、なんという慧眼かと褒められていい気になった。続けてノーマンは、ウエストの名はネロ・ウルフの住所、ニューヨーク、ウエスト三五番街から来ているのではなかろうかとの推理を提示してくれた。私は、ウッドハウスは下積み作家時代にC・P・ウエストの筆名を用いていたから、それも含まれていはしないかと憶測してやんわりと否定され（とはいえC・P・ウエストはセントラル・パーク・ウエストの略だから実は同じ辺りを意味しているのだが）、さらに『ピンクのザリガニの謎』は一九五三年の『黄金の蜘蛛』、『毒入りドーナッツ事件』はバークレーの『毒入りチョコレート事件』、『藤紫色の殺人』はドイルの『緋色の研究』でどうだと憶測を提示したのだが、こちらはきっぱりと否定された。これらはみな典型的でありそうな架空の探偵小説の題名というだけで、ノーマン説によると唯一確かなのは『ビッフェン警部死体検分』がセイヤーズの『ピーター卿死体検分』（一九二八）をモデルにしている点だけだそうだ。『毒入りドーナッツ事件』くらいは、いいことにしてくれないかとまだ私は思っているのだが、いけないらしい。

話を戻そう。ウッドハウスはレックス・スタウトを愛読していた。ウッドハウスの母校ダリッジ・カレッジに再現された作家の書斎の書架にはスタウトがどっさり入っていたのが思い出される。人生後半の半世紀、年間ほぼ百五十冊ペースでミステリーを読んでいたウッドハウスは、この分野でのトップ5はクリスティー、スタウト、ナイオ・マーシュ、パトリシア・ウェントワース、シリル・ヘアーであるとの確たる見解を持つに至ったという。「どんな駄作のイギリスミステリーでも、どんなに秀作のアメリカミステリーよりいい」（デニス・マッケイル宛一九五〇年十二月二十五日付書簡）と考えていたウッドハウスの選んだ、五人中唯一のアメリカ作家である。ウッドハウスはクリスティー全冊、スタウト全冊、マーシュ八冊、ウェントワース三十六冊、ヘアー十一冊を所有していた。ちなみに遺恨のあったはずのA・A・ミルンは十六冊、他にはヘンリー・セシルが十四冊、バリー・ペイン二十二冊、ジェームス・サーバーが全冊、ウォー全冊、アンソニー・パウエル全冊（パウエルはウッドハウスを「詩人」と呼んで崇拝していた）、シェークスピア全集等々である。

同じくダリッジの卒業生であるレイモンド・チャンドラーはどう思われていただろう。一九四六年四月二十九日付ビル・タウンエンド宛書簡には、『さらば愛しき女よ』を読んだら面白かった。だがダシール・ハメットやピーター・チェイニーらとあまりにも似ていすぎる。わからないのはああいう探偵はどうしてあんなに酒を飲んでもしゃんとしていられるのかってところだ。チェイニーの探偵は戦時下のロンドンでどうしてあんなにウイスキーが飲めたんだ。一瓶四ポンドもしたんだから、大金持ちだったにちがいないな。レックス・スタウトのネロ・ウルフ物はいい。巧妙にも探偵にミルクを飲ませている。とある。

ウッドハウスの小説には作家がたくさん出てくる。ノーマン・マーフィーによれば、九十七冊の著作中、八十二冊に作家が登場するそうだ。一九二四年までの作品において、作家、劇作家、ジャーナリストはウッドハウス自身の直接的な投影で、それ以降は若き作家であった時代の鮮明な記憶だという。

『ジーヴスと封建精神』執筆当時P・G・・ウッドハウスは七十三歳、一九五三年刊行の『ブリング・オン・ザ・ガールズ』から、アメリカ版の版元がサイモン・アンド・シュースターに代わり、以降没年まで二十年以上にわたり、本作に献辞を捧げられたシュウェッドとの長い交際が続くことになる。

シュウェッドが述懐する、はじめてウッドハウスと会った時の逸話を少々紹介しよう。

プラムはサイモン・アンド・シュースターのオフィスに毎年ひょこひょこ自分で新しい原稿を持ってきてくれた。初めてうちに来たときの体験が、どうして彼の気を挫かなかったかと不思議に思う。あの年うちにいた受付嬢はあまり学問のある娘ではなく、彼の名前を見てそれと気づかなかったばかりか、コーヒーブレイクに席を立つと、その前のことはきれいさっぱり忘れてしまう不思議な性向があった。その日プラムが到着すると、彼女は彼を暗い片隅に座らせたまま、デニッシュペストリーが売り切れる前にとあわてて出かけてしまった。常に礼儀正しく、人生を達観し、また内気でもあったプラムは、片隅に座ったままパイプをふかし、ただ座り続けていた。

そのとき私は会議中で、大先生のご到着次第すぐさま呼び出してもらうべく待ち構えていた。しかし会議が終わる時間になっても何も言ってこない。ウッドハウス様はお遅れになられるそうですとのメッセージはなかったかと、私は受付に確認に行った。この難解な質問に受付嬢が頭を搾っている間に、暗い片隅から年輩の紳士が立ち上がってほほえみかけ、片手を私の方に伸ばし、もう片方の手には原稿を持って近づいてきた。彼は一時間近くの間、一度もどうなっているのかと訊ねもせずに辛抱強く待っていてくれたのだ。私の謝罪を振り払うと彼は、「こういう練習は、医者の待合室でだいぶ積んでいるから」と言った。

こういう小不幸に遭ったとき、こういうふうに静かに上機嫌な態度でそれを受け容れるのは、いかにもプラムらしい。彼は紳士であるだけでなく、心優しい人物であり、持ち前の鋭い機知を決して他人に対する武器としては使わなかった。彼はそういう物は書く物のほうに蓄えておいて、友人と居間や食卓にいる時は常に変わらず熱心な聞き手で、人の下手な冗談に、うなずくように笑ってくれた。

シュウェッドはウッドハウスの理解者であり、ファンであったのだが、編集者としてはかなり介入的であったようだ。本書を含め、数多くのアメリカ版の作品タイトルを変更させ、一九七一年の『感謝だ、ジーヴス』（アメリカ版タイトルは『ジーヴスと結ぶ絆』）では、タイトルのみならず、物語の結末まで書き換えさせている。ジェイセンのウッドハウス伝には、原稿を受け取って、たいへん素晴らしい作品だがここをこうしたらどうかというシュウェッドの手紙に、作品を気に入ってもらってよかった、ここをこうするアイディアは天才的だ、と応えるウッドハウスの手紙や、タイトル変更についてやりとりする往復書簡が幾通も収録されている。

本作中には、ナイト爵に叙される際にはサテンのニーブリーチを穿き、両脚の間に剣をはさんで後ろ向きに歩かねばならないという記述があるが、N・T・P・マーフィーの『ウッドハウス・ハンドブック』によると、これは衣裳が恥ずかしくて屈辱的というだけでなく、現実の危険をも伴う儀式であったようだ。叙爵の後、後ろ向きに歩く際、剣に脚を引っ掛けて転倒する紳士は数多いと一九三五年の『タイム』紙が報じているそうだ。頭からでんぐり返しした紳士がいたと報じた新聞もあったそうだ。

もうひとつ、ノーマンに聞いた、どうして〈モトルド・オイスター〉はガサ入れを受けるのか、の説明。ヴィクトリア女王期以来、英国政府は飲酒を規制し、パブやナイトクラブの営業時間は一世紀以上にわたり厳しく制限されてきた。第一次大戦後、戦時下の厳格な飲酒規制が緩和され、パブは十時半まで酒類を出せるようになり、ナイトクラブは特別免許を申請すれば食べ物と共に供される場合に限り十二時半まで酒類を出す許可を得られるようになった。バーティーが本作中でキッパーをオーダーするのはこのためである。十二時半を過ぎてからは飲み物の値段を三、四倍にして違法営業を続ける店は多く、そのため多くの店が強制捜査の対象となり、閉店、一週間後に名前を変えて営業再開という手順をたどったのだそうである。

一九四七年四月二十六日、十年ぶりにアメリカの土を踏み、ニューヨークの住まいをいくつか転々としたウッドハウスは、一九四九年にパーク・アヴェニュー一〇〇〇番のビル最上階の二層階アパートメントに引っ越した。セントラルパークを見晴らし、広い屋上テラスを擁する高級アパートメントは愛犬のペキニーズたちを遊ばせるのに好都合だった。一九五二年、旧友の劇作家ガイ・ボルトンが住むロングアイランドのレムゼンバーグを訪れたウッドハウスは、バスケット・ネック・レーンという名の通りに家を購入する。しばらくマンハッタンとロングアイランドを行き来する生活を続けた後、一九五四年にパーク・アヴェニューの家を手放し、ウッドハウスと妻エセルはレムゼンバーグを生活の拠点とすることを選択した。

ウッドハウスはこの家で没年まで過ごし、ここに越してからは年に数回ニューヨークまで原稿を届けに行く他、ほとんどこの地を離れず妻と動物たちと暮らした。車でしばらく行った所に〈バイダ・ウィー〉という動物シェルターがあり、ウッドハウス夫妻はここに通って動物たちに餌をやり、建物建設のために多額の寄付をしている。バイダ・ウィーに隣接して動物墓地があって、ウッドハウスの愛した沢山の犬やねこたちもそこに埋葬されている。一九五四年五月、デニス・マッケイル宛書簡にはこうある。

「……庭はなかなか立派になってきた。こうして手紙を書いている間も、隣の部屋から職人たちが壁に鏡を打ち付ける金槌の音が聞こえてくる。エセルはこの部屋をバーに変えようっていうんだ。完成したところで相変わらずカクテルはキッチンで拵えるんだろうが、もし上流階級の皆様がうちに押し寄せるようなことになったら、バーがなきゃいけないってことなんだろう。僕と犬たちの他には誰にも会わない生活にうんざりしてるエセルは、にぎにぎしい社交の中心にいる夢を忘れられないんだ。(今度出るジーヴス本の中でトム叔父さんに使ういい文章がある。〈彼の顔はやつれ、げっそりして、週末にお客様がいらっしゃるのよと告げられた時みたいな表情になっていた〉ってやつだ。他人が家に来るってのは、嫌なもんだろう?)」

10 ジーヴスの帰還　*Jeeves in the Offing*（1960）

ジーヴスが警戒してやまない赤毛のお騒がせ娘、ボビー・ウィッカムがブリンクレイ・コートに滞在中。バーティーの幼き日の師にして疫病神、オーブリー・アップジョン師とその娘フィリス・ミルズ、アメリカ実業界の大立者夫人とその息子ウィリー も同所に滞在中。ニューヨークでクレプトマニアとして有名な悪者らしいウィリーとフィリスの婚約を阻止せよとのダリア叔母さんの命令に振り回されるバーティー。親友キッパーとボビーのしでかした名誉棄損訴訟騒動と二人の恋の行方も前途不明。あろうことかトム叔父さん秘蔵の銀のウシ型クリーマーまで消失して、謎の執事ソードフィッシュとともにバーティーはクリーマー奪回がため暗躍する。
邦訳版には、中編「ジーヴスとギトギト男」、ボビー・ウィッカムが主人公の「ポッター氏の安静療法」も収録。

本作の原タイトルは *Jeeves in the Offing* である。In the offing というのは、海軍用語で準備完了待機中といったような意味で、今は遠く離れているけれど、若主人様有事の際にはいつでも急ぎはせ参じるべくスタンバイ中、といった趣旨の封建精神に満ち満ちた邦題にしたかったのだが、不在のジーヴスを待ちこがれる若主人様の気持ちのほうを尊重して『ジーヴスの帰還』とした。
邦訳版には、「ジーヴスとギトギト男」と「ポッター氏の安静療法」も収めた。前者は一九六六年に、後者は一九三五年に単行本に収録をみている。後者は他二作よりもだいぶ発表年代の時間を遡及しての収録であるが、久々登場のヒロイン、ボビー・ウィッカムの旧悪を暴くとともに、このキャラクターのおさらいをしていただこうという意味もある。赤毛の美女ボビーはジーヴス・シリーズでは一九三〇年の『でかした、ジーヴス』に登場して以来、三十年の時を経ての再登場となるが、強烈な個性をめでられ、マリナー氏ものにも数多い親戚縁者の一人として登場している。ちなみにレディー・ウィッカムがマリナー氏の従姉妹であるらしい。この「ポッター氏」は、ボビーの登場するストーリー中唯一、三人称で語られた。ボビーが主役の〈ボビー・ウィッカム・ストーリー〉である。「サキ」テイストの奇妙な雰囲気は、ウッドハウスとしては異色であろう。

「ギトギト男」初出は一九六五年で、掲載誌はなんと『プレイボーイ』誌であった。こういう無邪気な話が、プレイメイトたちのヌードグラビアの間に掲載されたと思うと不思議である。戦後テレビの普及とともに、ウッドハウスの作品を掲載していた『サタデー・イヴニング・ポスト』や『コリエールズ』といった名門雑誌は衰退の一途をたどり、やがて廃刊の憂き目に至る。ちなみに『サタデー・イヴニング・ポスト』誌は名誉毀損訴訟に敗訴して巨額の賠償金の支払いを命じられた後、一九六九年に廃刊された。『プレイボーイ』誌は晩年のウッドハウス新作の発表誌となり、「ギトギト男」が入った短編集『プラム・パイ』収録作はひとつを除いてすべて初出『プレイボーイ』である。

さて、本書刊行の一九六〇年、一八八一年（明治十四年）生まれのウッドハウスはすでに七十九歳になっていた。ロングアイランド、レムゼンバーグ、バスケット・ネック・レーンに居を定めて妻エセルと動物たちと平穏に暮らしながら、ウッドハウスは年一冊の着実なペースで執筆を続けていた。また一九五三年からはマルコム・マガリッジ新編集長の下、イギリスの名門『パンチ』誌に四十六年ぶりにエッセイの連載を開始している。

一九五五年十二月十六日、ウッドハウスはアメリカに帰化してアメリカ国民となった。「自分の住んでいる国の市民でいることが、良識的で礼儀正しい態度と思われたから」というのが本人の弁である。アメリカ市民となることを「とても良いクラブに入会するようなもの」と述べたウッドハウスに、ユーモア作家のフランク・サリヴァンは「私どものクラブにご入会されたという嬉しい報らせに接しました。あなたが我が国の市民となられたことは、T・S・エリオットとヘンリー・ジェイムズ（いずれもイギリスに帰化）を失った損失を補って余りあることです」と祝賀状を送った。

アメリカ市民権取得の翌年、一九五六年には自伝的エッセイ集、*America, I Life You* が刊行されている。これは『パンチ』誌に掲載されたエッセイに加筆、編集したもので、翌年出版されたイギリス版はタイトル変更されて、*Over Seventy*（一九五七）となった。

一九六〇年十月十四日付『ニューヨーク・タイムズ』紙には、翌十五日のウッドハウス七十九歳の誕生日を祝賀して、サイモン・アンド・シュースター社による大広告が掲載された。

ウッドハウス氏、お誕生日おめでとう

P・G・ウッドハウス氏は明日生誕八十年目の年を迎えられるところである。我々一同中に氏の八十冊の著書中のいずれか一冊を読んで恩恵とよろこびを得ることなく成長したものは一人とてないところである。またP・G・ウッドハウスは国際的な名士であり、笑いの達人であるところである。

よって我々下記著名人は感謝と愛情をもって氏に敬意を表する。

これにキングスレー・エイミス、W・H・オーデン、アガサ・クリスティー、アイラ・ガーシュウィン、グレアム・グリーン、A・P・ハーバート、オルダス・ハクスリー、ナンシー・ミットフォード、オグデン・ナッシュ、コール・ポーター、ジェームズ・サーバー、ジョン・アップダイク、イヴリン・ウォー、レベッカ・ウェスト……ら、八十名の作家たちの署名が続いた。

これは本来ウッドハウス八十歳の祝賀ということで出版社が企画したところ、まだ七十九歳だとわかってあわてて〈八十年目〉と訂正したということらしい。翌一九六一年の本当の八十歳の誕生日は英米両国で盛大に祝われ、ウッドハウスの許には祝電とテレビ、ラジオ、新聞雑誌のインタヴュー記者たちが殺到した。同年、リチャード・アズバーンによる初のウッドハウス研究書が刊行され、また、イヴリン・ウォーはウッドハウスを国賊と非難したカサンドラのBBCラジオ演説から丁度二十年となる同年七月十五日に、同じBBCで作家八十歳の誕生日を祝賀する「尊敬と謝罪」の演説をした。翌日『サンデータイムズ』紙に全文掲載されたこれが、「ウッドハウス氏にとって人間の原罪ないし〈原初の不幸〉は存在しない。彼の作中人物たちは禁断の果実を口にしたことのない人々である。彼らはいまだエデンの園に住まっている。ブランディングズ城の庭園は我々が追放された楽園の庭である。シェフ・アナトールはいと高きオリュンポス山の不死の人々のための食物を料理している。ウッドハウス氏の世界が色あせることなど決してあり得ない。彼は我々の時代よりももっと索漠たる時代を生きるであろう将来世代の人々をも、その囚われより解放し続けることだろう。彼は私たちが生きられる、楽しめる世界をつくってくれたのだ」で終わる有名なウッドハウス賛である。

『ジーヴスの帰還』と「ジーヴスとギトギト男」を併せ読んでご不審の向きもあるといけないから、グロソップ／ウースター問題について、いくらか補っておきたい。周知のように、本シリーズにおいて当初サー・ロデリック・グロソップとバーティー・ウースターとの関係は、大いに緊張をはらんだものであった。しかし長編『サンキュー、ジーヴス』において、かつての宿敵は歴史的和解を果たし、互いを「ロディ」、「バーティー」と呼び合う仲になる。なったはずである。ところが本作開始後まもなく読者は、湯たんぽ事件以来のバーティー／グロソップ関係の硬直について知らされて当惑することになる。またこの二人は本作では本作なりの理由で関係を修復して美しき友情を築き上げ、やはり

「ロディ」、「バーティー」と呼び合う仲になるのだが、すると『帰還』は『サンキュー』以前に時代設定された話なのだろうか？　だが本作内ではママクリームの友人がチャフネル・レジスの診療所に滞在中で、しかもグロソップ夫人となったレディー・マートル・グロソップのことも言及されているのだから、時代設定は『サンキュー』以後ということになるのではないか。また困ったことに、バーティーが大のなかよしのロディのために一肌も二肌も脱ぐ「ギトギト男」では、ロディとレディー・マートルは未だ結婚していないのだから、時系列で並べると『サンキュー』→「ギトギト男」→『帰還』となるはずではないか。しかし最初に湯たんぽ以来云々と書いてあるところからすると『でかした』→『帰還』→『サンキュー』であって、これでは時間関係が錯綜して、本作の収まり所がなくなってしまう。

齢七十九歳のウッドハウスは話の整合性など気にかけなくなってしまったのだろうか、と人は問いたくなる。しかしこういうことは、作家老境にいたって今更始まったことではない。ウッドハウスのキャラクターの扱いは、もっとずっと前から無雑作だった。たとえば、初登場作『ヒヨコ天国』（一九〇六）で妻帯者であったユークリッジは、その後の短編では、独身者であるし、ブルーボトルがケンブリッジシャーを勝った年に僕のトム叔父さんとアン・スコンド・ノースで結婚して親戚になったはずのダリア叔母さんは、数多の話の経過する中でいつの間にか今は亡き我が父の妹となって、バーティーが赤ちゃんの時におしゃぶりを呑み込んだところを救命してくれたり、お膝の上でたくさんあやしてくれたりしたことになってしまっている。ユークリッジやダリア叔母さんほどの主要キャラクターでさえこうなのだから、ストーリー中で過去のエピソードが回顧される際なども、正確さがあまり意に介される様子はないし、キャラクターの名前まで違っていることだって度々ある。ウッドハウスの作品世界においては、時間は縦にも横にも伸び縮みする上、以前のできごとは後には簡単になかったことにされてしまうのだ。これはやはり何種類ものパラレルワールドを並存させるのは作家の特権ということで、あまりつっつくのは無粋と言うべきなのだろうか。そっと知らんぷりするか、渾身の力を込めて無理やり合理的に説明してしまうのが正しい鑑賞態度なのかもしれない。

ちなみにJ・H・C・モリスの『サンキュー・ウッドハウス』（一九八一）は、『帰還』は『サンキュー』の後の時代設定との解釈の下に、『サンキュー』後、二人はまた仲たがいをしたに違いない。二人は何の件で仲たがいしたのか、それが謎だとしらじらしく問題提起している。

11 ――がんばれ、ジーヴス　*Stiff Upper Lip, Jeeves*（1963）

ポーリーン・ストーカーの妹エメラルドがトトレイ・タワーズに向かうとの報に驚くバーティー。状況の連鎖によりバーティーもふたたびトトレイに向かうことに。サー・ワトキン、スポードだけでなく、アフリカ探検家プランク少佐までが寄ってたかってバーティーを追い詰める。プランクがサー・ワトキンに売りつけた黒琥珀の彫像を巡るひと悶着。ガッシー／マデライン枢軸の不安定性により、ふたたびバーティーは婚約の危機に。しかし愛してやまないアルペン帽をかぶったバーティーに、ジーヴスの態度は冷たい。

邦訳版には、珠玉短編「灼熱の炉の中を通り過ぎてきた男たち」「驚くべき帽子の謎」「アルジーにおまかせ」も収録。

stiff upper lipとは、内心の動揺を表情に出さずに平然としたふうを維持するという趣旨の慣用表現で、そうすると上唇がかたくなるらしい。ジーヴス、やせ我慢の記とでもしたらよろしいか。まぬけでかわいいこのフレーズは、ウッドハウス脚本、フレッド・アステア主演映画『踊る騎士』（一九三七）の挿入歌のタイトルにもなったから、大アステアもかつてこう言って歌って踊ったのである。

本作は『ウースター家の掟』（一九三八）の続編を成すもので、作品中では、あれからほんの数カ月が過ぎたばかりという設定で、あの時あの場所に登場したあのメンバーたちが全員集合してあい変わらず元気にやってくれている。ガッシー／マデライン枢軸の存亡とバーティー望まぬ結婚生活へ突入の危機、という、お約束のモティーフは健在で、「あなたには、何ていうか、頭のくるくるしたアヒルちゃんみたいな可愛らしさがあるのよ」と、かつていみじくも語ったバーティー・ウースターの元婚約者、ポーリーン・ストーカーの妹、エメラルドが堂々の初登場を飾って（『サンキュー、ジーヴス』〔一九三四〕でパパストーカーは、「わしに娘はひとりしかおらん」と断言していた、と指摘するのは無粋に過ぎようか）、いきなりの大仕事をしてくれている。

『掟』のビッグシーンへのセルフ・パロディとでも言うべき、犬のバーソロミューに追われて洋服ダンスに飛び乗るバーティーのシーンもある。同じ場所で同じく進歩のないことを繰り返す同じ人たちの動向に振り回されるのが、どうしてこんなに楽しいのか。齢《よわい》八十二歳のウッドハウスの健筆に敬礼せざるを得ない。

初登場の探検家、プランク少佐はバーティー／ジーヴスものでは初お目見えだが、別シリーズにおいては既におなじみの人物である。彼は一九四八年刊行の『アンクル・ダイナマイト』に、ポンゴ・

トウィッスルトンのフレッド叔父さんことイッケナム卿の学友として登場している。とはいえ同書においてプランクはラグビーではなくクリケットの愛好家であった。ちなみにこのプランク少佐は、ウッドハウス最後の完成作となった『ジーヴスとねこさらい』（一九七四）にも登場する。さらに邦訳版に収録した「灼熱の炉の中を通り過ぎてきた男たち」の、色々と問題の多いヒロイン、アンジェリカ・ブリスコーも同作で活躍する。バーティーではないが「こんなに狭い世界は見たことがない」くらいに、この世界は狭いのである。

さらにシリーズ内クロス・レファレンスを充実させるべく付言しておくならば、プランクの住むホックレイ・カム・メストンとは、『でかした、ジーヴス』（一九三〇）最終話「タッピーの試練」において、タッピー・グロソップが参戦したラグビーの泥仕合が開催されたあの村である。いいプロップがいないばっかりに去年はアッパー・ブリーチングに負けたと、プランクが遺恨に思う両村の最初の試合は、「ヘンリー八世治世下に執り行われ、何平方キロを覆う地帯一帯で正午から日没まで戦われ、その際の死者は七名でございました」とジーヴスの語る、歴史と伝統を誇るものだったのである。

ウッドハウスも戦後世界で変わらず健在に過ごしていた。時は既にケネディ大統領時代。マリリン・モンローが謎の死を遂げ、キューバ危機が勃発し、ビートルズもデビューした。しかし作家の生活は「午前中は仕事。十二時には今夢中になっているテレビドラマを見る。昼食。犬を連れて郵便局に行くので二時から三時まではつぶれる。五時まで仕事の構想。入浴、カクテル、夕食、読書、二人ブリッジをして、それで一日は終わりだ。同じ日課が毎日毎日続く。またどういうわけかそれが単調にならない」と、一九六〇年六月六日付ガイ・ボルトン宛書簡に書かれたペースで続いてゆく。とはいえ平穏な日常に影を落とす出来事がなかったわけではない。ウッドハウスとダリッジ・カレッジで同級、同室となって以来、ずっと無二の親友であったビル・タウンエンドが一九六一年に八十歳で死去している。本書を執筆した六二年には、愛妻エセルがガン手術を受け、余命九カ月と診断された。エセルはウッドハウスの死後更に十年以上を生きて一九八四年に九十九歳で没するわけだから、結果的にこれは誤診であったわけだが、宣告当時の衝撃は想像して余りあろう。八十一歳のウッドハウスが、入院中の老妻に宛てた手紙がこれである。

僕の大事なかわいいバニー。君がいなくてどんなに寂しいか、君が無事に僕の許に戻ってきてくれることをどれほど祈っているか、君に伝えたくてこの手紙を書いている。愛しているよ、ダーリン。百万回言うよりもっと。

ああ、君がいなくて昨日の晩はどんなに孤独だったことか！　この家は死体置き場みたいだった。

君の小鳥たちの面倒は僕が見ている。粒餌と水を今日は昼にやって昨日は五時にやった。だからみんな大丈夫だ。

かわいそうなダーリン。きっとひどい目に遭っているんだろうね。連中がレントゲンで君をへとへとに疲れさせていないといいのだけれど。どんなにかつらいことだろう。だけどきっと全部大丈夫ってことになるんだろうし、二、三日で君が帰ってこられるのはわかっている。

僕の愛のすべてを込めて。僕が君のことをずっと考えていることと、僕が君をどんなに愛しているかを忘れないで。

初期ビートルズのラヴソングみたいな手紙と人は言おうか。

長く生きるということは、それだけ多くの人との死別を経験するということでもあるのだろうが、ウッドハウスが終の住処としたロングアイランドのレムゼンバーグを訪れた際、作家の晩年を幸福にした二つの幸運を思ってしみじみ安堵したことがある。愛妻と最後まで連れ添えた幸運と、親友ガイ・ボルトンと晩年を共にできた幸運である。『比類なきジーヴス』(一九二三)で、バーティーが意気投合したアメリカの脚本家ジョージ・キャフィンことガイ・ボルトンがその地に住んでいたから、そもそもウッドハウスはここレムゼンバーグに移り住んだのだった。それから二十年余にわたって、ボルトンと並んで歩きながら仕事の話、新作ミュージカルの構想を語り合うのが二人の日課だった。

ところでこの当時、ウッドハウスの日課には昼のテレビでソープオペラを観ることが加わっていたが、一九六五年に英国BBCテレビはジーヴスもののテレビ・シリーズ〈ウースターの世界〉を放送開始した。バーティー・ウースターをイアン・カーマイケルが、ジーヴスをデニス・プライスが演じた。ウッドハウス自身は威厳に満ちたプライスのジーヴスを、カーマイケルのバーティーよりも気に入っていたそうである。六七年に番組が終了すると、続けてBBCは〈ウッドハウスの世界〉として、ブランディングズ城ものとユークリッジものをテレビ・シリーズ化する。これらは新たなファン層を大いに開拓したし、作家を幸福な思いにさせたことだろう。

12　感謝だ、ジーヴス　*Much Obliged, Jeeves*（1971）

旧友ハロルドの選挙応援に急ぎ駆けつけよとのダリア叔母さんの命に応えてブリンクレイ・コートに馳せ参じたバーティーは、かつて自分のコテージに火を放った従者ビングレイがその地にて悠々自適暮らしを送っていることを知る。ハロルド当落の鍵を握る由緒あるジュニア・ガニュメデス・クラブのクラブブックが盗まれ、ジーヴスの怒りは炸裂。ダリア叔母さんは愛娘アンジェラと、婚約者タッピーの幸福な結婚のため、タッピーの父親の発明の権利を独占する実業家ランクルから何かしらの金員を引き出そうと画策中。しかもハロルドが愛してやまない婚約者とはあのフローレンス・クレイで、さらに館にはなんとスポードもマデラインも滞在中だった。バーティーはマデラインとフローレンスと相次いで婚約する羽目に。バーティーは望まぬ結婚の危機を切り抜けられるのか。タッピーとアンジェラは無事結婚に漕ぎつけられるのか。お騒がせなクラブブックの行く末は……望みなしの閉塞状況を打開するジーヴスの切り札。

『感謝だ、ジーヴス』は、ウッドハウス九十歳の誕生日記念出版として、一九七一年十月十五日、誕生日のその日にイギリスで刊行された。大西洋をはさんだアメリカでも同日、本書の米国版『ジーヴスと結ぶ絆』がサイモン・アンド・シュースター社から発売されている。

英米版双方とも表紙は巨大バースデーケーキに挿された九十本のロウソクに、結構な年配で恰幅のよろしい禿頭のジーヴスが点火している図である。イギリス版の裏表紙には自宅庭先で右手にクロネコを持って笑うウッドハウス翁の写真が、アメリカ版の裏表紙には脚を曲げないで前屈して両手の指先を床につける（したがって禿頭が俯瞰できる）ウッドハウス翁の写真が使われている。

言うまでもなく、本書執筆時ウッドハウスは齢八十九歳の翁であった。健在でいるだけでもめでたい年齢であるが、ウッドハウスは依然、一年一冊の刊行ペースを維持して一日五百語から千語の健筆を続けていた。また一九六〇年代を通じてウッドハウスの新刊は、アメリカでは初版一万部、イギリスでは初版三万部が刊行されていたという。

一九六九年に執筆開始された本作は、ウッドハウス九十歳の誕生日にぜひとも間に合うようにと編集者をやきもきさせ、完成は安堵をもって迎えられた。ウッドハウスのイギリス側出版社であるバリー&ジェンキンスは、九十歳の誕生日を祝賀して第二次大戦後初となる作家のイギリス帰国実現を強く望んだが、本人が自宅を離れることを嫌ったため訪英実現はかなわなかった。とはいえ作家九十歳の誕生日は大西洋の両側でにぎにぎしく祝われた。

ロングアイランド、レムゼンバーグでのウッドハウスの暮らしについては前も記したが、八十歳代の十年間、作家の毎日にほとんど変化はない。毎朝七時半に起きて一九一九年以来欠かさない「デイリー・ダズン」体操をやり、自分で朝食のトーストと紅茶を用意して「朝食の一冊」を読みながらゆっくりそれを食べる。九時までにパイプを一服して一頭ないし四頭の犬といっしょに散歩をし終え、書斎に移動して長編なり短編なりエッセイなり、その時執筆中の作品に取りかかるのが日課だった。

一九七〇年のある日のウッドハウスは、十二時にニューヨークから訪ねてくる二人の旧友と昼食をとる約束があったが、午前中は日課通りに行動した。バーティー・ウースターとジーヴスの新作（すなわち本作）を書き始めたばかりの彼は大変な上機嫌で、友人たちとの昼食の席ではこんなふうだったと、晩年のウッドハウスに取材したハーバト・ウインドは書いている。

「ああそうだ、国会議員に立候補して議席を獲得した男がそいつをぜんぶ放り投げちゃう、そういうのはありかなあ」友人に異論はないようだった。この設定を次の新しいバーティー・ウースター本に使おうと考えているのだとウッドハウスは説明した。「それはこれまでのバーティーとジーヴス本ととても似たものになるだろう」彼は言った。「それがいいことか悪いことかはわからない。長年、私は読者たちからどうしてこんなに沢山のカントリーハウス小説を書き続けるのかと訊ねる手紙を受け取ってきたが、そのことはいつも私を驚かせた。私はレックス・スタウトのネロ・ウルフ・ミステリーを読んで、その舞台が三五番街の彼の自宅でなかったらおそろしくがっかりするのをよく知っている。最近読んだネロ・ウルフは西部の観光牧場が舞台だった。私は蘭と、そしてレックス・スタウトが見事に描き出すあのニューヨークの雰囲気すべてを恋しく思った。もしユーゴスラビアやクリミアを舞台にした小説を書いたらそれが進歩だなどと、私は思わない」

本作内選挙活動において候補者ジンジャーをはじめ、バーティー、ジーヴスたちは戸別訪問に駆り出される。戸別訪問というのは選挙違反ではないのかとおおいに違和感を覚えるのは先進国中では我が国日本の国民だけであるはずで、というのはむしろ候補者らの戸別訪問を禁止する公職選挙法一三八条のほうが国際的には例外的な規定であるからだ。現在でもイギリスでは選挙の際には候補者による戸別訪問や学校行事出席が大いに行われている。とはいえ赤ちゃんにキスするのは現在ではあまり流行らないそうである。

本作はジーヴスのクリスチャン・ネームがはじめて明かされた作品でもある。バーティーではないが、ジーヴスの名前がバーティーでなくって本当によかった。とはいえレジーは、バーティー・ウースターの原型とされる初期短編シリーズの主人公、レジー・ペッパーと同じ名前でもある。

『感謝だ、ジーヴス』には過去の作品および過去の登場人物への言及が頻出する。これがおそらくジーヴス／バーティーものの最後になるかもしれないという思いをウッドハウスが自覚していたかどうかはともかく、少なくとも九十歳記念全員集合花形役者総出演という思いは強かったのだろう。懐かしい登場人物たちの名前が次から次へと列挙されるのは壮観であるし、ここまで読み進めてきた読者たちにはうれしいことである。

一方、誕生日記念出版を目指して急かされつつ書いたせいか、本作には齟齬が目につく。悪役ビングレイは『サンキュー、ジーヴス』ではブリンクレイであったはずだが、今回はバーティーが最初「ブリンクレイ」と正しい名前を述べると、ジーヴスが「ビングレイでございます」と訂正する。舞台がブリンクレイ・コートであったための変更と思われるが、明示的な説明はない。これは少なくとも意図的ととれる変更だが、バーティーが行った学校の校長先生がアーノルド・アブニーだったというのは凡ミスで、もちろんオーブリー・アップジョンの間違いである。ちなみにアーノルド・アブニーは一九一三年の作品、『リトル・ナゲット』に登場する校長先生の名前であった。もっとも、ウッドハウスが登場人物の名前の扱いに無雑作であったのは、この時に始まったことではないとは重ねて述べておこう。

13　ジーヴスとねこさらい　*Aunts Aren't Gentlemen*（1974）

胸にぶつぶつができたバーティーは療養のため田舎に向かう。ダリア叔母さんが滞在しているという理由で選んだ平穏の地メイドン・エッグスフォードは、かつてバーティーが恋したヴァネッサやらあまり好きではない学友オルロ、アフリカ探検家プランク少佐に牧師の娘アンジェリカ・ブリスコーらがひしめき合う魔境だった。ダリア叔母さんがひと財産賭けた馬の優勝を確かなものとするために盗みだされたねこの身柄を無事返還すべく、ねこさらいの汚名を着ながらバーティーが暗躍する。老ウッドハウスが完成させた最後の作品。

『ジーヴスとねこさらい』は、ウッドハウスが完成させた最後の作品である。アメリカ版タイトルは *The Catnappers* で、邦訳題名はこちらからいただいた。ウッドハウスは一九七五年二月十四日、ヴァレンタイン・デーの日に九十三歳で没したが、本作刊行はその前年の一九七四年十月十七日（アメリカでは没後出版となって一九七五年四月刊行）である。絶筆となったブランディングズ城シリーズ『ブランディングズ城の日没』は未完で、後にリチャード・アズバーンによる加筆を経て刊行されたから、本作はウッドハウスがその手で完成させ、生前に刊行された最後の作品ということになる。

本作執筆中、一九七三年八月九日付ガイ・ボルトン宛書簡で、ウッドハウスは思うようにならない脚の不調を訴え、こう言っている。「うまく表に出られない。僕は人生においてこんなにも元気だと感じたことはないし、脳みその方は絶好調なんだが、杖をついてよろよろ歩けるだけだ。脚が弱っているわけでもない。バランスの問題なんだ。杖を取り上げられたら道端で倒れるだろう。だが脚なんてどうだっていい、肝心なのは脳みそなんだからな」

同年十一月、イギリスのジェンキンズ社の元社主、ジョン・グリムズディック宛の手紙に九十二歳のウッドハウスは、新しいジーヴス本があと三章で書きあがるところで、「これは自分の最高傑作になりそうだ」と記している。その一方、新しく得た若い友人の作家、トム・シャープに対しては「いつもの肘掛椅子に座って、じっと考える。すると時たま小さいシーンは浮かんでくるんだが、土台にできるようなシーンはまったく出てこないんだ。書かなくったって経済的には何の問題もない。だが、書けなくなったら人生はどんなに退屈なことだろうなあ」と、弱気に慨嘆している。

齢九十を超えても書かない生活は考えられない、ウッドハウスは生涯現役作家だった。九十二歳の翁が渾身の力を奮ってしょうもないことばかり書き続けた最後の力作が本作である。舞台は邦訳版『がんばれ、ジーヴス』所収「灼熱の炉の中を通り過ぎてきた男たち」の舞台であったメイドン・エッグスフォード。同作中でポンゴとバーミーの純情をもてあそんだ牧師の娘、アンジェリカ・ブリスコーも健在である。魔境の寒村を逃れ、バーティーとジーヴスが最後の安息を得たのが作家の晩年の安息の地ニューヨークであったということも、思えばなんとも感慨深い。

九十歳記念出版として『感謝だ、ジーヴス』が九十歳の誕生日に刊行されて以降、毎年イギリスでは十月の誕生日付近がウッドハウス新刊の発売日となった。九十歳代においても新作は相変わらず毎年一作ペースで発表された。一九五三年以降、ペンギンからペーパーバック版で旧作品が刊行されるようになり、また六〇年代にＢＢＣでジーヴスもの、ブランディングズ城もののテレビ・シリーズが放送されたせいで新たな読者も開拓されていた。本作は刊行後間もなく、イギリスのベストセラー・

リスト入りを果たしている。

イヴリン・ウォーの息子、評論家のオーベロン・ウォーは本書を評して次のように述べた。

八十歳代後半のむずかしいお年頃を終え、P・G・ウッドハウスは陽光の中にふたたび船出した。ウッドハウスの最新作『ジーヴスとねこさらい』――ジーヴスとバーティーものである――は、愉快で、優美で、われわれが過去七十年の間、目にしてきたどの作品とも同じ軽快なタッチを備えている。もしウッドハウス・アルバムに収められるべき印象的なビッグシーンがないと言ったならば、真正の巨匠の感触を感じさせぬ文章は一行たりともないとする反論の声は、かつてないほど大きくなるだろう。

今日の困難な時代にあって、一連の大傑作の最後に位置する本作を手にとり心の愁いをうち払おうとせぬ人物は、いかなる意味でも共感を勝ち得ない。

ウッドハウスの九十三歳の誕生日には、例年どおり大勢の取材記者たちが群れをなし、高齢にもかかわらず作品を世に送り出し続ける作家の能力を驚きをもって讃え伝えた。押しよせるインタヴューアーたちに食傷したウッドハウスは「僕は自分の年の話をするのはあまり好きじゃない。だって、本当にまったく途方もない年なんだから。自分じゃあ年を取ったような気はしてないんだ――脚のことを別にすればだが。だけどとっても元気だ。単純に、せっかく年を取るならできる限り年を取れというふうに僕は感じている」と、伝記作家デイヴィッド・ジェイセンに語っている。

この年、ロンドンのマダム・タッソー蠟人形館はウッドハウスの蠟人形製作を決定し、採寸のためウッドハウスのもとに蠟人形師を送った。ヴィクトリア朝期に生まれ青少年期を過ごしたウッドハウスであるから、歴史上の著名人たちといっしょにマダム・タッソーの蠟人形に加えられることを大いに名誉と感じ、たいそう喜んだようである。「この人形師はトレイ一杯のガラスの眼球を持ってきて、それから僕のことをじっくり見て、僕の目とぴったり同じガラスの目を見つけようとするんだ」

またこの年の末には、イギリスBBCが『ウッドハウス・プレイハウス』と題するテレビ・シリーズの制作を開始した。ドローンズ・クラブもの、マリナー氏もの、ゴルフものの短編から採った全二十話で、全作のヒーローとヒロインをジョン・アルダートンとポーリーン・コリンズが演じている。ウッドハウスのテレビ化、映画化全作品中最高との評価も高い作品である。日本語版DVDは発売されていないが、ユーチューブ上でも視聴できるからぜひともご覧いただきたい。第一シリーズ全七話のオープニングでは書斎で仕事するウッドハウスの姿が見られるし、第二シリーズ全六話のオープニングでは、ウッドハウス本人じきじきの作品解説が見られる。

一九七五年新年の叙爵で、エリザベス女王はウッドハウスにナイトの爵位（Knight Commander of the Order of the British Empire: K. B. E.）を授与することを発表した。チャーリー・チャップリンも同じ時に叙爵された。ウッドハウスのもとには叙爵を祝うファンレターが世界中から殺到し、レムゼンバーグの自宅は報道記者たちでふたたび溢れ返った。本人がロンドンに行って式典に列席するかどうかが検討されたが、心臓への負担を案ずる主治医の判断で戦後初、二十年ぶりの帰国の実現はかなわなかった。妻エセルは大いにこれを遺憾とし、以来この主治医に受診することをウッドハウスに禁止したという（なお、この事実を伝える『ボルトン、ウッドハウス、カーン』の著者デイヴィスの父親は、ここに書かれた主治医本人である）。結局、サイモン・アンド・シュースター社のピーター・シュウェッドと著作権代理人のスコット・メレディスがウッドハウス家に赴いて複製の儀式用剣を用いて叙爵の式典を執り行う次第となった。なお、エセルが後日ウッドハウスの名代で英国領事館にてナイト爵の剣を受け取っている。

ロンドンに来られないウッドハウスのために、クイーン・マザーことエリザベス王太后が、代わりに自分が行って叙爵式を執り行いたいと強く希望したものの残念ながら実現しなかったというのは有名な逸話であり、バリー・フェルプスのウッドハウス伝が伝えるところである。しかし、より最近の伝記著者ロバート・マクラムは、これを夢と希望がごっちゃになった作り話だと断じる。この点の真偽はともかく、エリザベス王太后が生涯を通じて大変なウッドハウスファンであったことは確かな事実である。クイーン・マザーはこう語った。

一生を通じて、わたくしは彼の作品の熱烈な崇拝者でした。実際わたくしは彼の全九十八作品をほぼすべて読破していると思いますし、彼が関わった五十の劇とミュージカル・コメディーのほとんどすべてをを大いに楽しませていただきました。

一九七五年二月三日付アーネスティン・ボーズ゠ライアン宛書簡で、ウッドハウスは叙爵とそれに続くBBCドラマの冒頭コメント収録の騒動のことを書いている。このボーズ゠ライアン三姉妹というのはウッドハウスの青年期にウッドハウス家のごく近所に住んで家族ぐるみの親交があった少女たちである。ウッドハウスの処女作、『ポットハンターズ』は、彼女たちに捧げられている。この少女たちは、エリザベス・ボーズ゠ライアンこと、エリザベス王太后の従姉妹であった。以下は「ティーニー」こと、ド・ロンギール男爵夫人となったアーネスティンからの叙爵を祝福する手紙への返信である。またこれは、現存するウッドハウスの手紙中、最後に書かれたものである。

親愛なるティーニー

ナイト位叙爵の件が新聞に出て以来、この家の中は地獄のように混乱しています。インタヴューアーやら写真家やらが大勢渦巻いていて、しかも全員があんぽんたんです。ご想像いただけるでしょうか。私の短編のドラマシリーズを制作中のBBCが突然うちに押しかけてきて、私が番組の紹介をしなければならなくなってしまいました。つまり紹介文を書いて、それを覚え、カメラに向かってそれをしゃべるのです。最初はまだよかったのですが、二時間もたつと脳みそが麻痺してきて、間違えたところを撮り直すために同じことを何度も何度も繰り返さねばならなくなりました。

今は何もかもだいぶ落ち着いてきました。何百通ものファンレターが届き続けている以外はですが。中には「PGW陛下」と宛名に書いてきたのまでありました。そうそう、陛下と言えばですが、王太后陛下からはほんとうにチャーミングなお手紙を頂戴しました。貴女とジョンとエフィーがグラームス城から帰ってこられると、「ちっちゃいエリザベスはとっても可愛いの」と言っていらしたことをいつも思い出します。陛下は今もお可愛らしいですよ。

たくさんの愛をこめて
いつもあなたの友
プラム

叙爵に関してウッドハウスはこんな手紙も書いている。（死の二週間前、一九七五年一月二十九日付J・D・グリムズディック宛書簡）

親愛なるJ・D

ずっと前に返事を書いてたはずだったんだが、なにしろタイプライターが故障して地元の獣医は誰も絶好調を取り戻してやれないんだ。今でもまだaとJが印字できてないのがわかるはずだ。

未来ある若者たちにナイトになるよう助言すべきか、僕は決めかねている。それがみぞおち周辺をあたたかい気分で満たしてくれるのはたいへん結構なんだが、あのインタヴューアー連中ときたらまったく。連中はハエみたいにわんわん集まってきて、ほぼ全員があんぽんたんだ。一人に最新作は何かと訊かれて「ジーヴスの長編です」と答えたら、「ジーヴスの長編というのは何ですか」と訊いてきた。皆いなくなってくれて本当にありがたい。「作家がどうしてナイト位を受けたがるものかわからない」と記事に書いた奴も含めてだ。僕は「どうして受けとらぬものかわからない」と言ったのに。だいぶ意味がちがうとは思わないか。こちらは穏やかなゴルフ日和が続いている。そちらも同じだといいが。

ではごきげんよう

P・G

ブランディングズ城長編は半ばを過ぎたところ。うまく書けている。

一九七四年三月十日付、おなじみエセル宛のラヴレターもある。

僕の大事なかわいいとっても愛するバニー

これが僕が君がベッドで寝る時に読むようにって書くいつものラヴレターだったらどんなにかよかったのに。ただ一つの心の慰めは、そこの人たちが君のあの恐ろしい痛みを治してくれるはずだってことだ。だけど君がいなくて僕はどんなにさみしいことか！

六十年たった今でも僕らがますますお互いを愛し合ってるってのは素晴らしいことじゃないかな！　病気になっても自分のことをこれまでどおり愛してくれるかって君は時々僕に聞くよね。ますますもっとだとも！　君が苦しむのを見ると、僕の心は張り裂けそうだ。君がいないとこの家はどんなに悲しく、空っぽであることか。愛に関する不思議なことは、君がそこにいるってわかっている限り、君が実際にいっしょにいるかどうかはまったく問題じゃないってことだ。病院がほんの二、三日で君を帰してくれたらどんなにいいんだが。

僕はいつだって君のことを思ってる。君が快適に過ごせるよう取り計らってもらえるよう願っている。君はいつだって人とうまくやれる人だから、あっという間に半ダースくらいの友達はこさえられることだろう。だけどそういう友達は僕みたいに君を愛しちゃあいない！

神の祝福を！

君の　プラミー

さて、そろそろおしまいの、ウッドハウスの最期の話をしなければならない。ウッドハウスは皮膚炎の治療のため入院していたサザンプトン病院で二月十四日逝去した。臨終の際の詳細についてはウッドハウス伝それぞれによって伝えるところが異なるので、それぞれそのまま引用して紹介する。

フランシス・ドナルドソン——

彼は入院先に執筆中の原稿を持参し、執筆を続けていた。それは彼の死後リチャード・アズバーンの加筆を得て『ブランディングズ城の日没』として出版された。二月十四日、彼はベッドから出て、部屋を横切る途中で、息を引き取った。

ソフィー・ラトクリフ——

一九七五年二月十四日夜、ウッドハウスは心臓麻痺で死亡した。彼の横には執筆中の最新原稿が置かれていた。その文章のひとつひとつがそれまで書かれた数々の彼の作品の文章と同じように、入念に練り上げられ、一見巧まずして書かれたかに見える喜劇の世界へと読者たちを運んでいってくれるものだった。ウッドハウスの執筆生活はほぼ一世紀にわたった。そして彼は最後まで書き続けていた。

デイヴィッド・ジェイセン——

ウッドハウスは二月の第二週にサザンプトン病院に手の湿疹の検査と治療のため、数日のつもりで入院した。一九七五年二月十四日、ヴァレンタイン・デーの夕食後、エセルとネラの見舞いを受けた後、彼は最新作執筆に取りかかろうと、中身の半分詰まったパイプとタバコ袋を手に椅子に座っていた。八時ごろ看護師が彼の様子を見に立ち寄った。彼はあたかも眠っているかのようだった。彼はいつも死ぬぎりぎりまで働きたいと言っていたが、その通りになった。苦痛はなかった。

バリー・フェルプス――

叙爵から一か月後、サー・ペラムはサザンプトン病院に入院した。高齢ゆえである。最新の、なかば完成し執筆中であったブランディングズ城小説（それは後にリチャード・アズバーンによって編集され、『ブランディングズ城の日没』として刊行されることになる）を携行していた。叙爵の四十四日後、一九七五年二月十四日、サー・ペラムはヴァレンタイン・デーに九十三歳で静かに亡くなった。

ロバート・マクラム――

二月十四日の晩、エセルとネラは病室に彼を見舞い、元気な彼の姿を見ている。見舞った後、彼の調子がいいのを見て、おやすみの挨拶をした後、夕食を食べて食後また原稿にかかるからと二人は帰っていった。この時ですら、彼は二月末までにタイプ原稿を仕上げるべしという出版社からの締切のプレッシャー下にあったのだ。彼は締切を守ることで有名だった。バーナード・バーガー医師が八時にこの高名な担当患者の部屋を覗いてみると、彼が手にパイプとタバコ袋を持ち、肘掛椅子に座っているのが見えた。原稿は脇にあった。彼は眠っているように見えたが、ただちに医師はP・G・ウッドハウスが死亡していることに気づいた。とうとう彼の心臓が活動を終えたのだった。

リー・デイヴィス――

一九七五年の二月十四日に何が起こったかは定かでない。ガイ・ボルトンは、エセルが病室にいる間もプラムがずっと書き続けるのをやめなかったため、彼女が怒って彼の手から鉛筆をもぎ取り、原稿用紙をかき寄せて病室の壁にぶちまけ、ウッドハウスはそれを拾い集めようとベッドから出たところで倒れたのだと言っている。エセルに病室に呼ばれたバーガー医師は、肘掛椅子に穏やかな、命ない姿で座るプラムを見たのだった。

ウッドハウスの葬儀は、二月十八日、自宅近くのレムゼンバーグ・コミュニティ長老派教会で執り行われた。遺体は遺言にしたがい、火葬に付された。ウッドハウスの墓所は同教会に隣接する墓地にある。大理石の墓石にはジーヴス、ブランディングズ城、スミスにおまかせ、マリナー氏と書かれた本の形の石が載っており、本体にはP・G・ウッドハウス。作家。一八八一―一九七五。レオノーラの母エセルの愛する夫。と刻まれ、一番下に、「彼は数えきれない人々によろこびを与えた」と書いてある。

七十六歳の時に出版された自伝的エッセイ集『七十歳を越えて』の「ユーモア小説家に関する考察」と題された文章に、ウッドハウスはこう書いている。

面白いことを書く才能がある若い作家が、人を笑わせることには何かみっともない、反社会的なところがあると感じているとしたら、『タルムード』のここの箇所を読ませてやるといい。またこの本が現代とまったく同じくらい悲惨な時代に書かれたということを、彼に思い出させてやるのもいいかもしれない。

……そしてエリヤはベロカに言った。「これなる二人も来るべき世界を共にする者である」ベロカはそれから二人に訊ねた。「そなたたちの職業は何か?」彼らは答えて言った。「わたしたちは道化です。落ち込んでいる人を見つけたら、その人を明るい気持ちにするのが仕事です」

これら二人も神の国を引き継ぐごくわずかな選ばれし者たちの仲間となった。

第Ⅳ章 ウッドハウスの世界は拡がる

バーティー・ウースターの世界

1　バーティーは何歳？

バーティー・ウースターは何歳か？　という問題は、諸説あるところである。一九六五年から六七年に英国ＢＢＣが製作した〈ウースターの世界〉でバーティーを演じたイアン・カーマイケルは、撮影当時四十五歳だった。ウッドハウスは年齢がゆき過ぎていると当初カーマイケルのバーティーに懐疑的だったというが、年齢の割には若くてかわいいカーマイケル・バーティーは、それ以降のバーティー像を大きく支配した。バーティーがモノクルを掛けている記述は原作内には存在しないが、モノクル姿のカーマイケルはペンギン・ペーパーバックの表紙も長らく飾ったから、バーティーはこんな感じでこのくらいの年頃という印象作りに大いに貢献したはずである。

戦後日本で翻訳がほとんどなかったウッドハウス作品の数少ない紹介が『集英社　世界文学全集37　現代ユーモア文学集』（一九六六）に収録された井上一夫訳「ジーヴス物語」の三編である。ここには『それゆけ』収録冒頭三編が訳出されているが、そこのバーティーは一人称「私」で語られる、年齢的にも青年というよりは中年の、わりと落ち着いた印象の人物造型であった。

二〇〇五年の『比類なき』刊行以降のバーティー・ウースターのイメージは、大学を出て数年の青年紳士で定着していると思われる。勝田文氏の漫画『プリーズ、ジーヴス』では、バーティーの年齢設定は目に麗しい「永遠の二十四歳」とされているが、これには説得的な理由がある。

ウッドハウス研究家リチャード・アズバーンはバーティーの年齢は二十四歳だと考えているし、ジェフリー・ジャガードは「二十五歳あたりで固定されている」と述べている。モードリン・カレッジの法学者J・H・C・モリスがこの点について詳細な検討を加えているから、それに沿って検討しよう。
①バーティーは齢《よわい》十五歳のみぎり、ワープルスドン卿のとっておきの葉巻を吸っているのを見つかって彼に二キロも追いかけられたことがある（『それゆけ』P8）。更にこれは「九年前」のことだと明記されている。「九年前僕が葉巻を吸っているところに自分の親父を引っぱってきてあの不快な事件を引き起こしたのは幼きエドウィンであった」（P18）。したがって当時バーティーの年齢は二十四歳だったことになる。
②クロードとユースタスは「僕が卒業する年の夏学期から同じ大学に通っていた」（『比類なき』P83）のだから、バーティーより三年下と推察される。彼らがコレッジの主事長にソーダ・ウォーターを噴射して放校になった時、彼らは一年生か二年生だったはずである。オックスフォードで教鞭を取るモリスは、「一九二〇年代のオックスフォードのさして厳しくはなかった入学基準からすると、二人がイートンを出て入学するまでは一、二年予備校に通うくらいで済んだはずだから年齢は二十一歳くらいとなり、よってバーティーの年齢は二十五歳くらいになる」とも主張する。とはいえ二人が浪

人したという記述はないから、バーティーはもっと若くてもいい。モリスはオックスフォードを愛するあまり、バーティーにオックスフォード卒業は無理だったはず、おそらく単位取得できず退学になったろうという暴論を主張する論者だから、オックスフォード大学の知的卓越性を根拠とする主張は割り引いて理解してよい。

③ビンゴ・リトルはバーティーの「十五年来の友達」だという(『比類なき』P273)。また二人は「ほとんど生まれて以来の友達」で、「おんなじ村で数日違いで生まれ、幼稚園、イートン校、オックスフォードにいっしょに行った」(『でかした』P14)。モリスはこの「幼稚園」をプレップスクールの意味と解釈すれば、おそらく入学は十歳で、二人の年齢は二十五歳ということになると主張する。

④シッピーは「この世に生を得て二十五年」(『それゆけ』P213)というから、満二十四歳。ジーヴスによると、シッピーはガッシーと「大学でご同窓でいらした」(『よしきた』P12)。ガッシーとバーティーはマルヴァーン・ハウスとイートン校で同窓だった。よってバーティーはシッピーと同い年ということになる。

⑤『帰還』でバーティーは、マルヴァーン・ハウス時代の校長先生だったオーブリー・アップジョンに「最後にあい見えてより十五年ほど」経っていると述べている。マルヴァーンを卒業してイートン校に入学した時に十三歳か十四歳だったとすると、バーティーは二十八歳か二十九歳ということになる。

更に、初期短編でのバーティーのニューヨーク滞在が一年以上に及んでいること、ダリア叔母さんが『ミレディス・ブドワール』をL・G・トロッターに売却するまで四年程度経営していたこと——たとえば「トム叔父さんの不興をどっさり買いながら叔母さんがこの会社を経営して、もう三年ほどになる」(『封建精神』P61)——、『比類なき』で今は亡きヘンリー伯父さんとして言及されるヘンリー伯父さんが『サンキュー』では三年前に肺炎で亡くなったことになっていること、アガサ伯母さんの最初の夫スペンサー・グレッグソン氏は『でかした』では存命だが、『よろこび』では、氏の死後何年も未亡人暮らしをした後、伯母さんがウォープルスドン卿と結婚する報せを十八カ月前に聞いたとバーティーが言っていること、作品中でバーティーが過ごすクリスマスが四回ある(『比類なき』「ギトギト男」『でかした』二回)上に、アメリカでも一度過ごしているはずであるということ、を考えあわせると作品のタイムスパンは少なくとも五年に及ぶ。よって物語のはじまりの、まだウィルビー伯父さんに経済的に依存していた頃のバーティーは二十四歳で、以降の作品中では二十五歳から二十九歳の間と、モリスは結論づける。

トニー・リングはモリスの挙げた論拠に更に加え、バーティーはベイツ牧師がオックスフォードで四年の時に一年だった(『比類なき』)、ガッシーは田舎のどん底に隠遁して五年もロンドンには出てきてないとバーティーが述べている(『よしきた』)、バーティーの同窓生と婚約したノビー・ホップウッドは二十歳である(『朝のよろこび』)、ヴィントン街警察裁判所の判事は被告人であるバーティーの「若年さに鑑み、寛大な措置をとる」こととした(『封建精神』)、点を補足して、二十四から二十九歳説を支持している。

さらに『それゆけ』冒頭で、バーティーはジーヴス登場の際の一件を「あれは今から五、六年ほど前のことになるか」とはっきり述べた上で、物語を語り起こしている。事件当時二十四歳だったとすると、語り手バーティーは二十九歳くらいということになる。とはいえ連綿と続く物語のどの時点で語っているのかは定かでないから、これとて決定的ではない。エビデンスを挙げずにバーティーを永遠の二十四歳と決めつけていると、モリスはアズバーン説を批判するが、ジーヴスとバーティーの冒険譚が執筆された半世紀に及ぶ時空の幅の中を、時間軸を柔軟に伸び縮みさせながらバーティーは永遠の二十四歳でいつづけた、というのがわたし好みの結論である。

2 オックスフォードの学友たち

ガッシーとシッピーは「大学でご同窓でいらした」（『よしきた』P12）というジーヴスの発言から、おそらく二人はケンブリッジに行ったのだろうとモリスは推論する。しかし、これには反論が可能で、トニー・リングは『それゆけ』における、ケンブリッジのプリングル一家と「会うのは十歳のとき以来」だというシッピーの発言を根拠に（P212）、もしシッピーがケンブリッジ大学の学生だったら彼らの許を訪問しないことは考えられないとして、シッピーオックスフォード出身説を主張する。

トニーの主張には一理ある。シッピーが警官のヘルメットをくすね取ろうとして失敗し、罰金刑への換刑なし三十日の拘禁刑を科されたのはケンブリッジ対オックスフォードのボートレースの夜のことだった。両校のライバル意識が激しく喚起されるこの夜に、もしシッピーがケンブリッジ出身者だったら、バーティーはシッピーと行動を共にしただろうか？　この点を考えあわせると、シッピーもオックスフォード出身者だと考えるのが順当であろう。ガッシーと「大学でご同窓でいらした」というジーヴスの言い方は、おそらくこの二人がモードリンではない、他のカレッジに所属していたゆえの発言なのではないだろうか。オックスフォードにおいて、どのカレッジに所属するかが学生にとってどれほど重要なことかは言を俟《ま》たないところである。ジーヴスの「大学でご同窓」発言に感じられる、ご主人様のモードリン所属意識に配慮した、いくらかよそよそしい言い方であったのではないか。
シッピーとガッシーがオックスフォード出身だとすると、ジーヴス作品内でバーティーと同時代にオックスフォードで過ごしたとして登場する人物は以下の通りである――。

ガッシー・フィンク＝ノトル…（『よしきた』）
オリバー・シッパリー…（『よしきた』）
ハロルド・（ビーフィー）・アンストルーサー…ビーフィー・アンストルーサーはオックスフォードの最終学年の時の僕のテニスのパートナーだった。僕が同スポーツで同大学代表だった頃のことだ。（『恋の季節』P216）
ジェームス・ベイツ…「オックスフォードで僕が一年のとき四年だった。血気盛んでね、青あざが絶えなかったよ」（『比類なき』P165）
クロード・ウースターとユースタス・ウースター…クロードとユースターは双子で、僕が卒業する年の夏学期から同じ大学に通っていた。（『比類なき』P83）
ビッキー・ビッカーステス…「奴がイギリス人で、実はオックスフォードでいっしょだったのだと知って、僕はずいぶんとビッキーに親しみを覚えた」（『それゆけ』P100）
ビーフィー・ビンガム…「オックスフォードで俺たちといっしょだったビーフィー・ビンガムを憶えてるか？」（『でかした』P111）
スティルトン・チーズライト…イートン校で、スティルトンはボート部のキャプテンだった。また奴はオックスフォードでもせっせとボートを漕ぎつづけた。したがって奴の人格形成期は、オールを

水にばちゃばちゃやって、のべつそいつを押し入れ、引っぱり出すことで費やされたのだ。(『朝のよろこび』P87)

チャッフィー・チャフネル…奴と僕とは、ほぼ全生涯を通じた友人である。私立学校、イートン校、それからオックスフォードにいっしょに行った。(『サンキュー』P25)

タッピー・グロソップ…「バーティーはいつだって偉大な自転車乗りだった。オックスフォード時代、ボート追突レースの祝勝晩餐会で、奴は服を全部脱ぎ捨てて自転車に乗って、コレッジの中庭じゅうをコミック・ソングを歌いながら走りまわったんだ。あの時の速さもずいぶんなもんだったなあ」(『よしきた』P328)

ビンゴ・リトル…(『比類なき』)

スティンカー・ピンカー…「モードリン出身なのか? 何年卒業だい? 多分知ってるんじゃないかな」「もちろん知ってるわよ。彼よくあなたの話をしてくれるわ。あなたがこっちに来るって話したらとっても喜んでたの。ハロルド・ピンカーよ」(『掟』P115)

オルロ・ポーター…奴と僕はオックスフォードでおんなじ階段を上り降りした仲だ。ときどき互いに砂糖をカップ一杯貸し借りしたのと、階段で会ったときにハローと言った以外、僕たちが本当の意味で親しかったことはない。奴はオックスフォード・ユニオンの有名人で、またそこで熱烈な極左の論陣を張っていたと聞いている。(『ねこさらい』P11)

ジンジャー・ウィンシップ…オックスフォードで僕たちの部屋は隣り同士で、奴がソーダサイフォンを借りに僕の部屋を覗いたその瞬間から、僕たちは何よりかにより兄弟みたいなものになって、その関係は二人が学びの園を離れてからも続いたのだった。(『感謝だ』P24)

キッパー・ヘリングとキャッツミート・ポッター＝パーブライト…このジンジャーというのは僕の一番古い友達の一人で、キッパー・ヘリングやキャッツミート・ポッター＝パーブライトみたいなプレップ・スクール、パブリック・スクール、大学といっしょだった竹馬の友ほど古くはないにしろ、でも断然古いのだ。（『感謝だ』P24）

3 バーティーのカレッジはどこ？

バーティーはオックスフォードのモードリン・カレッジ出身だと、本人が何度も繰り返し述べている（『掟』P115。『がんばれ』P28）。自分でそう言っているのだから何も問題はないはずだが、モードリン説に異議を唱える論者もいる。しかし、その論拠はただひとつ、バーティーは「オックスフォードで追突レースの日の晩餐の後、自分のことを人魚だって言い張ってコレッジの噴水に飛び込んで竪琴を奏でたがったんだ」という『サンキュー』におけるチャッフィーの発言である。モードリンに噴水は存在せず、オックスフォードで噴水を有するカレッジは唯一クライストチャーチだけだから、バーティーは実はクライストチャーチ出身であったと主張される。また、世紀転換期頃、クライストチャーチは他のカレッジを全部合わせたよりも多くのイートン校出身者を擁していたともいう。

この主張に対してはモードリンの二人のフェロー、J・H・C・モリスとA・D・マッキンタイヤーが、共著『サンキュー・ウッドハウス』において説得力ある反論を行なっている。一九九四年、マッキンタイヤーの死去の際の追悼記事には、彼の歴史家としての優秀性を讃え、ウッドハウスに寄せた敬愛と、「モードリン出身の最も有名な作中人物であるバートラム・ウースターの名を、モードリン・カレッジの卒業生名簿に記載したこと」が記されている。

4　バーティー・ウースターが婚約した女性たち

後の長編になるとバーティーは結婚を「死に勝る悲運」とまで述べて純粋に忌み嫌うようになるが、本来彼は結婚に対して敗北主義的でなく、自由意志で恋をして婚約する一方、アガサ伯母さんに無理矢理オノリアやアライン・ヘミングウェイ嬢との交際を押しつけられてもいた。ブリンクレイ・コートでは三回も婚約したことがあるそうだ。以下に挙げるのはバーティーの婚約者たちである。

フローレンス・クレイ…『それゆけ』冒頭でさっそくバーティーの婚約者として登場する。バーティーを善導したがる真面目な女性で、『倫理学の諸形態』を無理やり読ませたりウィルビー小父さんの畢生《ひっせい》の大作回想録をバーティーに盗ませようとするなど、だいぶ問題の多い女性だがその横顔の完璧さでバーティーのハートをわしづかみにしている。

その後、フローレンスの父親がバーティーのアガサ伯母さんと結婚したため、二人はイトコになる。ベストセラー『スピンドリフト』の著者であり、バーティーとは都合四回婚約している。『それゆけ』『朝のよろこび』『封建精神』『感謝だ』。なお、フローレンスの元婚約者たちは「古え《オールド》のフローレンス人《フローレンティアンズ》」を名のって年に一度会食会をしているといわれる。そのメンバーは、①騎手、②バーティー・ウースター（四回）、③スティルトン・チーズライト、④パーシー・ゴリンジ、⑤ジンジャー・ウィンシップ、⑥ボコ・フィトルワース、である。

バーティーの他の婚約者たちは——
ポーリーン・ストーカー…ニューヨークのパレスホテルで求婚、婚約。『サンキュー』
マデライン・バセット…『よしきた』『掟』『がんばれ』『感謝だ』
スティッフィー・ビング…『掟』
ヴァネッサ・クック…『ねこさらい』
オノリア・グロソップ…『比類なき』「ギトギト男」
トリクシー・ウォーターベリー…「ギトギト男」
ボビー・ウィッカム…『帰還』

5　バーティー・ウースターが愛した女性たち

以下はバーティーが友情以上の好意を示した女性たちのリストである。婚約者のリストと一部重複するが、必ずしも同一ではない。

フローレンス・クレイ…『それゆけ』
エロイーズ・プリングル…『それゆけ』
アンジェリカ・ブリスコー…『ねこさらい』
ミュリエル・シンガー…『それゆけ』
シンシア・ウィッカーマズレー…『比類なき』

ダフネ・ブレイスウェイト…『比類なき』
グラディス・ペンドルベリー…『でかした』
ボビー・ウィッカム…『でかした』
ポーリーン・ストーカー…『サンキュー』
ヴァネッサ・クック…『ねこさらい』

6　アナトール喪失の危機

神のごとき料理人アナトールは、もともとビンゴ家に雇われていた。「ちょっと前にどこからか、ビンゴの細君は途轍もない情熱と技能を持ったフランス人を掘り出してきたのだ」(「ビンゴ救援部隊」『それゆけ』P285)。それ以前はニースに住むアメリカ人一家のところで何年か働いていたそうである。

ビンゴ家のもてなしに与ったダリア叔母さんは「原始的な道徳意識」に衝き動かされるまま、ジーヴスに命じて策を講じさせ、彼をくすね取った。以来、アナトールはブリンクレイ・コートにて存分に腕を揮《ふる》うが、ジーヴスによれば「いかなる淑女も、そのお方から真に腕のよいコックを奪い去った淑女を、決して許すものではございません」ということだから、ブリンクレイが多く舞台となるジーヴス長編にビンゴがまったく登場しないのは、この遺恨のせいかもしれない。

アナトールを獲得してより、「アナトールの料理をもう食べさせてあげないから」はダリア叔母さんがバーティーに無理難題を押しつける切り札となった。アナトールを失う大きな恐怖は、ダリア叔母さん、バーティー双方に重くのしかかる。以下はアナトール喪失の大きな危機のリストである。

『よしきた』でアナトールは二度、ダリア叔母さんに辞意を告げている。腕を揮った料理に手をつけられず返され続け、料理人としてのプライドを大いに傷つけられたせいだった。

『でかした』では、ボンゾとトーマスの「よい子のお行儀競争」の勝者を巡り、スネッティシャム夫人が台所メイドを賭け、ダリア叔母さんはアナトールを賭けてしまう。アガサ伯母さんの息子トーマスの悪童ぶりをよくよく承知のダリア叔母さんには、ボンゾの勝ちはガチガチの鉄板と思われたのだ。しかしスネッティシャム夫妻の魂は予想以上にどす黒く、楽勝のはずの勝負は血で血を洗う戦場となった。

『ウースター家の掟』では、バーティーの身柄釈放と引き換えにアナトールを譲り受けたしというバセット御大の申し入れを、愛する甥のために、なんとダリア叔母さんは呑んでしまった。叔母の愛に深く心打たれはするものの、バーティー・ウースターの高貴な精神は、自分のせいで叔母さんが不幸のどん底に落とされることなど我慢できない。そんな取引はきっぱりと拒絶して粛々と刑罰を受けることを決意するのである。かくしてこんなにも悲劇的な状況で満期釈放後にいただく「至高のメニュー」（次ページ）の晩餐を考える、最高にバカバカしい感動場面が実現したのである（『掟』第14章）。

『封建精神』にて、アナトール譲り渡しは恒常的不採算雑誌『ミレディス・ブドワール』誌購入の交換条件となった。相手はリヴァプールの資本家Ｌ・Ｇ・トロッター夫妻であった。

『感謝だ』では、窃盗罪でバーティーを刑事告発しないのと引き換えに、アナトールを貰い受けたしと実業家Ｌ・Ｐ・ランクル氏は申し入れる。ちなみにアナトールに「昔気質の忠実な家臣みたいな

Le Diner
晩餐

Caviar Frais
フレッシュ・キャヴィア

Cantaloup
カンタロープ・メロン

Consommé aux Pommes d'Amour
トマトのコンソメ

Sylphides à la créme d'Écrevisses
ザリガニのクリーム煮シルフィード風

Mignonette de puolet petit Duc
小公爵の若鳥のミニョネット

Points d'asperges à la Minstinguette
アスパラガスの穂先ミスタンゲット風

Sprême de fois gras au champagne
シャンパン風味フォアグラ・シュープレーム

Neige aux Perles des Alpes
アルプスの真珠の淡雪

Timbale de ris de veau Toulousaine
仔牛の胸腺のパイ・トゥールーズ風

Salad d'endive et de célery
アンディーヴとセロリのサラダ

Le Plum Pudding
プラムプディング

L'Etoile au Berger
羊飼いの星

Bénédictins Blancs
ベネディクタン・ブラン

Bombe Néro
ボンブ・ネロ・アイスクリーム

Friandises
焼菓子

Diablotins
チョコレート・ボンボン

Fruits
果物

ところ」はまるでないそうで、「払いさえよけりゃ、誰のところにだって行く」節操のない実際的なフランス人だというのがダリア叔母さんの評価である。際限なく寄せては返すアナトールを雇いたしとの申し出に、ダリア叔母さんはただひたすらそれより高い値を支払いつづけ、アナトールをつなぎ止めてきたのである。

7　ジーヴス喪失の危機

ジーヴスを雇いたしとの申し出は数多くのご主人様立候補者によってなされている。ただしうれしいことに彼のうちには麗しき封建精神が息づいているようで、ジーヴスはバーティー・ウースターに仕える「紳士様お側付き紳士」であることに大いに満足し、誇りに思っている。以下、ジーヴス喪失の危機、あるいはジーヴスが他のご主人様の許で働くことを余儀なくされた場面はどれだけあったかを検討する。

バーティーによると、「ロンドンにいるときの不安には恐ろしいものがある。悪人らによって彼を僕の許から奪い取ろうとするありとあらゆる卑劣な試みが数々なされたものだ。レジー・フォルジャンブの奴が僕が出している給金の倍額出そうともちかけたのは確かなことだ。アリステア・ビンガム＝リーヴスはズボンの折り目を横につけることで知られた執事を抱えているのだが、奴などは僕を訪問すると、ジーヴスのことをギラギラ光る、飢えた目で見つめては僕の心をひどくかき乱したものだった」（『それゆけ』P98）とのことである。ここですでにジーヴス喪失の危機は二度あったと記されている。しかしながら、いずれの際もジーヴスはバーティーに仕える方を選んでくれたようでよろこばしい。

『それゆけ』でジーヴスは、ものぐさ詩人ロッキー・トッドに仕えている。ロッキーのイザベル伯母さんがバーティーのフラットもジーヴスも、ぜんぶロッキーのものと思い込んでしまったせいで、バーティーがフラットを出てホテル暮らしを余儀なくされた際のことである。自分用のベッドを整えろとの伯母さんの指示を伝えるバーティーに「それはわたくしの役目ではございません、ご主人様」と反論するジーヴスに、バーティーは悲しく「僕のためだと思ってやってくれ」と言い残し、ひとり静かにフラットを去ったのである。さみしくホテル暮らしをするバーティーの許に、ジーヴスが朝な夕なにかいがいしくバーティー好みの服を運ぶ姿には、強く胸打たれずにはおられない。

『サンキュー』でジーヴスがバーティーに辞表を出したことを知ると、たちまちチャッフィーはジーヴスを雇い入れる。同作品中でジーヴスはパパストーカーにも一時雇用された。

『恋の季節』で諸般の事情からガッシー・フィンク＝ノトルを名のる羽目になったバーティーは、ミドウズ／キャッツミートを従者としてデヴリル・ホールに乗り込む。ジーヴスのご主人様はバーティー・ウースターを名のるガッシーである。

『お呼びだ』では職業訓練校に在学するバーティーの留守中、ジーヴスは友人のビル・ロースター卿の許に貸し出されている。新しいご主人様に仕えるジーヴスの忠義ぶりはたいしたもので、「わたくしは報酬なくとも喜んであなた様にお仕えいたしとう存じます、閣下」とまで言ってしまっている（P169）。資金難に苦しむビルは「だけど、どうやったら君に魚をたっぷり食べさせてやれるんだろうなあ？」と、激しく嘆くのである。

『がんばれ』でジーヴスはバーティーの釈放と引き換えに、ついにサー・ワトキンの許で働くことを選ぶ。「君は僕の許を去るのか？」と、息を吞むバーティーに、口の端をピクリとさせてほほ笑もうとしながら、ジーヴスは「たんに一時的にでございます、ご主人様」と応えるのである（P268）。

8　ジーヴスの過去のご主人様たちあるいは隠された経歴

紹介所の紹介でバーティーの許を訪れ、特製おめざの威力でたちまちバーティーに雇い入れられたジーヴスは、それまでどこで何をしていたのだろう。ジーヴスほどの人物がたまたま無職でいるはずはない。理想のご主人様候補としてバーティー・ウースターに目を付け、窃盗癖のあるミドウズを送り込み、バーティーが求人募集するのを虎視眈々と狙っていたのではないか、とする説すらある。

同説はケンブリッジ大学のエマニュエル・カレッジの元フェローで『パーキンソンの法則』（仕事の量は、完成のために与えられた時間をすべて満たすまで膨張する。支出の額は、収入の額に達するまで膨張する）で知られる歴史家、政治学者、作家のシリル・ノースコート・パーキンソンによって執筆されたジーヴスの伝記『ジーヴス』において展開されたものである。

「バーティー・ウースター」と題されたその第八章には、ジュニア・ガニュメデス・クラブでピーター・ウィムジー卿の従者バンターが、ジーヴスにどのようなご主人様に仕えるべきかを助言する箇所がある。すべてをお見通しでけっして欺くことのできない主人に仕える不便を切々と語りながら、バンターはジーヴスに、雇用主は金持ちの独身で、服装を整え、適切に行動する紳士でなければならない、また性格がよく人気者だが、完全に低能の「バカ」でなければならないと説くのである。

この助言に深く感銘を受けたジーヴスは、名高きクラブブックを熟読し、ついに理想のご主人様、バーティー・ウースターを見いだす。そしてバーティーの従者ミドウズにクラブで声をかけ、彼が盗み取ったB・W・Wのイニシャル入りの靴下を買い取り、それをミドウズの盗癖を告発する手紙とともにバーティー宛に郵送して二日後、執事の空きはないかとバーティーの住まいを訪れるのである。
ジーヴスの前歴と以前のご主人様としてシリーズ中で挙げられるのは、以下である。

女子校のボーイ…「若かりし頃、職業生活を始めたばかりの折、一時期わたくしは女子校でボーイを務めておりましたことがございます」（『それゆけ』P335）

（故）ブランカスター卿…飼育していたオウムが嗜眠症になったため八四年産ポートワインに浸漬したシード・ケーキを与えたところ、オウムは「卿の親指に噛《か》みついたかと思いますと海の歌を一節うたい、それは鳥カゴの底に落下いたし、少なからぬ時間足を空中に向け、動けぬままそこに留まっておりました」（『よしきた』P179）

フレデリック・ラネラフ卿…「ご主人様にお仕えする少々前、わたくしがフレデリック・ラネラフ卿のもとでお勤めをいたしておりました折、卿はソーピー・シドとか申します詐欺師に、見事にいっぱい食わされたことがおありでございます。奴はモンテ・カルロでわたくしどもの知遇をうまく得まして、その折には女性の共犯者が手助けをしておりました」（『比類なき』P48）

ワープルスドン卿…「わたくしは一時ワープルスドン卿の許でお勤めをさせて頂いたことがございます。閣下が正装用のズボンにフランネルのシャツと狩猟用ジャケットを合わせてお召しでお食事をなさりたいとおおせられますのを正視できませず、お暇《いとま》を頂戴いたした次第でございます」（『それゆけ』p８）

ディグビー・スィッスルトン…「わたくしが以前にお仕え申し上げておりましたディグビー・シスルトン様のことでございます。おそらくはお目にかかられたことがおありか、と？　実業家であらせられました。今やブリッジワース卿とおなりの方でいらっしゃいます。あの方のお得意の申されようは、どんな時にも道はある、というものでございました。最初にあの方がこの表現をお用いになられるのを伺いましたのは、あの方の進めておられました特許除毛薬のご失敗の後のことでございました。……除毛薬はご失敗でございましたが、あの方は決してお力をお落としあそばれませんでした。あの方は同じ製品を、今度はヘア・オーとの名称にて、再び市場へお出しあそばれたのでございます。」（『それゆけ』P62）

モンタギュー・トッド…以前にお仕え申上げておりましたモンタギュー・トッド様のサヴォア・フェール、と申しますか、臨機応変の才の幾ばくかでも、あの方にお授け申し上げる権能がわたくしにございましたらば、と、しばしばわたくしは願って参ったものでございます。モンタギュー・トッド様はご高名な金融業者であられ、ただいま刑務所におかれまして刑期の二年目をお務めの最中でございます。馬の鞭にてあの方を鞭打とうとの意図を表明しつつトッド様を訪なわれた方が、半時間後には心の底からお笑いあそばされてあの方の葉巻をくゆらしつつお帰りあそばされるのを、わたくしはいく度も目にいたしております。（『それゆけ』P340）

9　ジーヴス家の一族

ジーヴスが自分の生育歴に言及する箇所はあまりない。「犬のマッキントッシュの事件」で「君は抜群に頭脳優秀な子供だったのかい？」とバーティーに問われ、「わたくしの母はわたくしのことを利口だと考えておりました、ご主人様」とジーヴスは答えている。「そんなのはあてにならない。僕の母親だって僕のことを利口だと考えていた」と返したバーティーが自分の母親に言及した点でも、珍しい箇所である（『でかした』Ｐ161）。

ジーヴスには執事をしている叔父さんがいて、名前はチャールズ・シルヴァースミス。ちいさい頃にはお膝の上でよくあやしてもらったそうである。チャーリー叔父さんはデヴリル・ホールの執事として威風堂々働いている。ホールのメイド、クウィニーはチャーリー叔父さんの娘だからジーヴスには従姉妹にあたる。（『恋の季節』Ｐ８）

チャーリー叔父さん以外にジーヴスの親戚で執事をしている者はいないようだ。思いがけないところで思いがけない仕事をしている親戚が多いようである。

Ⓐ手足の腫れで苦しんでいる叔母さん——「わたくしには手足の腫《は》れで苦しんでおりました叔母がございますのですが、ご主人様、ウォーキンショウ高級軟膏《なんこう》を試してずいぶんと効き目がございましたもので頼まれもいたしませんのに推薦の手紙を送ったほどでございます。使用前の下肢の説明——それは不快をもよおさせる以外の何物でもなかったのでございますが——といっしょに自分の写真が新聞に載った折の叔母の自慢げな様子と申しましたらばそれはもう大変なもので……」（『それゆけ』Ｐ34）

Ⓑ「……尊敬すべき老紳士というものは、青年時代にきわめてやんちゃでいらしたと喧伝されることを決して嫌われるものではないということをおわかりいただけようかと存じます。わたくしには叔

父がございまして――」（『それゆけ』P34）

Ⓒ「わたくしには叔母がございまして、ある日曜日のお茶の時間に映画俳優を家に連れてきてくれた者に五シリングの謝礼を支払ったことがございます。それにより近隣における叔母の社会的地位はいちじるしく向上いたしました」（『それゆけ』P114）

Ⓓ「多くの点で、ロックメトラー様は、ロンドン南東部に住まいいたしておりますわたくしの叔母を想起させるところがございます。二人とも気性が大変似通っております。わたくしの叔母も大都会の歓楽を愛するという同じ嗜好を持っております。辻馬車に乗ることに情熱を傾けておるのでございます、ご主人様。家族の者の監視の目がない折には、すぐさま家を飛び出しまして、辻馬車を走らせて日がな過ごすのでございます。この欲望を満足させせんがため、子供の貯金箱にまで手をつけたことが一再ならずあるほどでございます」（『それゆけ』P158）

Ⓔメイベル――ジーヴスの姪。芸術家のモデルやドレスメーカーでマネキンをしている。電話番号はチズウィック六〇八七三番。父親はクラパムかクリップルウッドで牛乳配達業かブーツ販売店のどちらかを経営している。

「教えてくれ、ジーヴス」僕は言った。「そもそも君は彼女とどういうわけで知り合ったんだ？」ジーヴスは往来に夢見るように目をやった。「彼女はわたくしの姪でございます、ご主人様。ご提案をお許しいただけますれば、ご主人様、ステアリング・ホィールはかように乱暴に、ぐいとお回しあそばされるべきではございません。あちらのバスにもう少しで衝突をいたすところでございました」（『それゆけ』P208）

Ⓕエグバート――ジーヴスの従兄弟。ベックレー・オン・ザ・ムーア村の警察官。

「わたくしの情報提供者は当の警官本人でございます、ご主人様。わたくしの従兄弟でございまして」僕はぽかんとこの男を見つめた。僕は、いわゆるだが、すべてを理解したのだ。「なんてこった、ジーヴス！　彼を買収したのか？」「いいえ、滅相もないことでございます、ご主人様。しかしながら先週彼の誕生日がございまして、ささやかなプレゼントをいたしました。わたくしはいつも従兄弟のエグバート好きでございますので、ご主人様」「いくらだ？」「五ポンドでございます。ご主人様」（『それゆけ』P247）

Ⓖロージー・M・バンクスの全作品を揃えている叔母さん――「わたくしにはロージー・M・バンクスの全作品を揃えております叔母がございますので、お若いリトル様がお入用になるだけ、いくらでも借りて参れます。きわめて軽い、興味深い読み物になるかと存じます」（『比類なき』P17）

Ⓗアニー伯母さん――「家内の不和が生じた折に、家族成員間の仲を修復するためには、アニー伯母を呼びさえすればいいというのが皆の認める大原則でございました。アニー伯母が喚起いたします憎悪の念を共有いたしますことにより、仲たがいしていた者同士がほぼ即時に和解をいたしたものでございます」（『よしきた』P349）

Ⓘシリル伯父さん――「シリル伯父によりますと、こうでございます。ニクルスとジャクソンという名の二人の男が、二人乗りの自転車でブライトンの町に出かけました。ところが不運にも、ビール醸造所のバンと衝突いたしたのでございます。事故現場に救援隊が到着したときには、両名は揃ってあまりにも強烈な力でもって投げ飛ばされたがために、もはや適切に仕分けすることができないあり様であることが判明いたしました。もっとも鋭利な眼力をもってしても、どの破片がニクルスで、どの破片がジャクソンかを、識別し得なかったのでございます。それで皆で集められる限りの

破片を集めまして、それをニクソンと呼んだということでございます。子供の時分、ずいぶんこの話には笑わされたものでございました、ご主人様」（『よしきた』P331）

Ⓙ P・B・ピゴット夫人――「大変ありがとうございます、ご主人様。もしわたくしにご用がおありの際には、住所はバルモラル、メイフェッキングロード、P・B・ピゴット夫人方でございます」「ああ、叔母さんはジーヴスじゃあないのか？」「はい、ご主人様」（『ねこさらい』P154）

Ⓚ宝石商の従兄弟――「なんてこった！　そんなに簡単にわかるものなのか？」「いいえ、ご主人様、さようなことはございません。眼識のない者ならば欺《あざむ》かれること必定と拝察いたします。しかしながらわたくしはある時期、宝石類取引に従事しておりますす従兄弟の後援を得、何カ月か宝石類を研究してすごしたことがあるのでございます。真正品の真珠には核がございません」（『封建精神』P151）

さてと、前記パーキンソンの『ジーヴス』に話を戻そう。同（偽）書の記述によれば、レジナルド・ジーヴスはベイジル・ジーヴスと妻デイジーの間に生まれた一人息子であり、プール近郊、ポッタリング゠アップ゠ピドルコームの万年副牧師、セオフィラス・ジーヴス師の孫にあたる。

ジーヴス師の娘はメイベル、アニー、エミリー、イーディスの四人で、末娘のイーディスはチャールズ・シルヴァースミスと結婚した。ジーヴス師の弟はハックニー・ウィックで宝飾品店を経営するトビアス・シルヴァースミスであった。残る三姉妹はいずれも結婚はせず、メイベルはウォルキンショーの特製軟膏の広告に登場し、アニーは手脚の腫れに苦しみ、エミリーはロージー・M・バンクスの小説を愛読した。

学業優秀で将来を嘱望されたベイジル・ジーヴスは、オックスフォードのオリエール・カレッジに進み、優秀な成績で卒業したものの、父の希望どおり聖職に就くことはせず、オックスフォード大学で言語学講師として文字の研究を続けた。彼の研究『Pの起源』は高く評価され、次なる研究『Qの起源』が、研究者としての彼のキャリアを決定づけるものとして待望された。しかし、学会報告を前に極度の緊張から慣れぬ酒を飲んだ挙げ句に臨んだ大切な大舞台で、ベイジルは酩酊状態で壇上にて意味不明なことをあれこれ絶叫して床に倒れ伏し、学者としての前途の全てを失ってしまうのである。

失意のベイジルはその後自暴自棄となって放蕩に走り、やがてパブ〈カウ・アンド・クレッセント〉のバーメイド、デイジーと結婚してロンドンに住み、一人息子レジナルド・ジーヴスを授かる。その後、母親はサドラーズウェルズ劇場の清掃係として家計を支え、レジナルドの世話と教育は父親が受け持った。レジナルドが学校教育を受けたかどうかは定かでない。

やがて不幸にも十四歳で両親を失うに至ったレジナルドは、叔父トビアスの許で宝飾品工芸を修行するが、この分野には全く関心なしと判断され、ハンプシャー、キングズデヴリルのデヴリル・ホールのエズモンド・ハドック家で執事を務めるチャールズ・シルヴァースミスの許でホールボーイを務めるはこびとなった。レジナルドはチャーリー叔父さんの薫陶を授かりはするものの、商人呼ばわりを毛嫌いするハドック家のおばさまたちのご癇気を買ってしまい、ついに職場を追われる。

しかし、人的つながりによりハドック氏の叔母、デーム・ダフネ・ウィンクワースが校長を務める女子校、ドロイトウィッチ近郊スターヴリー・チリングワース、ピックルロッド・アカデミーに転職してページボーイとなったレジナルドは、ここでの経験ゆえに少女たちへの警戒心、とりわけ赤毛の少女たちに対する暗い猜疑の念を強く育むに至ったのである。またこの時、終生独身を貫くことを彼は強く決意した。本人にまったく落ち度はなかったものの、在校女学生からのラブレター事件で同校を去るはこびとなったレジナルド・ジーヴスは、同校の理事長を務めるウォープルスドン卿の許で第二フットマンの職を得ることになった。

船舶貿易会社ピンク・ファンネル・ラインの経営者ウォープルスドン卿は大変な競馬愛好家で、ここでジーヴスはライフワークとなる、競走馬への関心を育むことになる。その後、ディグビー・シスルトン氏、フレドリック卿、モンタギュー・トッド氏の従者を歴任し、やがて、理想のご主人様、バーティー・ウースター氏を見出すのである。

10 ジーヴスのモデル

パーシー・ジーヴス（一八八八―一九一六）は、ウォリックシャー・チームのプロクリケット選手であった。

一九一三年八月十四日、ニューヨークから帰国したウッドハウスはチェルトナムの両親の許に滞在し、チェルトナム・カレッジのグラウンドで開催中のクリケット・フェスティヴァル、グロスターシャー対ウォリックシャー戦を観戦した。三日間にわたったゲームは、グロスターシャーの勝利に終わり、パーシー・ジーヴスの活躍も常ほど輝かしいものではなかったのだが、それでもウッドハウスの胸に強い印象を刻むには十分だったようだ。

後年、ウォリックシャーチームの事務局長で、ジーヴス選手を見出したローランド・ライダーの同名の息子はウッドハウスに手紙を書き、ジーヴスの名は、パーシー・ジーヴスの名にちなんだものかと訊ねた。一九六七年十月二六日付、ロングアイランド、レムゼンバーグのウッドハウスから届いた返信が次である。

親愛なるライダー様

まったくおっしゃる通りです。チェルトナムに住む両親の許を訪ね、チェルトナム・カレッジのグラウンドでウォリックシャー対グロスターシャーの試合を観戦したのは一九一三年のことだったでしょうか。ジーヴス選手の投球に私はいたく感銘を受けたにちがいありません。一九一六年にニューヨークで、ジーヴスとバーティーの物語をこれから始めようという時、彼のことを思い出したのです。その名こそ、まさに私が欲していた名前でした。

つい最近まで、その日彼はグロスターシャー・チームでプレイしたとばかり思っていました(彼の身のこなしに感嘆したのを覚えています)。

敬具

P・G・ウッドハウス

この手紙は現在もウォリックシャー・カウンティ・クリケット・クラブが所有し、エッジバストンの博物館に展示されている。

パーシー・ジーヴスは一八八八年三月五日にヨークシャーの繊維工業町、アールズイートンで誕生した。父親は鉄道員で、パブリックスクールでクリケットを嗜《たしな》んだというような上流階級の生まれではない。男子三人兄弟の末っ子で、父の転勤によりグールのマニュエル通り七七番に転居。十七歳で地元グール・タウン・クリケットのシニアチームのレギュラーメンバーとなり、一九〇九年にホウズ・クリケット・クラブに所属するプロ選手になった。一年後、休暇でホウズ村を訪れたウォリックシャー・カウンティ・クリケット・クラブの事務局長、ローランド・ライダーに見出され、ウォリックシャー・クラブに移籍した。投手、打者、野手、すべてをこなすオールラウンダーで、「非の打ち所のない身なりと、シミひとつないフランネル、きちんとアイロンのかかったシャツ」で名高い「選手中で最も紳士らしい選手」であったといわれる。

「一九一四年最高のオールラウンダー」と評され、いずれイングランドチームのボウラーとしての活躍を嘱望されていたジーヴス選手は、わずか二シーズン活躍しただけでイギリス陸軍に入隊し、第一次大戦中の一九一六年七月二十二日、膠着した塹壕戦で知られるフランスのソンムにて、二十八歳の若さで戦死した。

『一九一七年版ウィズデン・クリケット選手年鑑』は、六十ページにわたり、戦死した四六一名の選手たちの追悼記事を掲載したが、その二二五番目にパーシー・ジーヴスの名がある。

「パーシー・ジーヴス（ロイヤル・ウォリックシャー連隊）七月二十二日戦死。イングランドは将来を大きく嘱望されたクリケット選手を失った。ジーヴスは一八八八年三月、ヨークシャーのアルズヒートンに生まれた。

彼はグール・クリケット・クラブに入団し、ホウズでプロ選手となった。一九一〇年、ヨークシャーの入団テストに参加したがあまり注目を得られなかったようだ。まもなくウォリックシャーに入団し、準資格者として一九一二年に対オーストラリア戦、対南アフリカ戦に出場した。その際には目立った活躍はなかったものの、一九一三年にはウォリックシャーのために投手、打者両者として華々しく活躍し、ポジションを確保した。

同シーズンに彼は第一級試合で二〇・八八で一〇六ウィケット、二〇・一三平均で七六五ランを獲得した。一九一四年、投手として健闘し、第一級試合で九〇ウィケットを獲得したもののバッティングに以前ほどの堅調さはなかった。またオーヴァル競技場で開催された〈ジェントルメン対プレイヤーズ（プロ対アマの公式戦）〉戦に選出され、優れた投球でプレイヤーズを勝利に導いた。

P・F・ワーナー氏は深く感銘を受け、ジーヴス選手は近い将来必ずやイングランドチームのボウラーになると予測したが、一カ月後、第一次世界大戦の開戦となった」

ジーヴス・シリーズ映像化作品

ウッドハウスの作品は、ごく初期から映画化され、またミュージカルの多くは無声映画時代から映画化されている。またウッドハウス自身が一九三〇年代に二度ハリウッドに招かれ、脚本家として映画会社と契約を結び映画製作に関わってもいる。

映画『サンキュー、ジーヴス』（一九三六）、『陽気にステップ、ジーヴス』（一九三七）

ジーヴスが映画に登場したのは一九三六年のアーサー・コリンズ監督『サンキュー、ジーヴス』が最初である。当時四十二歳のアーサー・トレッチャーがジーヴスを、二十六歳のデイヴィッド・ニーヴンがバーティーを演じた。バーティーのフラットに助けを求めてやってきた謎の女が姿を消し、田舎にでかけたバーティー一行が泊まったホテルはスパイの巣窟でそこに件《くだん》の謎の女も登場して……と、同名原作の影も形もない冒瀆作との呼び声も高い作品である。翌一九三七年にはユージン・フォード監督、前作に続いてアーサー・トレッチャーのジーヴスで、続編『陽気にステップ、ジーヴス』が作られた。こちらは原作すら存在しないとんちんかんなオリジナル作品で、純粋主義のファンにはお勧めできない。映画会社が異なったためにデイヴィッド・ニーヴンの再出演がかなわず、したがってバーティーは登場せず、ジーヴスが主役となってアメリカに行って悪者にだまされ、自分はドレイク船長の子孫で海賊の宝物の相続人だと思い込んでしまうというトンチキなストーリー展開が痛々しい。『サンキュー』と『陽気にステップ』は二本合わせてアメリカ版のDVDになっているが、一番の見所は特典映像として挿入されたドキュメンタリーに登場するウッドハウス研究家ノーマン・マーフィーのインタビュー映像かもしれない。

BBCドラマ『ウースターの世界』（一九六五）

一九六五年に英国BBCはテレビドラマシリーズ、〈ウースターの世界〉を製作した。ジーヴスをデニス・プライス（当時五十歳）、バーティーをイアン・カーマイケル（当時四十四歳）が演じ、一九六七年まで三年間にわたり一話三十分全二十話が放送された。

ジーヴスは四十代以上の年配に描かれることが多く、プライスの五十歳は順当と言えようが、バーティー役のカーマイケル四十四歳はバーティー史上最高齢であろう。若々しい演技ではあるが、オックスフォードを出たばかりの青二才と言うには多少無理がある。カーマイケルが創造したのは気立てがよいあわて者で、モノクルをかけ、少し吃りのあるバーティー・ウースターである。

プライス演ずる威風堂々、威厳あふれるジーヴスを、当時齢八十を過ぎたウッドハウスは「これまで見た中で最高のジーヴスだ」と気に入っていた。六、七〇年代のペンギン・ペーパーバックスのジーヴス本の表紙がこの二人であったこともあり、長らくバーティーとジーヴスのイメージをこのコンビが提供した。カーマイケルの演技に感銘を受けたウッドハウスは、当時執筆中だったジーヴス・ミュージカルでの主演を彼に依頼したが、残念ながらその脚本が完成を見ることなく、よってカーマイケル主演のジーヴス・ミュージカルは実現していない。

ところでデニス・プライスは結婚歴もあって子供もいたものの、同性愛者でアルコール依存、ギャンブル依存、薬物依存に苦しんだ人物である。生活も破綻して、一九六七年には破産宣告も受けた。一九六七年性犯罪法の成立によって非犯罪化されるまで、イングランドにおいて同性愛は死刑も科された重罪であった。性的志向ゆえ、現在では想像もつかないような深刻な苦悩に、プライスは直面していたと思われる。グラナダテレビのジーヴスドラマでジーヴスを演じたスティーヴン・フライも同性愛者であることを公言し、また双極性障害であることをカムアウトしているが、四半世紀の時を挟んで同じジーヴスを演じた二人を取り巻く環境が、大きく変わったようなのはよろこばしい。なお、一作だけ残ったエピソードでクロードを演じるティモシー・カールトンは、『シャーロック』のベネディクト・カンバーバッチの父親である。

〈ウースターの世界〉が大好評を得たため、続けてBBCは一九六七年に〈ウッドハウスの世界〉と題する、ブランディングズ城（全六話）とユークリッジ（全七話）のドラマ・シリーズを製作した。こちらも非常に評価の高いドラマだったのだが、やはり残念なことに一話も残っていない。

ミュージカル『ジーヴス』（一九七五）、『バイ・ジーヴス』（一九九六）
ジーヴスはミュージカルにもなっている。よりにもよって英国ミュージカル界の大御所サー・アンドリュー・ロイド゠ウェバーと、喜劇界の大御所サー・アラン・エイクボーンによってである。一九八六年九月二十七日以来『オペラ座の怪人』が三十年以上のロングランを続けているロンドンのハー・マジェスティーズ・シアターにて、一九七五年に開演した『ジーヴス』は、開演から一カ月後、わずか三十八公演で幕を閉じ、「ロイド＝ウェバー唯一の失敗作」として名を残した。

しかし、屈辱の失敗から二十年後、ロイド＝ウェバーとエイクボーンは脚本、挿入歌を全面的に書き直し、タイトルも新たに『バイ・ジーヴス』として雪辱を果たしに出た。一九九六年五月一日にフィラデルフィアで開演した『バイ・ジーヴス』は、十二週公演の予定が好評により延長、ついには二〇〇一年、ニューヨーク、ブロードウェイでマーティン・ジャーヴィスのジーヴスと、ジョン・シアラーのバーティーにて七十三公演を果たした。

ブロードウェイ公演のキャストの『バイ・ジーヴス』は、DVDになっている。同作撮影時、ジャーヴィスは六十歳、シアラーは四十歳。真っ白な白髪の堂々たるジーヴスと、トシの割には結構かわいいバーティーである。

勝田文『プリーズ、ジーヴス（一）（二）（三）』、『ジーヴス英国紳士録』、『ジーヴス狂騒紳士録』

映像とは違うが、日本では漫画家勝田文氏によるジーヴスの漫画化が白泉社『メロディ』誌上で連載され、単行本化された。二〇〇七年に連載開始され、コミックスは五巻にて一応の終了をみた。短編一話で漫画一話が基本で、繊細美麗な描画が素敵である。ジーヴスは二十代後半程度、バーティーは永遠の二十四歳を目安に描かれており、おそらくバーティーもジーヴスも世界史上最も若くハンサムなのではなかろうか。

英国BBCが作家P・G・ウッドハウスの魅力を取材した二〇一一年のドキュメンタリー『ウォーガン・オン・ウッドハウス』では、勝田ジーヴス漫画がとり上げられ、遠く離れた現代の日本において漫画化されているとはウッドハウス作品の時空を超えた普遍性の証左と、非常に好意的に紹介されていた。うれしいことである。

『天才執事、ジーヴス』（一九九〇――九三）

英国グラナダＴＶが製作した全四シーズン二十三話のドラマ・シリーズである。撮影当時、ジーヴスのスティーヴン・フライは三十二歳、バーティーのヒュー・ローリーは三十歳だった。映画『サンキュー、ジーヴス』のデイヴィッド・ニーヴンが撮影当時二十六歳だったから、ヒューのバーティーは最年少ではない。しかし、フライのジーヴスはジーヴス史上最年少、断トツで一番若いジーヴスということになる。本の表紙画や雑誌の挿画、また先行する映像化諸作品においても、ジーヴスの年齢は高めに描かれることが多かったが、フライはご主人様よりも少しだけ年上の、若く賢いジーヴスを説得的に、チャーミングに演じあげ、世界的にジーヴスのイメージの若年化、刷新に与って大いに力あった。今日世界中でもっとも愛されるジーヴスとバーティー像を確固たるものにした作品群である。

ウッドハウスとミュージカル

二十世紀最大のユーモア小説家ウッドハウスは、ミュージカル脚本家・作詞家として「アメリカのミュージカルを創った男たち」の一人でもあった。脚本家ガイ・ボルトン、作詞家P・G・ウッドハウス、作曲家ジェローム・カーンのゴールデン・トリオが制作した小粋でお洒落なミュージカルの数々は、それまでヨーロッパからの大型輸入製作オペレッタが中心だったアメリカのシアター・シーンに革命をもたらした。104 West 39th Street に一九一三年に建てられたばかりの〈プリンセス劇場〉という二九九席のごく小さな劇場で上演された彼ら三人の作品群は、〈プリンセス・ミュージカル〉と呼ばれ、今日ではブロードウェイの伝説となっている。

当時の新聞に、匿名でこんな詩が掲載された。(ドロシー・パーカー筆とされる)

これなる名高きミュージカルの三人組
ボルトン、ウッドハウス、カーン
誰より彼より比類なき
ボルトン、ウッドハウス、カーン

どうしてこんなに夢中になるのかわからないけど
とにかく一杯いただいて
次の舞台のセンターシートを買うわ
ボルトン、ウッドハウス、カーン

プリンセス劇場は今はもはや存在せず、跡地は風情も何にもない立体駐車場ビルになってしまった。この当時ウッドハウスは流行作家として雑誌連載を抱え年二冊ペースで新刊を出すかたわら、作詞家、脚本家として一年に何作もの新作ミュージカルの製作・上演に関わっていた。第一次大戦後、一九一六年のブロードウェイでは、五つの劇場で『オー、ボーイ！』、『ミス・スプリングタイム』、『ハヴァ・ハート』、『ジェーンにおまかせ』、『オー、レディー！レディー！』の五作品が並行して同時に上演されていた。この記録は現在まで、ロイド＝ウェバーにすら破られていない。もしウッドハウスが一九二〇年以前に死去していたら、彼は小説家としてよりも、偉大な作詞家／脚本家としてその名を残しただろうと言われるほどである。ウッドハウスが執筆した戯曲は全十九作。脚本と作詞で関わったミュージカルは実に四十作以上に及ぶ。たとえば、『ミカド』『陪審裁判』その他ギルバート＆サリヴァンのサヴォイ・オペラの脚本／作詞で名高いG・S・ギルバートよりも、ウッドハウスの書き上げたミュージカルの数は多いのである。

ミュージカルでの経験は作家P・G・ウッドハウスの小説技法にもおおいに影響を与えた。彼は登場人物たちを、自分の見せ場がなければ怒って帰ってしまう「給料を取っている生きた俳優」だと思って配役していると述べ、自分の小説を「音楽抜きのミュージカル・コメディー」だと語った。『比類なき』『でかした』に登場するブルーメンフィールド氏のような大興行主の君臨するミュージカル製作の現場で、ボルトン、カーン、ジョージ・ガーシュウィンやコール・ポーターら綺羅星のごとき才能たちと共に仕事をした経験は、ウッドハウス作品に時代の輝きと臨場感をもたらしている。

歌詞集は『ウッドハウス全歌詞集』（二〇〇四）として刊行されており、『アメリカのミュージカルをつくった男たち、ボルトン／ウッドハウス／カーン』という評伝も出ている。ウッドハウスとボルトン自身の手になるミュージカル創成期のわくわくする冒険譚『ブリング・オン・ザ・ガールズ！』は冒頭の第一章が邦訳版の『お呼びだ』に収録されている。『よりぬきウッドハウス1』所収の「ミュージカル・コメディ作家であることの苦悩」には、プロデューサーの不条理な注文に翻弄される脚本家の苦悩が余さず描きだされている。

脚本家ガイ・ボルトンとウッドハウスは一九一五年、ミュージカル『でかした、エディー！』製作の現場で出会い、たちまち意気投合してその後六十年間、無二の親友として付き合うことになる。『カモン、ジーヴス』に付された「著者による覚え書き」（邦訳版『お呼びだ』に収録）に、ウッドハウスはこう記す。

「我々の非凡なところは共同作業の結果生みだされた作品の優秀さ――それはもう大変なものではあるのだが――ではなく、目の肥えた観客のため四十年間芝居のよろこびを大量生産してきた後で、いまだ言葉を交わす関係にあるばかりか、一番の大親友でいるという事実である。もし私が溺れているのをガイが見たら、一瞬のためらいもなく、私を救けるため水に飛び込むだろう。もしガイが溺れているところを見つけたら、私は助けを呼ぶ最初の人になることだろう」

ロングアイランドのレムゼンバーグはウッドハウスの終《つい》の住処となった地だが、そこで先に暮らしていたのがボルトンだった。彼の許を幾度も訪問するうちにその界隈を気に入ったウッドハウス夫妻が、一九五二年、作家七十歳の時にバスケット・ネック・レーンに家を購入したのだ。それから九十三歳で没するまでの二十年間以上を、ボルトンとウッドハウスは毎日揃って散歩する、ごく親密な隣人として過ごした。ガイ・ボルトンはウッドハウスと性格は正反対で明るく社交的、かわいい顔の女の子にすこぶる弱く、人生のパートナーを幾度もとっかえひっかえした。ウッドハウスのエセル夫人のことは苦手だったようで、あまりよくは言っていない。

『比類なきジーヴス』にはシリル・バジントン゠バジントンをミュージカル・コメディ『パパにお願い』の舞台に載せる脚本家ジョージ・キャフィンが登場する。アガサ伯母さんの恐怖に脅え、シリルを舞台に出したりしたらイギリスに帰れなくなると懸命に訴えるバーティーに、「じゃあイギリスなんかに帰るなよ。ここにいて大統領になってくれ」とさらりと応えるジョージのモデルこそ、ガイ・ボルトンその人である。

同作の雑誌初出時の一九一八年、ウッドハウスとボルトンは実際に『パパにお願い』というミュージカルを製作していた。同作は試演の後にタイトル変更し、十一月二十七日にブロードウェイのプリンセス劇場で幕開けした時には『オー・マイ・ディア！』となり、公演回数一八九回のロングラン・ヒットを記録した。

ウッドハウスのミュージカルはここ十年ほど、ブロードウェイでちょっとしたブームと言えるくらいの活況を呈している。ボルトン／ウッドハウス共同脚本コール・ポーター作曲の『エニシング・ゴーズ』が二〇一一年にリバイバル上演されて最優秀再演ミュージカル部門をはじめとするトニー賞三部門を受賞したし、二〇一二年のトニー賞最多九部門にノミネート、最優秀助演男優賞・女優賞をダ

ブル受賞した *Nice Work If You Can Get It* は、ボルトン／ウッドハウス共同脚本、ジョージ・ガーシュイン作曲、アイラ・ガーシュイン作詞『オー・ケイ』の改作である。同じ年の春、オフブロードウェイではプリンセス・ミュージカル『シッティング・プリティ』の上演もあった。ちょうどウッドハウスの墓所のあるレムゼンバーグの教会前に米国ウッドハウス協会のボブ・レインズ夫妻の音頭取りで記念碑が建てられ、除幕式が開催された時と重なったから、ニューヨークのウッドハウス協会員たちを中心にウッドハウス・ファンが集《つど》って皆で観劇する機会があった。孤児院育ちの女の子が金持ちのボンボンに見初《みそ》められて上流階級入りする、他愛のない、しかし可憐でハートウォーミングな物語は、曲の清純な愛らしさとともに記憶に残る佳作だった。

もっと小規模な舞台としては、二〇一三年秋、コロンビア大学に隣接した教会の劇場で、フェレンツ・モルナールの原作をウッドハウスが脚色した『プレイズ・ザ・シング』をニューヨークのウッドハウス友だちと観劇する機会があった。同作はミュージカルではないストレート・プレイだが、台詞の美しさとスピーディーなストーリー展開を大いに楽しんだ。友人を危難から救うため一夜にして脚本を書き上げる脚本家の迫力には、往時のウッドハウスその人の執筆する姿が重なる。

ちなみにウッドハウスが脚本の一部と歌詞を執筆した『エニシング・ゴーズ』は日本版も制作されており、宮本亜門演出、大地真央主演で東宝ミュージカルとして一九八九年に初演、以来何度も再演されている。初演時のムーンフェイス・マーティンは植木等、九〇年代の再演時には左とん平が演じた。ブロードウェイでリバイバル・ヒットした後、二〇一三年に帝国劇場と大阪のシアターＢＲＡＶＡ！で再演された時には夢かと思った。主演は瀬奈じゅん、田代万里生、ムーンフェイスは鹿賀丈史。ゴージャスでなんでもありな舞台で、歌と踊りを堪能した。

ところで、バーティー・ウースターとジーヴスのゴールデンコンビは、斯界の大御所サー・アンドリュー・ロイド＝ウェバーとサー・アラン・エイクボーンによってもミュージカル化されている。『ジーヴス』（一九七五）がそれである。ロイド＝ウェバー唯一の失敗作と言われ、わずか三十八公演で打ち切りになった。

ウエストエンド初演に先立つブリストル試演時には、あまりにもあんまりな観客の反応に精神崩壊状態になったバーティー役のデイヴィッド・ヘミングスがシャワー室に引きこもったきり出られなくなり、騒ぎを聞いて駆けつけたエイクボーンとエリック・トンプソン監督（エマ・トンプソンの父親）は、「ねえデイヴィッド、出てきて。いいところだってあったじゃない。気をしっかり持って」と哀願するヘミングス夫人の声を聞いたという。

オリジナル版は『ウースター家の掟』のストーリーにかなり忠実で、上演時間はミュージカル離れした三時間半に及ぶ重厚長大、観客に強いに強いた超大作であったようだ。

とはいえミュージカル界の大御所二人は『ジーヴス』に失敗作の汚名を着せたままにはせず、題名を『バイ・ジーヴス』と変更、脚本を大幅カットして抜本的に書き直し、楽曲も全面的に作り替えてリベンジに出た。一九九六年版『バイ・ジーヴス』の上演時間は二時間半。ＯＢＥ俳優マーティン・ジャーヴィスがジーヴスを演じたアメリカ公演はペンシルヴァニア州ピッツバーグで幕開けし、好評を得てブロードウェイ公演も果たした上で英国ウエストエンドに凱旋し、ＤＶＤ化もされている。ちなみにマーティン・ジャーヴィスは二〇〇七年のウッドハウス・ウイーク最終日にロンドンで開催された英国ウッドハウス協会主催のディナーにゲストとして登場し、ギャリー叔父さんの登場する一節を見事に朗読してくれた。私はこの時ウッドハウスクイズで入賞して、彼に表彰してもらってハグしてもらったことがあるのが自慢である。

二〇一四年七月に東京の日生劇場で十二回公演されたミュージカル『天才執事ジーヴス』は、この一九九六年脚本の日本語版である。バーティーをウエンツ瑛士氏が熱演し、ジーヴスを里見浩太朗氏が演じた。私はこの舞台のことを思うと、今も胸が熱くなる。大俳優をジーヴスに戴いた名誉もさることながら、ウエンツ瑛士氏のバーティーは、バーティー・ウースター史に残る名演だったと私は思う。演じ手の年齢、ルックス、若さや一生懸命さが役のキャラクターと重なりあうだけでなく、バーティーの愛らしさ、心根のよさ、品のよさ、ある人にしかないイノセンスを、演技を越えて感じさせてくれた。思い返せば我もかつてアルカディアにありき、である。

日本での『天才執事ジーヴス』と前後して、ロンドン、ウエストエンドのデューク・オヴ・ヨーク劇場では『ウースター家の掟』を原作とした新作劇『パーフェクト・ナンセンス』が二〇一三年十月三十日に幕開けした。ジーヴスをマシュー・マクファディン、バーティーをスティーヴン・マンガンが演じた二人芝居である。その後、キャスト変更を経て二年にわたるロングランとなり、私はキャスト変更後の二〇一四年の秋に観劇する機会を得た。途中でバーティーのパジャマズボンが破れるアクシデントがあり、スラップスティックの度合いが演出意図以上に強まったようで、同行したエリン・マーフィーは笑い転げていた。

同作はインドでも上演され、二〇一九年三月、四月にはアメリカ、コネティカット州のハートフォードでも上演された。ブロードウェイに向かう日も近いかもしれない。

ウッドハウス記念碑・記念プレートなど

ロンドンの各所には通称〈ブルー・プラーク〉と呼ばれる銘板が掛かっている。白抜きで「詩人誰それがいつここに住んだ」といった記載がなされた青い金属製の円板で、建物外部に取り付けられている。ロンドンの街を歩けばどこでもぶつかるこのブルー・プラークは一九五四年に制定され、現在はイングリッシュ・ヘリテイジが管理している。対象となる人物は死後二十年もしくは誕生後百年が過ぎ、人類の繁栄と幸福に重要かつ積極的な貢献をし、非凡かつ傑出した個性を持ち、また国民がそう認識するに値する者でなければならない。ロンドンにブルー・プラークがあるというのはたいしたことなのだ。

われらがウッドハウスも栄えあるブルー・プラークを掲げられている。場所は *17 Dunraven Street, Westminster, W1, London.* 本書四八頁に記されたウッドハウスが一九二六年から住んだ家である〔写真1〕。

ロンドンにはもうひとつ非公式のウッドハウス・プラークがある。ナイツブリッジのハロッズ・デパートの裏手から歩いてすぐのウォルトン街に、まだ駆け出し時代の作家が住んだ家があり、そこに小さなプラークが掲げられている〔写真2〕。

1　ウッドハウスが 1926 年より住んだ家のブルー・プラーク

2　ロンドンの非公式プラーク

3　ウッドハウス生家の茶色のプラーク

「作家、ユーモア作家。サー・P・G・ウッドハウスがここに住んだ。一九一八―一九二〇」とある。

サリー州のウッドハウスの誕生した家にも作家ウッドハウスの生地を記念する茶色のプラークがある。「作家、ユーモア小説家、P・G・ウッドハウスが一八八一年十月十五日にここで生まれた」と書かれている〔写真3〕。

専業作家になったばかりのウッドハウスは、ハーバート・ウエストブルック〈ユークリッジのモデル〉の紹介でイギリス南岸の海岸の街、「エムズワース」に住み、そこの学校で子供達にクリケットを教えたりしながら『グローブ』紙のコラム原稿を書いていた。その時に借りた家〈スリープウッド〉にもウッドハウスの名を刻んだプラークがあり、「作家P・G・ウッドハウスが一九〇四年から一九一四年までここに住んだ」と記されている。もちろん、エムズワース卿の名前も、スリープウッドという姓も、この土地とこの家に由来する〔写真4〕。


新大陸にもウッドハウス銘板は存在する。アメリカウッドハウス協会のニューヨーク支部「ブロードウェイ・スペシャル」が、一九一四年に作家がエセルと結婚した教会〈リトル・チャーチ・アラウンド・ザ・コーナー〉に作家その人を讃え、その幸福な結婚の地を記念して「P・G・ウッドハウス（一八八一―一九七五）がこの教会でエセル・ロウリーと結婚した」と記した記念銘板を寄贈したのだ〔写真5〕。銘板には更に、長編、『アンイージー・マネー』から以下の引用が続く。「誰もが結婚するならここでなきゃって教会だ。二九番通りの、フィフス・アヴェニューの角を曲がってすぐの所にある。前庭には水を吹き上げてる噴水があって、ニューヨークのど真ん中に投げ出された天国の一

4　エムズワースのプラーク

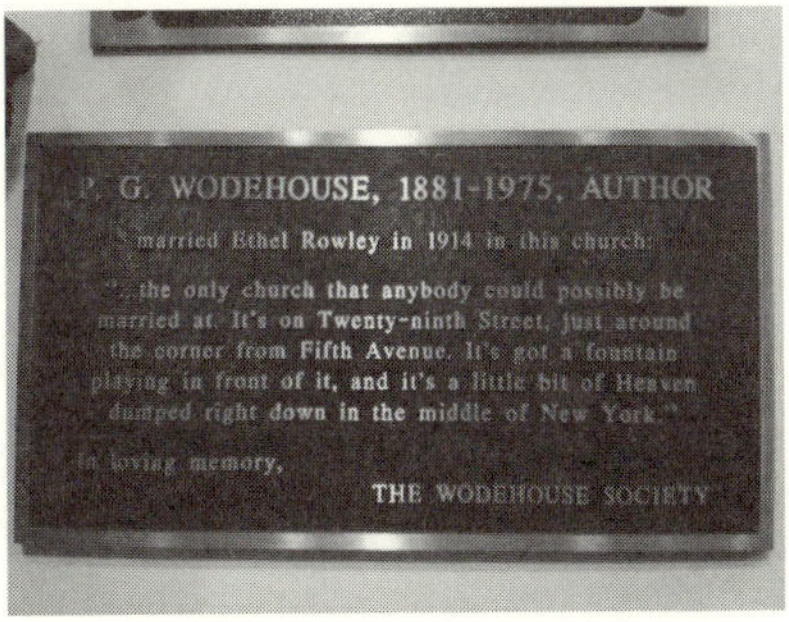

5　ニューヨーク、ウッドハウス結婚の地

6　ロングアイランドのウッドハウス碑と
建立呼びかけ人の二人

角なんだ」

ニューヨーク州ロングアイランドはウッドハウス終焉の地である。ウッドハウスの終《つい》の住処に通じるバスケット・ネック・レーンの入口に建つ、レムゼンバーグ・コミュニティ・チャーチの前には、アメリカウッドハウス協会のボブ・レインズとアンドレア・ジャコブセン夫妻の呼びかけによって二〇一二年四月ウッドハウス記念碑が建立された〔写真6〕。その時はわたしも除幕式に参加した。ニューヨークのペンシルヴァニア駅に集合して、みんなでバスに乗り、レムゼンバーグに向かったのだ。

春の冷たい雨の日だったが、一同の士気は高揚したまま除幕式を執り行い、その後、教会内でパーティーがあった。生前のウッドハウスを知る地元食堂のケータリングと、ウッドハウスの葬儀の際にオルガンを演奏したというオルガニストと、マンハッタンでミュージカルを勉強中の俳優志願のその娘さんによるウッドハウス・ナンバーの演奏を、地元の方々と楽しんだ。

記念碑には以下のように記されている。

「ここレムゼンバーグ・コミュニティ教会の礼拝堂の裏に、サー・ペラム・グレンヴィル・ウッドハウスの墓所がある。彼は英国生まれの作家、作詞家、詩人であり、バーティー・ウースター、ジーヴス、スミス、エムズワース卿、マリナー氏、その他数多の不朽のキャラクターを創造した。彼は一九五五年にアメリカ市民となり、生涯最後の二十年間をレムゼンバーグで暮らし、働いた。没する直前に英国ナイト爵に叙された。彼の優しいユーモアと熟達した英語表現力は、世界中の人々に喜びを与え続けている」

二〇一八年秋、世界のウッドハウスファンに朗報が届けられた。ウエストミンスター寺院南翼廊の

〈詩人のコーナー〉に、ウッドハウスの記念銘板が献納されるとの報せである。チョーサー、シェイクスピア、ドライデン、テニスン、ポープ、ワーズワースら古今の名だたる詩人、文士たちの列に、ウッドハウスが加わることは非常にうれしいし、喜ばしい。

ウッドハウスが作品中で何度も言及した詩人、政治家、サー・フィリップ・シドニーとウッドハウスの記念プレートは、サー・フィリップの没したオランダ、ジュトフェンの地に、オランダウッドハウス協会によって寄贈された〔写真7〕。

「サー・フィリップ・シドニー（一五五四―一五八六）。ジュトフェン包囲で負傷した際、彼の利他的な犠牲的行為が、同じく作家で同国人、二十世紀を代表するユーモア小説家　P・G・ウッドハウスに多大な影響を与え、何作もの小説が笑劇風の陽気な意訳が施されたこの出来事で装飾された。」

『恋の季節』の第四章冒頭から引こう。

「僕が十二歳そこそこのパイ顔の息子で、オーブリー・アップジョン牧師が校長を務める私立学校、ブラムレイ・オン・シーのマルヴァーン・ハウスで刑期を務めていたころ、このオーブリー牧師が故サー・フィリップ・シドニーをものすごい勢いで売り込むのを聞いたのを憶えている。どこぞの戦いで負傷して軍隊仲間にひと飲みするよう勧められたとき、彼はその友達にその飲み物を自分ではなく近くの担架に横たわっている者にやるように、その者の必要は自分のよりも大きいのだから、と言ったからというのだ。オーブリー牧師は言った。無私の犠牲の精神こそ、私が君たち少年のうちに見出したいものだ――特にお前だ、ウースター、それでその間抜け面で私をぽかんと見るのはやめろと何度と言ったらわかるのかね？　口を閉じたまえ、そして背筋をしゃんと伸ばすんだ――」

7　オランダ、シドニーを記念したプラーク

8　ベルギー、フイー要塞のプラーク

9　パーシー・ジーヴスのプラーク

二〇〇〇年九月、ベルギーのウッドハウス協会『ドローンズ・クラブ』はこの地にウッドハウスが抑留されたことを記念し、フイー要塞にプラークを設置した。「P・G・ウッドハウスがこの要塞に一九四〇年八月三日から九月八日まで抑留されたことを記念する。ベルギー・ドローンズ・クラブ。二〇〇〇年九月九日」と記されている〔写真8〕

ジーヴスを記念するブループラークもある。ジーヴスにその名を提供したウォリックシャーのクリケット選手、パーシー・ジーヴスを記念して、生まれ故郷のグールの町が町第一号のブループラークで彼を顕彰したのだ。

プラークには「パーシー・ジーヴス　一八八八年―一九一六年　マニュエル街に一八九一年から一九一一年まで住んだ。グール町クリケット・クラブ及びウォリックシャー郡クリケット・チーム選手。ソンムにて戦死。P・G・ウッドハウスの「ジーヴス」の源となった」と記されている〔写真9〕。

除幕式はジーヴスの戦死からちょうど百年後の二〇一六年に挙行され、戦場で早すぎる死を迎えた偉大なクリケット選手パーシー・ジーヴスと、彼の名を永遠のものとしたウッドハウスを讃えた。

ジーヴス・シリーズ登場人物一覧

（配列は原則、姓のアイウエオ順）

ア

オーブリー・アップジョン…バーティーが子供時代に通ったマルヴァーン・ハウスの校長先生。（『封建精神』『帰還』に本人登場。その他で頻繁に言及）

アナトール…ダリア叔母さんの居館ブリンクレイ・コートで働く神のごときフレンチシェフ。以前ビンゴ・リトル家で働いていた。（『それゆけ』以降全作品で言及。本人登場は『よしきた』のみ）

アルペン・ジョー…常習窃盗犯。ウィザースプーン警部に追われている。（『がんばれ』）

アンストルーサー氏…ダリア叔母さんの今は亡き父の旧友。ウースターシャーで一番濡れた八十歳代老人。（『でかした』）

サー・イヴラードとレディー・ブレナーハセット…バークレー・マンションB7号W1居住。（『サンキュー』）

ヴァウルズ巡査部長…チャフネル・レジスの警察官。（『サンキュー』）

サー・レジナルド・ウィザースプーン…ハンプシャー州アッパー・ブリーチング、ブリーチング・コートの当主。（『でかした』）

キャサリン・ウィザースプーン…サー・レジナルドの妻。ダリア叔母さんの夫の妹。（『でかした』）

ウィザースプーン警部…スコットランド・ヤード所属。常習窃盗犯アルペン・ジョーを追っている。（『がんばれ』）

エリザベス・ヴィッカーズ…フレディーの元恋人。フレディーと仲たがいして叔母の所有する海辺のコテージに滞在中。子供好き。（『それゆけ』）

ウィッカマーズレイ卿…トゥィング・ホール在住。バーティーの父親の親友。（『比類なき』）

エグバート・ウィッカマーズレイ…ウィッカマーズ

レイ卿の息子。家庭教師はビンゴ。（『比類なき』）
シンシア・ウィッカマーズレイ…ウィッカマーズレイ卿の令嬢。バーティーの求愛を断ったことがある。（『比類なき』）
ボビー・ウィッカム…赤毛のお騒がせ娘。ジーヴスの天敵。（『でかした』『封建精神』「ポッター氏の安静療法」）
レディー・ウィッカム…恋愛小説家。ボビーの母。ハートフォードシャー、スケルディングス・ホール在住。小説の舞台化を期待している。（『でかした』）
モーディー・ウィルバーフォース…イースト・ダリッジ、キッチナー・ロード、ウィステリア荘に姪のローダ・プラットと住む。長年〈クリテリオン〉にバーメイドとして勤務。（『でかした』）
ウィルビー伯父さん…シュロップシャー、イーズビー荘に住むバーティーの伯父さん。若い頃の放蕩を記録した回想録を執筆中。（『それゆけ』『朝のよろこび』）
ヒューバート・ウィンガム牧師…トウィング村牧師館の副牧師。ビンゴの恋敵。スターリッジ伯爵の三男。（『比類なき』）
ガートルード・ウィンクワース…エズモンド・ハドックの従姉妹。キャッツミート・ポッター・パーブライトと恋仲。（『恋の季節』）
デイム・ダフネ・ウィンクワース…ガートルードの母親。エズモンドのおば。（『恋の季節』）
ハロルド・ウィンシップ（ジンジャー）…バーティーの親友。婚約者フローレンス・クレイの勧めでマーケット・スノッズベリーの下院補欠選挙に出馬中。（『感謝だ』）
ウォーターベリー…シッピーが子どもの時通った学校の校長先生。「古き学び舎の回廊」、「タキトゥスの知られざる側面」等の随筆を『メイフェア・ガゼット』誌に寄稿。（『それゆけ』）
ジャス・ウォーターベリー…芸能エージェント。（「ギトギト男」）
トリクシー・ウォーターベリー…女優。〈この豊麗なる女《ひと》〉――『リーズ・イヴニング・クロニクル』紙、〈才能溢れるセクシー女優〉――『ハル・デイリー・ニュース』紙、〈美と品格の交叉〉――『ウィガン・インテリジェンサー』誌、と評される。（「ギトギト男」）
アレクサンダー・ウォープル…ジュート業界の大立

て者。コーキーの伯父。著書に『アメリカの鳥』。（『それゆけ』）

サー・パーシー・ウォープルスドン…フローレンスとエドウィンの父正装用のズボンにフランネルのシャツと狩猟コートを合わせて着用して食事に臨んだため、ジーヴスに辞職される。「たまご！たまご！たまご！　たまごのこん畜生」と叫んでフランスに向かい、家族の胸ふところに戻ることはなかったはずだがその後復活してイギリスの海運王に設定変更。アガサ伯母さんと結婚してバーティーの義理の伯父さんになった。（『それゆけ』『朝のよろこび』）

エミリー・ウースター…バーティーのエミリー叔母さん。息子に双子のクロード、ユースタスと六歳のハロルドがいる。（『比類なき』『それゆけ』で言及）

クライヴ・ウースター…ウースターシャーに住む、バーティーのクライヴ伯父さん。クロードとユースタスの身柄を一時引き受けた。（『比類なき』）

クロード・ウースター…ユースタスの双子の兄弟。バーティーの従兄弟。オックスフォード大学〈シーカーズ〉所属。（『比類なき』）

ジェームズ・ウースター…バーティーのジェームズ伯父さん。執筆したいとこのメイベルの風変わりな行動に関する手紙は一族じゅうに回覧された。（『比類なき』）

ジョージ・ウースター、ヤックスレイ卿…バーティーのジョージ伯父さん。お祭り騒ぎ好きのご老人で、長年にわたってずっと自分を厚くもてなし続けてきたため、ハロゲートなど保養地のリピーター。（『比類なき』『でかした』）

バートラム・ウィルバーフォース・ウースター…お気楽暮らしの気のいい青年紳士。イートン校、オックスフォード大学モードリン・カレッジ卒業。ドローンズ・クラブ所属。小学校時代に「聖書の知識」賞を獲得。『ミレディス・ブドワール』誌に「お洒落な紳士はいま何を着ているか」と題する論稿を寄稿。（『お呼びだ』を除くシリーズ全作に登場）

ヘンリー・ウースター…バーティーのヘンリー伯父さん。ウースター家の汚点とされる。寝室でペットのウサギを十一匹飼っていたことがある。ブタの飼育で大きな利益を上げていた。（『比類なき』『サンキュー』で言及）

ユースタス・ウースター…クロードの双子の兄弟。バーティーの従兄弟。オックスフォード大学〈シーカーズ〉所属。（『比類なき』）

ブレア・エッグルストン…「怒れる若者」作家の一人。その作品は批評家から、率直かつ歯に衣着せず、大胆不敵と評される。『ミレディス・ブドワール』誌にてモダン・ガールに関する論稿を連載中。（「ギトギト男」）

オーガスタス（ガス）…ブリンクレイ・コートの飼いねこ。バーティーとなかよし。嗜眠症。（『感謝だ』）

オークショット…イーズビー荘の執事。（『それゆけ』）

ユースタス・**オーツ巡査**……トトレイ・イン・ザ・ウォルドの警察官（『掟』『がんばれ』）

カ

ガッシー…バーティーの従兄弟。ニューヨークでヴォードヴィルの舞台に出ている女の子と結婚。（『それゆけ』で言及）

レディー・**カーナビー**…『我が八十年の愉快なる思い出』（リッグス・アンド・バリンジャー社）の著者。（『それゆけ』で言及）

モニカ（モーク）・**カーモイル**…ビルの姉。（『お呼びだ』）

ローリー・**カーモイル（カーモイル卿）**…モークの夫。ハリッジ・デパートのガーデニング売り場に勤務している。（『お呼びだ』）

ジョージ・**キャフィン**…ブロードウェイの脚本家。ニューヨークに渡ったバーティーとたちまち友達になった。（『比類なき』）

クック氏…ヴァネッサの父。エッグスフォード・コートに住む。競走馬ポテトチップ号の馬主。（『ねこさらい』）

ビリー・**グラハム**…地元の密猟者。（『ねこさらい』）

J・チチェスター・**クラム**…アメリカの海運王。（『朝のよろこび』）

アデーラ・**クリーム**…ウィルバートの母。推理小説作家。（『帰還』）

ウィルバート・**クリーム**…アメリカ大富豪の息子。（『帰還』）

エドウィン・**クレイ**（ボーイスカウトのエドウィン）…フローレンスの弟。一日一善に励むが、そのすべてが全人類への迷惑行為となっている。（『それゆけ』『サンキュー』『朝のよろこび』）

フローレンス・クレイ…横顔の美しい知性派令嬢。サー・パーシー・ウォープルスドンの娘。ベストセラー小説『スピンドリフト』の著者。バーティーとの婚約中は彼の知的レベルの向上に努めた。その後たくさんの男性と婚約と婚約解消を繰り返し、元婚約者たちは「善きフローレンス人（Old Florentine）」を名のってクラブで例会を開催している。（『それゆけ』『朝のよろこび』『封建精神』『がんばれ』）

スペンサー・グレッグソン…アガサ伯母さんの夫。株式取引業。（各書で言及）

トーマス・グレッグソン…アガサ伯母さんの息子。ピヴンハースト校在学中。人間の顔をした悪魔に喩えられる。グレタ・ガルボに恋している。（本人登場は『でかした』）

レディー・アガサ・ウースター・グレッグソン・ウォープルスドン…バーティーの邪悪なアガサ伯母さん。割れビンを食い破り、満月の晩にはオオカミ人間に変身して人身御供を捧げていると言われる。実業家のグレッグソン氏と婚姻中はウーラム・チャーシー在住。後にサー・パーシー・ウォープルスドンと婚姻しスティープル・バンプレイ在住。息子にトーマス、飼い犬にマッキントッシュがいる。（全作品で頻繁に言及。本人登場は『比類なき』『それゆけ』『でかした』の短編集のみ）

マグノリア・グレンデノン……ジンジャー・ウィンシップの美貌の新秘書。（『感謝だ』）

オズワルド・グロソップ…サー・ロデリックの息子。オノリアの弟。ディタリッジ・ホール在住。ビンゴを家庭教師にしている。趣味は魚釣り。泳ぎが達者。（『比類なき』）

オノリア・グロソップ…サー・ロデリックの娘。オズワルドの姉。エロイーズ・プリングルとは従姉妹。ガートン・コレッジを優秀な成績で卒業。バーティーと婚約したことがあり、婚約中はバーティーの人格の陶冶に努めた。ビッフィーと婚約したこともある。体格はミドル級のレスラー並と言われ、豪快な笑い声は「スコットランド行きの急行列車が橋の下を通過するような音」に喩えられる。（『比類なき』『それゆけ』『でかした』「ギトギト男」に登場。他でも言及）

サー・ロデリック・グロソップ…ハーレイ街の高名

な精神科医。オノリアとオズワルドの父、タッピーの伯父。バーティーとは仇敵であったが、後に親友となる。(『比類なき』『それゆけ』『でかした』『サンキュー』『帰還』「ギトギト男」)
ヒルデブラント(タッピー)・グロソップ……バーティーの親友。サー・ロデリック・グロソップの甥。かつて正装のバーティーをプールに落とし込んだことがある。ダリア叔母さんの娘アンジェラと婚約中。(『よしきた』『でかした』)
トゥートルズ・ケグワース…マーヴィス・ベイでバーティーが預かった子供。お菓子が好き。得意なセリフは「フウェディーにキスして!」。(『それゆけ』)
ブルース・コーコラン(コーキー)…売れない肖像画家だったが後に転身して成功を収める。(『それゆけ』)
エリア・ゴスポディノフ…ブルガリア人。かつて二十四時間休みなしのぶっ通しでバグパイプを吹き続けたことがある。(『サンキュー』)
パーシー・ゴリンジ…トロッター夫人の連れ子。詩人。脚本家。フローレンス・クレイを愛している。(『封建精神』)

サ

レジナルド・ジーヴス…バーティーに仕える有能すぎる紳士様お側つき紳士。モットーは機略と知略。(シリーズ全作品に登場)
ジェーン伯母さん…プリングル家に住む、記憶力抜群の老婆。愛猫はティビー。(『それゆけ』)
ヴェラ・シッパリー…ヨークシャー州、ベックレイ・オン・ザ・ムーア村、パドック荘に住むシッピーの伯母さん。地元警官と紛争中。(『それゆけ』)
オリヴァー・ランドルフ・シッパリー(シッピー)…バーティーの学友。小説家。後に雑誌『メイフェア・ガゼット』誌編集長となる。詩人グウェンドレン・ムーン女史を崇拝している。(『それゆけ』『でかした』に登場。『よしきた』では言及のみ)
シドカップ卿…トム叔父さんのクラブの友人。古銀器および宝石類に造詣が深い。(『封建精神』)
ショルフィールド夫人…バーティーの姉。三人の娘の母親。(『それゆけ』)

クゥイニー・シルヴァースミス…デヴリル・ホールのメイド。ジーヴスの従姉妹。（『恋の季節』）
チャールズ・シルヴァースミス…デヴリル・ホールの執事。ジーヴスのチャーリー叔父さん。（『恋の季節』）
ミュリエル・シンガー…コーラスガール。著書に『こどものためのアメリカのとり』がある。（『それゆけ』）
ブリッジワース卿、**ディグビー・スィッスルトン**…モットーは「どんな時にも道はある」。育毛剤「ヘア・オー」の製造会社社長。（『それゆけ』）
スウォードフィッシュ…ブリンクレイ・コートで執事セッピングスの代役を務める謎の執事。（『封建精神』）
レディー・ジェーン・スネッティシャム…ブリンクレイ・コートの客人。優秀な台所メイドを雇用している。（『でかした』）
ジャック・スネッティシャム卿…レディー・ジェーンの夫。競馬好き。（『でかした』）
ルパート・ステッグルス…トウィング・ホールに勉強のため滞在中。「説教大ハンデ」、トウィング村運動会競技種目、およびビンゴの恋愛の成就に関する賭けの胴元。（『比類なき』）
エメラルド・ストーカー…ポーリーンの妹の画学生。料理上手の癒し系。（『がんばれ』）
J・ウォッシュバーン・ストーカー（パパストーカー）…アメリカの大富豪。（『サンキュー』）
ジョージ・ストーカー…J・W・ストーカーのまた従兄弟。莫大な財産をパパストーカーに遺して死去した。（『サンキュー』）
ドゥワイト・ストーカー…ポーリーンの弟。（『サンキュー』）
ポーリーン・ストーカー…アメリカの百万長者の美貌の令嬢。ニューヨークでバーティーと婚約した。チャッフィーの恋人となって再会。バーティーを評して「あなたには、何ていうか、頭のくるくるしたアヒルちゃんみたいな可愛らしさがあるのよ」と言った。（『サンキュー』）
スペンサー…グレッグソン家の執事。（『比類なき』）
ロザリンダ（ロージー）・スポッツワース…二人の夫を相次いで亡くし、巨富を相続した美貌の未亡人。自由詩人だったこともある。ロースター・アビーの購入を検討中。（『お呼びだ』）
エムズワース伯爵クラレンス・スリープウッド（エ

ムズワース卿）…シュロップシャー、ブランディングズ城在住。庭を小すきで掘り返すほかは何もしない、尊敬すべきご老体。（『それゆけ』で言及。ブランディングズ城シリーズ全作に登場）

アレクサンダー・スリングズビー…スリングズビーのスパーブ・スープで知られるスープ会社社長。妻を溺愛している。（『でかした』）

ビアトリス・スリングズビー…ルーシャス・ピムの姉。弟を盲愛している。夫はスリングズビー社社長。（『でかした』）

セッピングス…執事。ブリンクレイ・コートの至宝。（『よしきた』）

タ

ミス・ダルグリーシュ…アッパー・ブリーチング在住。父はダルグリーシュ大佐。穀物をよく食べて大きくなったというふうな大型の女の子。犬好きでアイリッシュ・ウォーター・スパニエルを探している。（『でかした』）

ウィリー・チェンバース…前年の男子合唱団員一〇〇ヤードハンデ戦を十五ヤードのハンデで楽勝。（『比類なき』）

チズウィック公爵…ビッキーの伯父。おそろしく金持ちの年寄りで、ロンドンの半分と北の方に郡を五つぐらい所有しているくせに、イギリス一番の賢い消費者として悪名高いケチンボ公爵。（『それゆけ』）

ダーシー（スティルトン）・チーズライト…バーティーの学友。元オックスフォード大学代表ボート選手。（元）警察官。フローレンス・クレイと婚約中でバーティーに嫉妬の緑目を向ける。（『朝のよろこび』『封建精神』）

シーベリー・チャフネル…レディー・チャフネルの息子。チャッフィーの従兄弟。（『サンキュー』）

第五代マーマデューク・チャフネル男爵（チャッフィー）…バーティーの学友。チャフネル・レジスの領主で、チャフネル・ホールに住む。ポーリーン・ストーカーと婚約中。（『サンキュー』）

レディー・マートル・チャフネル…第四代チャフネル男爵の未亡人。チャッフィーの伯母。（『サンキュー』「ギトギト男」）

エメリン・デヴリル…エズモンドのおば。（『恋の季節』）

シャルロット・デヴリル…エズモンドのおば。(『恋の季節』)
ハリエット・デヴリル…エズモンドのおば。(『恋の季節』)
マートル・デヴリル…エズモンドのおば。(『恋の季節』)
モンタギュー・トッド…高名な金融業者で、現在は刑務所で受刑中。ジーヴスの元雇い主。(『それゆけ』)
ロックメトラー・トッド(ロッキー)…都会の喧騒をきらい、ロングアイランドに隠棲する自由詩人。(『それゆけ』)
ドブズ巡査…キングズ・デヴリルの警察官。メイドのクウィニーと恋仲。(『恋の季節』)
ドブソン…サー・ロデリック家の執事(「ギトギト男」)
ドブソン巡査…チャフネル・レジスの警察官。ヴァウルズ巡査部長の甥。(『サンキュー』)
ミス・トムリンソン…ブライトンの女子校校長。(『それゆけ』)
アンジェラ・トラヴァース…ダリア叔母さんの愛娘、バーティーの従姉妹、タッピー・グロソップと婚約している。(本人登場は『よしきた』のみ)
ダリア・トラヴァース(ダリア叔母さん)…バーティーの感心で善良な叔母さん。ブルーボトルがケンブリッジシャーを勝った年にトム・トラヴァースと結婚した。クゥオーン、ピッチリー両狩猟クラブ元会員。淑女のための雑誌『ミレディス・ブドワール』主宰。ブリンクレイ・コート在住。(『それゆけ』以降全作品に登場)
トーマス・ポーターリントン・トラヴァース…ダリア叔母さんの夫。古銀器蒐集家で、サー・ワトキンのライバル。胃弱。(『それゆけ』以降全作品に登場/言及)
ボンゾ・トラヴァース…ダリア叔母さんの愛息。本名不明。リリアン・ギッシュのファン。
レオン・トロツキー…ボートレースの夜に警察官のヘルメットを奪い、腹部を殴打したことによりボッシャー街警察裁判所で罰金刑への換刑なしの三十日の拘禁刑を言い渡された。(『それゆけ』)
L・G・トロッター…リヴァプール出版界の大立者。(『封建精神』)
L・G・トロッター夫人…リヴァプール社交界の女王。(『封建精神』)

ハ

ローラ・パイク…ビンゴ夫人の女学校時代の学友。食生活の健康に造詣が深い。(『でかした』)
パーヴィス…ウーラム・チャーシーのスペンサー・グレッグソン家執事。(『でかした』)
バークレイ…ウィルビー伯父さんの友人。イーズビー荘に煙草入れを忘れた。(『それゆけ』)
プルーデンス・バクスター…トウィング・ホールの庭師頭の娘。女子スプーン競走に出場する有力選手。(『比類なき』)
ウィルフレッド・バージェス…メアリーの弟。(『比類なき』)
メアリー・バージェス…ヘッペンスタール牧師の姪で、トウィングの牧師館に滞在中。(『比類なき』)
パーショア卿ウィルモット(モッティー)…シュロップシャーのマッチ・ミドルフォード在住。(『それゆけ』)
シリル・バジントン＝バジントン…アガサ伯母さんの紹介状を持ってニューヨーク在住のバーティーの許を訪問した。さかな顔。ミュージカル『アスク・ダッド』に出演予定。(『比類なき』)
J・J・バスタード中佐殊勲賞…バークレイ・マンションB5号、W1在住。(『サンキュー』)
サー・ワトキン・バセット…ボッシャー街警察裁判所元判事。バーティーに罰金刑を科したことがある。裁判所引退後はトトレイ・タワーズに住み、地元の治安判事を務める。マデライン・バセットの父。スティッフィー・ビングの後見人。古銀器蒐集家。(『掟』『帰還』『がんばれ』)
マデライン・バセット…夢見がちな乙女。さいわいガッシーと恋仲だが、バーティーが自分に対する絶望的な恋情に狂おしく身を焦がしていると思い込んでいる。サー・ワトキン・バセットの一人娘。ロデリック・スポードに崇拝されている。(『よしきた』『掟』『恋の季節』『がんばれ』『感謝だ』)
バーソロミュー…スティッフィーの愛犬スコティッシュ・テリア。バーティーとジーヴスを洋服簞笥の上に追い立てたことがある。(『掟』)
バターフィールド…バセット家執事。(『がんばれ』)
エズモンド・ハドック…デヴリル・ホールの当主。コーキーと恋仲。(『恋の季節』)
レディー・バブロッキス…『ミレディス・ブドワー

ル』誌に「長き生涯の赤裸々なる回想」を連載。(『それゆけ』)
フレディー・バリヴァント…バーティーの友達。失恋の痛手を癒すため、バーティーといっしょにマーヴィス・ベイのコテージに滞在した。(『それゆけ』)
ハロルド…バーティーの従兄弟。エミリー叔母さんの息子。(『それゆけ』で言及)
ハロルド…トウィング・ホールの給仕。俊足。(『比類なき』)
ロージー・M・バンクス…小説家。ビンゴ夫人。代表作『ただの女工』『紅い、紅い夏の薔薇』『クラブマン・マーヴィン・キーン』、『ストラスモーリック卿の求愛』ほか。(『比類なき』『それゆけ』『でかした』その他ビンゴ・シリーズにも登場)
フランシス・ビッカーステテス(ビッキー)…オックスフォード大学出身。チズウィック公爵の妹の息子。両親は財産を遺さず死去。ニューヨークで気楽なボヘミアン暮らしをしている。友達に金は借りない主義。(『それゆけ』)
チャールズ・エドワード・ビッフェン(ビッフィー)…バーティーの学友。ヘレフォードシャーで大農園を営む田舎紳士。物忘れがひどい/物覚えが悪い。ニューヨークへの航海中にメイベルと知り合いって恋に落ち、婚約するが彼女の滞在ホテルを忘れたため音信不通に。オノリア・グロソップと婚約したことがある。(『それゆけ』)
ルーシャス・ピム…画家。髪にウェーヴがかかっている。姉はスープ会社社長夫人。(『でかした』)
ビーフィー・ビンガム…バーティーとタッピーとオックスフォードで同級だったが、現在はイーストエンドのタフな地元民を善導する牧師職にある。(『でかした』)
ステファニー・ビング(スティッフィー)…トトレイ・タワーズに住む。サー・ワトキンの被後見人。ハロルド・ピンカーと熱愛中。地元警察官と紛争中。愛犬はスコティッシュ・テリアのバーソロミュー。(『掟』)
ジョージ・ジ・ウェブスター(ボコ)・フィトルワース…売れっ子小説家。バーティーの学友。ノビー・ホップウッドと婚約中。(『朝のよろこび』)
A・B・フィルマー氏…大臣。反タバコ連盟会長。(『でかした』)
オーガスタス・フィンク゠ノトル(ガッシー)…バ

ーティーの学友、幼なじみ。イモリを愛する夢想家。シュロップシャーの田舎のどん底にイモリとともに隠遁していたが、マデライン・バセットと恋に落ち、引きこもりを克服。酒は飲めないが、飲むと面白い。(『よしきた』『掟』『朝のよろこび』『恋の季節』『がんばれ』に登場。その他の作品で頻繁に言及)

エヴラード・フォザーギル…マーシャム・メイナーに住む画家。コーネリアの夫。作品はテート・ギャラリーに展示されている。(「オムレツ」)

エドワード・フォザーギル…エヴラードの父。画家。代表作に「ヴィーナス」。(「オムレツ」)

オーブリー・フォザーギル…バーティーのクラブの友人。執事の意向に従属的で、思うような服装ができなくなった。(『それゆけ』)

コーネリア・フォザーギル…小説家。女性顧客用の濃厚なベトベト話が専門。(「オムレツ」)

レジー・フォルジャンブ…バーティーの友人。ジーヴスにバーティーの出している給金の倍額出そうともちかけたことがある。(『それゆけ』)

ブット同志…〈赤い黎明の使者〉所属。革命家。(『比類なき』)

ブートルズ…トゥートルズの姉。マーヴィス・ベイのオーシャン・レスト在住。はしかに罹患中。(『それゆけ』)

ローダ・プラット…イースト・ダリッジ、キッチナー・ロード、ウィステリア荘に叔母と住む。バッファーズ・クラブのウェイトレス。(『でかした』)

カスバート・ブラバゾン(ブワナ)=ビッガー…無敵の白人ハンター。(『お呼びだ』)

プランク少佐…探検家。猛獣ハンター。ラグビー愛好家。ホックレイ・カム・メストン在住。(『がんばれ』『ねこさらい』)

アンジェリカ・ブリスコー…メイドン・エッグスフォード在住の牧師の娘。ブリスコー大佐の姪。スポーツ心に富み、ポンゴ・トゥイッスルトンとバーミー・ファンゲイ=フィップスの純情をもてあそんだことがある。(『ねこさらい』『がんばれ』)

エロイーズ・プリングル…オノリア・グロソップの従姉妹でオノリア以上に文武両道を誇る。父親はケンブリッジ大学教授。シッピーの幼なじみ。(『それゆけ』)

プリングル夫人(旧姓ブラザウィック)…エロイーズの母。サー・ロデリックの義理の妹。(『それゆけ』）

ルパート・ブリンクレイ／ビングレイ……一時期バーティーに仕える従者だった。共産主義者だったが遺産を相続してマーケット・スノッズベリーに引退。（『サンキュー』『感謝だ』）

ブルックフィールド…トゥイング牧師館の執事。（『比類なき』）

ブルーメンフィールド／ブルーメンフェルド…ブロードウェイの劇場主。自分の息子と平均的観客の知能をほぼ等しいと考え、舞台製作では息子の意見を尊重している。（『比類なき』『でかした』）

ダフネ・ブレスウェイト…ディタリッジ・ホール近隣に住むオノリアの友人。（『比類なき』）

ウーフィー・プロッサー…ドローンズ・クラブ一番の大金持ちだが吝嗇。ジーヴス・シリーズに登場はしないが随所で言及される。

ジェームズ・ベイツ…ヘッペンスタール牧師の甥。イートン校副校長。夏休み中スッペティーグ師の代理でギャンドル・バイ・ザ・ヒルの牧師を務めている。（『比類なき』）

フランシス・ヘッペンスタール牧師…トゥイング村の教区牧師。兄弟愛に関する説教で知られる。（『比類なき』）

アライン・ヘミングウエイ…ローヴィル・シュル・メールでバーティーが会った娘。アガサ伯母さんがバーティーに結婚を勧めている。（『比類なき』）

シドニー・ヘミングウェイ…アラインの弟。ドーセットシャーのチップリー・イン・ザ・グレンの副牧師をしている。（『比類なき』）

レジナルド（キッパー）・ヘリング…『サーズデー・レヴュー』誌編集者。（『帰還』）

コーラ・ベリンジャー…ソプラノ歌手。オペラの勉強中。タッピーに崇拝されている。（『でかした』）

グラディス・ペンドルベリー…バーティーの崇拝する肖像画家。愛車は赤のウィジョン・セヴン。（『でかした』）

ペンワージー夫人…タバコ店経営。サックレースの名手。（『比類なき』）

オルロ・ポーター…バーティーの学友。オックスフォード大学時代はオックスフォード・ユニオン所属。共産主義者。保険販売業。ヴァネッサ・クックと婚約している。（『ねこさらい』）

キャッツミート・ポッター＝パーブライト…バーティーの親友。俳優。ドローンズ・クラブ所属。コーキーの兄。（『恋の季節』「ギトギト男」）
コーキー・ポッター＝パーブライト…芸名コーラ・スター。美貌のハリウッド女優。キャッツミートの妹。牧歌的な田園生活に憧れている。（『恋の季節』）
ゼノビア（ノビー）・ホップウッド……ボコの婚約者。バーティーの女友達。ウォープルスドン卿の被後見人。（『朝のよろこび』）

マ

マクガーリー…バックスのオイスター・バーのバーテンダー。（『比類なき』）
マッキントッシュ…アガサ伯母さんの愛犬のアバディーン・テリア。（『でかした』）
マッコーカデール夫人…マーケット・スノッズベリー下院補欠選挙でジンジャーのライバル候補となった弁護士。（『感謝だ』）
ペギー・マナリング…ブライトンの女子校に在学中。父親は高名な哲学教授。（『それゆけ』）
レディー・マルヴァーン…アガサ伯母さんの友人。アメリカの刑務所事情に関心を持っている。著書に『インド及びインド人』。（『それゆけ』）
ミドウズ…バーティーの元従者。窃盗癖があり解雇された。（『それゆけ』）
サラ・ミルズ…前年の女子スプーン競走の覇者。本年の優勝候補。（『比類なき』）
フィリス・ミルズ…アップジョンの義理娘。ダリア叔母さんの今は亡き旧友の愛娘。（『帰還』）
ティンクラー・ムールク夫人…バークレイ・マンションＣ6号Ｗ1に住む。（『サンキュー』）
グゥエンドレン・ムーン…詩人。代表作に『秋の葉』『そはイギリスの六月のこと』など。（『それゆけ』『でかした』）
セバスチャン・ムーン…グゥエンドレンの弟。くりくりした目と金色の巻き毛の美少年。クララ・ボウを崇拝している。（『でかした』）
メアリー…ビンゴ家の小間使い。ロンドン一の破壊屋として名高い。（『それゆけ』）
メアリー…チャフネル・ホールのメイド。ドブソン巡査と婚約している。（『サンキュー』）
ミス・メイプルトン…ビングレイ・オン・シーの名門女子校セント・モニカ校校長。アガサ伯母さんの友人。（『でかした』）

メイベル…マネキン業。ジーヴスの姪。ビッフィーと客船上で出逢って恋に落ちたが、ニューヨーク到着後消息不明になった。(『それゆけ』)

メイベル…ビンゴが恋に落ちたティールームのウエイトレス。(『比類なき』)

ダフネ・ドロアーズ・モアヘッド…高名な女流作家。『ミレディス・ブドワール』に小説を連載中。(『封建精神』)

ラ

ラムファーリン公爵…自分をカナリアだと思い込んでおり、従僕が不注意で砂糖の塊を朝運ばなかったため発作を起こした。アラステア・ハンガーフォード卿の父。(『比類なき』)

L・P・ランクル……金持ちの実業家。古銀器蒐集家。写真愛好家。ブリンクレイ・コートの客人。(『感謝だ』)

アリステア・ビンガム＝リーヴス…ズボンの折り目を横につけることで知られた執事を抱え、ジーヴスを欲しがっている。(『それゆけ』)

アルジャーノン(アルジー)・リトル…ビンゴとロージーの息子。ジーヴス・シリーズ中では言及のみで登場しないが、ビンゴ・シリーズで頻繁に登場。

ウィルバーフォース・リトル…ビンゴのウィルバーフォース伯父さん。莫大な収入とノリッジから五十キロほど離れたところにある立派な田舎の邸宅をビンゴに遺して没した。(『でかした』)

モティマー・リトル…「脚すっきりしなやかリトルの湿布薬」で財を成し、たっぷり蓄財して先頃引退したビンゴの伯父さん。後にビトルシャム卿となる。ロージー・M・バンクスの愛読者。オーシャンブリーズ号の馬主。(『比類なき』)

リチャード(ビンゴ)・リトル…バーティーの幼なじみ、学友。ドローンズ・クラブ所属。妻は人気作家のロージー・M・バンクス。息子はアルジャーノン。(『比類なき』『それゆけ』『でかした』)

レインズビー卿…オックスフォード大学〈シーカーズ〉所属。通称ドッグ＝フェイス。(『比類なき』)

シャルロット・コルデ・ロウボサム…〈赤き黎明の使者〉に所属する革命家。(『比類なき』)

ロウボサム氏…社会主義結社〈赤い黎明の使者〉主宰。ブルジョアジーを虐殺してパーク・レーンを略奪し、代々続く貴族社会のはらわたを抜き取ろうと考えている。（『比類なき』）
第九代ロースター伯爵ウィリアム（ビル）…ロースター・アビーに住む零落貴族。バーティーの友人でジーヴスを雇っている。（『お呼びだ』）
イザベル・ロックメトラー…ロッキーの伯母さん。イリノイ州のどこか奥まったところに住み、大都会の享楽的生活にあこがれている。（『それゆけ』）
ロロ…モッティーの連れてきたブルテリア。獰猛。（『それゆけ』）

ワ

ジル・ワイヴァーン…ビルの婚約者。地元で獣医をしている。（『お呼びだ』）
オーブリー・ワイヴァーン大佐…ジルの父。サウスモルトンシャー警察本部長。（『お呼びだ』）
ワトソン嬢…リトル家のきわめて優秀なコック。身分を越えた愛を実らせレディーとなる。（『比類なき』）
マリオン・ワードール…女優。バーティーの友人。アポロ劇場のショーに出演中。（『比類なき』）

ウッドハウス略年譜

一八八一年（0歳）
10月15日、サリー州ギルフォード、エプソム・ロード、ヴェール・プレイス1番にて生まれる。正式名はペラム・グレンヴィル・ウッドハウス。愛称はプラム。父親は香港の治安裁判所判事。長兄ペヴリル、次兄アーマイン、弟リチャード・ランスロットの四兄弟の三番目として生まれた。
一八八三年（2歳）
兄のペヴリル、アーマインと一緒に香港を離れ、バースに住む母方の祖父母宅に隣接した家に、世話係のミス・ローパーと共に暮らす。
一八八六年（5歳）
兄たちと共にサリー州クロイドン、プリンス夫人の経営するデーム・スクールに入学する。
一八八九年（8歳）
二人の兄と共にガーンジー島のエリザベス・カレッジに入学。
一八九一年（10歳）
次兄アーマインがダリッジ・カレッジに入学。ペラムはケント州ケーンジー、マルヴァーン・ハウスに転校する。
一八九四年（13歳）
アーマインの通うダリッジ・カレッジに転入。寄宿生となる。
一八九五年（14歳）
治安判事職を退官した両親が香港から帰国し、ダリッジ、クロックステッド・ロード62番地に居を構える。ウッドハウスはダリッジの通学生となるが、翌年両親が転居すると、再び寄宿生となる。
一八九九年（18歳）
ダリッジの学内誌『アレイニアン』編集に携わる。オックスフォード進学を志すが、経済的事情により断念を余儀なくされ、卒業後は香港上海銀行に就職する。『パブリック・スクール・マガジン』に文章が初掲載され、翌年コラムを連載開始。
一九〇一年（20歳）

『キャプテン』誌に、はじめて短編が掲載される。
一九〇二年（21歳）
香港上海銀行を退職し『グローブ』紙にコラムを執筆開始する。『パンチ』誌にはじめて記事が載る。
処女作『ポットハンターズ』が刊行される。
一九〇三年（22歳）
ハーバート・ウェストブルックと知り合う。ハンプシャーのエムズワース・ハウスに滞在。『監督生の叔父』、『聖オースティン学園物語』を刊行。
一九〇四年（23歳）
エムズワースの〈スリープウッド〉館に住む。はじめてニューヨークを訪問。『金のバット』、『再話ウィリアム・テル』刊行。ミュージカル『サージェント・ブルー』歌詞担当。
一九〇五年（24歳）
『ストランド』誌にはじめて作品が掲載される。『ヘッド・オヴ・ケイズ』刊行。
一九〇六年（25歳）
シーモア・ヒックス作『バースの美女たち』の歌詞を担当。ジェローム・カーンと出会う。初のユークリッジ長編『ヒヨコ天国』刊行。
一九〇七年（26歳）
ロンドンにフラットを借りて住む。『ホワイト・フェザー』、『ノット・ジョージ・ワシントン』を刊行。
ガイエティ劇場と作詞担当契約。
一九〇八年（27歳）
『グローブ・バイ・ザ・ウェイ・ブック』を刊行。
一九〇九年（28歳）
『ザ・スウォープ』、『マイク』を刊行。二度目のニューヨーク訪問でホテル・アールに滞在。滞在二日間で短編二本が売れ、『グローブ』紙に退職を告げる。
一九一〇年（29歳）
イギリス帰国。エムズワースのスリープウッド館を購入。『有閑紳士たち』、『シティのスミス』を刊行。
翌年はニューヨークを二度訪問。
一九一二年（31歳）
『プリンス・アンド・ベティ』刊行。
一九一三年（32歳）
『リトル・ナゲット』刊行。『弟のアルフレッド』脚本執筆。ニューヨークを訪問。
一九一四年（33歳）
『ヴァニティ・フェア』誌に劇評連載開始。6月、第一次世界大戦開戦。8月に出会ったエセル・ロウリー・ウェイマンと9月30日に挙式。『階上の男』刊行。
一九一五年（34歳）
初のブランディングズ城長編『サムシング・フレッシュ』が『サタデー・イヴニング・ポスト』誌に初連載される。同9月号掲載「ガッシー救出作戦」にジーヴスが初登場。『サムシング・フレッシュ』、『新聞記者スミス』刊行。12月にガイ・ボルトンと知り合い、ジェローム・カーンと三人でミュージカル・コメディー制作を開始する。
一九一六年（35歳）
『サタデー・イヴニング・ポスト』誌2月号に初のジーヴス短編「ジーヴスにおまかせ」が掲載される。ミュージカル『ポムポム』と『ミス・スプリングタイム』の作詞を担当。
一九一七年（36歳）
ボルトン／ウッドハウス／カーンのミュージカルが十カ月間に六作制作される。『アンイージー・マネー』、『ザ・マン・ウィズ・トゥー・レフト・フィート』を刊行。
一九一八年（37歳）
ミュージカル6作の歌詞を担当。『ピカディリー・ジム』刊行。第一次大戦終結。
一九一九年（38歳）
『ザ・ローズ・オヴ・チャイナ』歌詞担当。ジーヴスとレジー・ペッパー短編を収録した『マイ・マン・ジーヴス』、『悲しみの乙女』刊行。
一九二〇年（39歳）
ミュージカル『サリー』の歌詞担当。長編『カミング・オヴ・ビル』、『ジル・ザ・レックレス』刊行。
一九二一年（40歳）
ミュージカル『ブルー・マズーラ』、『ゴールデン・モス』の歌詞担当。ニューヨーク訪問、イギリス帰国後エムズワースに滞在。
一九二二年（41歳）
ジョージ・グロッスミスとニューヨークに滞在し、『パット・ザ・ギブソン・ガール』、『キャバレーガール』の歌詞を合作。ゴルフ短編集『クリッキング・オヴ・カスバート』、長編『ガール・オン・ザ・ボート』、『サリーの冒険』を刊行。
一九二三年（42歳）
『ビューティー・プライズ』の歌詞をグロッスミスと共同で担当。『比類なきジーヴス』と『スミスにおまかせ』が刊行される。

一九二四年（43歳）
パリとハロゲートに旅行。『ユークリッジ』と『征服者ビル』を刊行。
一九二五年（44歳）
『それゆけ、ジーヴス』と長編『ひょっこりサム』を刊行。
一九二六年（45歳）
王立文芸協会会員に選出される。ゴルフ短編集『ゴルきちの心情』を刊行。『ハート・アンド・ダイアモンド』と『オー・ケイ！』の脚本と歌詞、『プレイズ・ザ・シング』の脚本を執筆。
一九二七年（46歳）
ロンドン、ノーフォーク街17番地の家に住む。『ショウボート』の挿入歌『ビル』を作詞。『スモール・バチェラー』、『マリナー氏ご対面』を刊行。
一九二八年（47歳）
『マネー・フォー・ナシング』刊行。『ロザリー』と『三銃士』の歌詞担当。イアン・ヘイと舞台版『悲しみの乙女』脚本を共同執筆。
一九二九年（48歳）
ミュージカル『バーバー・ブラックシープ』、『キャンドルライト』脚本執筆。『マリナー氏語る』、『ブランディングズ城の夏の稲妻』刊行。父、アーネスト・ウッドハウスが83歳で逝去。ＭＧＭと週二千ドルで契約。世界大恐慌が始まる。
一九三〇年（49歳）
義娘レオノーラとハリウッド入り。『でかした、ジーヴス！』刊行。イアン・ヘイと舞台版『スミスにおまかせ』の脚本を共同執筆。
一九三一年（50歳）
『ロサンゼルスタイムズ』紙にハリウッドを批判するインタヴュー記事が掲載されて問題となる。『ビッグ・マネー』、『イフ・アイ・ワー・ユー』、『ジーヴスオムニバス』が刊行される。
一九三二年（51歳）
レオノーラがピーター・カザレットと結婚する。『ラウダー・アンド・ファニアー』、『ドクター・サリー』、『ホットウォーター』刊行。
一九三三年（52歳）
『マリナー・ナイト』、『ブランディングズ城は荒れ模様』刊行。
一九三四年（53歳）
孫娘、シェラン・カザレットが生まれる。『サンキュー、ジーヴス』、『よしきた、ジーヴス』刊行。ウッドハウス編集による同時代作家のユーモア小説アンソロジー『ユーモアの世紀』が刊行される。
一九三五年（54歳）
フランス北部のリゾート地、ル・トゥケに家を購入。『ブランディングズ城短編集』、『ボドキン家の幸運』、『マリナー氏オムニバス』刊行。
一九三六年（55歳）
孫、エドワード・カザレットが生まれる。国際マーク・トウェイン協会からメダルを授与される。兄アーマイン死去。MGMと再契約して二度目のハリウッド滞在。短編集『ヤングメン・イン・スパッツ』ハリウッド長編『笑いガス』刊行。映画『サンキュー、ジーヴス』公開。
一九三七年（56歳）
ガイ・ボルトンと映画『踊る騎士』（フレッド・アステア、ジョーン・フォンテーン主演）の脚本執筆。ル・トゥケに戻る。短編集『エムズワース卿ほか』、異色長編『サマー・ムーンシャイン』を刊行。
一九三八年（57歳）
『ウースター家の掟』刊行。
一九三九年（58歳）
6月、オックスフォード大学から文学博士号を授与される。7月にダリッジでクリケットの試合を観戦。『春どきのフレッド伯父さん』刊行。9月、第二次世界大戦開戦。
一九四〇年（59歳）
『エッグ氏、ビーン氏、クランペット氏』、『クイック・サーヴィス』刊行。ル・トゥケがドイツ軍に占拠され民間人捕虜となる。7月、リールのルース監獄に収容され、その後ベルギーのフイー要塞へ、9月、北シレジアのトストに移送。
一九四一年（60歳）
4月、母、エレノア・ウッドハウスが80歳で死去。6月、60歳以上の民間人として解放され、ベルリンに移送。捕虜収容所での生活に関するラジオ放送をする。英国政府はウッドハウス攻撃を開始する。ラジオで「カサンドラ」こと、ウィリアム・コナーがウッドハウスを激しく非難する。
一九四二年（61歳）
ベルリン市内のホテル滞在を許可されるが、国外退去は不許可。
一九四三年（62歳）
パリ行きを許可される。ウッドハウスはラジオ放送に関する英国政府による聴取を希望する。内務省は調査員を派遣し、犯罪非該当と結論。
一九四四年（63歳）
パリのホテル・リンカーンに滞在。最愛の娘レオノーラが5月に急逝したことを9月に知る。ウッドハウスに犯罪責任なしとする『カッセン報告』が完成。しかし11月21日、フランス当局に逮捕され、翌年2月まで病院で身柄拘束される。
一九四五年（64歳）
パリからバルビゾンに移る。ジェローム・カーン死去。
一九四六年（65歳）
『マネー・イン・ザ・バンク』がイギリスで刊行。
一九四七年（66歳）
アメリカ号でシェルブール港を出航し、ニューヨークに到着する。『ジーヴスと朝のよろこび』、ブランディングズ城シリーズ『フルムーン』刊行。
一九四八年（67歳）
『スプリング・フィーヴァー』、『アンクル・ダイナマイト』を刊行。
一九四九年（68歳）
2月、イヴリン・ウォーとニューヨークで会食する。
『ジーヴスと恋の季節』刊行。パーク・アヴェニュー一〇〇〇番のアパートメントに転居。
一九五〇年（69歳）
『ストランド』誌終刊。『ハウス・オン・ザ・クリフ』の脚本を執筆し、地方興行に同行する。短編集『ナシング・シリアス』刊行。
一九五一年（70歳）
『オールド・リライアブル』刊行。
一九五二年（71歳）
ロングアイランドのレムゼンバーグに転居。『バーミー・イン・ワンダーランド』、ブランディングズ城長編『ピッグズ・ハヴ・ウィングズ』刊行。
一九五三年（72歳）
『お呼びだ、ジーヴス』、ガイ・ボルトンとの共著『ブリング・オン・ザ・ガールズ』、ビル・タウンエンド宛自選書簡集『パフォーミング・フリー』を刊行。『比類なきジーヴス』をはじめとする計5冊を皮切りに、ペンギン版ペーパーバックが刊行開始される。
一九五四年（73歳）
『ジーヴスと封建精神』刊行。ガイ・ボルトンと『カモン、ジーヴス』脚本共同執筆。
一九五五年（74歳）

アメリカ市民権を取得。
一九五七年（76歳）
自伝的エッセイ集『オーヴァー・セヴンティ』、『サムシング・フィッシー』刊行。
一九五八年（77歳）
フレッド叔父さんものの長編『カクテル・タイム』刊行。
一九五九年（78歳）
短編集『ア・フュー・クイック・ワンズ』刊行。ブロードウェイで『ジェーンにおまかせ』再演。
一九六〇年（79歳）
『ジーヴスの帰還』刊行。『パンチ』誌の名誉ある「パンチ・テーブル」に推挙される。『ニューヨーク・タイムズ』紙に「ウッドハウス氏、誕生日おめでとう」の大広告が掲載される。
一九六一年（80歳）
リチャード・アズバーン著『ウッドハウス・アット・ワーク』が刊行される。7月、イヴリン・ウォーがBBCで「P・G・ウッドハウスへの尊敬と謝罪の行為」を放送する。
一九六二年（81歳）
『サーヴィス・ウィズ・ア・スマイル』刊行。親友ビル・タウンエンドが死去。
一九六三年（82歳）
『がんばれ、ジーヴス』刊行。
一九六五年（84歳）
ブランディングズ城の長編『ギャラハッド・アット・ブランディングズ』刊行。BBCのテレビ・シリーズ『ウースターの世界』が放送される。
一九六六年（85歳）
短編集『プラム・パイ』刊行。
一九六七年（86歳）
BBCのテレビ・シリーズ『ブランディングズ城』が放送開始。11月、地元レムゼンバーグにP・G・ウッドハウス・アニマル・シェルターが開設。
一九七一年（90歳）
ウッドハウス90歳記念出版、『感謝だ、ジーヴス』刊行。
一九七三年（92歳）
レオノーラの夫の姉テルマ・カザレット＝カイアーズ編『P・G・ウッドハウスへのオマージュ』と題されたエッセイ集が刊行される。
一九七四年（93歳）
『ジーヴスとねこさらい』刊行。デイヴィッド・ジェイセン著『巨匠の肖像』が刊行される。マダム・タッソー蠟人形館がウッドハウスの蠟人形を製作。BBCのテレビ・シリーズ『ウッドハウス・プレイハウス』の収録が開始される。
一九七五年
1月、新年の叙爵でイギリス女王よりサーの称号を授与される。BBC制作『ウッドハウス・プレイハウス』冒頭の作品紹介フィルムを6本撮影。2月14日、サザンプトン病院にて93歳で死去。葬儀は2月18日にレムゼンバーグ長老派教会にて挙行された。遺稿『ブランディングズ城の日没』草稿は、リチャード・アズバーンの加筆を経て刊行された。
一九七七年
ダリッジ・カレッジに、生前の書斎を再現したウッドハウス・メモリアルコーナーが開設される。
一九八四年
レディー・エセル・ウッドハウスが99歳で死去。
一九八八年
ダンレーヴン街17番地にウッドハウスのブループラークが設置され、エリザベス王太后が除幕を執り行う。
一九九七年
米国ウッドハウス協会創設。
二〇〇七年
英国ウッドハウス協会創設。
二〇一七年
ウッドハウスの孫、サー・エドワード・カザレットによる書籍等の寄贈により、大英図書館にウッドハウス・アーカイヴが開設される。
二〇一八年
ウエストミンスター寺院、〈詩人のコーナー〉にウッドハウスの銘板の設置が決定される。10月、美智子皇后陛下が「ご退位後になさりたいこと」として、「読み出すとつい夢中になるため、これまで出来るだけ遠ざけていた探偵小説も、もう安心して手許に置けます。ジーヴスも二、三冊待機しています」と「お言葉」。

Ratcliffe, Sophie (ed), *P. G. Wodehouse: A Life in Letters* (London, Huchinson, 2011).
Sproat, Iain, *Wodehouse at War* (London, Milner and Co. 1981).
Taves, Brian, *P. G. Wodehouse and Hollywood: Screenwriting, Satires and Adaptations* (Jefferson, Mcfarland & co., 2006).
Usborne, Richard, *Wodehouse at Work* (London, Herbert Jenkins, 1961).
Usborne, Richard, *After Hours with P.G. Wodehouse* (New York, James H. Heineman Inc.,1991)
Usborne, Richard, *Plum Sauce: A P.G. Wodehouse Companion,* (London, Ebury Press, 2002).
Wind, Herbert Warren, *The World of P. G. Wodehouse* (NY.,Praeger, 1971).
Wodehouse, P. G. and Bill Townend (eds), *Performing Flea: Self Portrait in Letters*, (London, Herbert Jenkins, 1953).
Wodehouse, P. G. and Guy Bolton, *Bring on the Girls! : The Improbable Story of Our Life in Musical Comedy with Pictures to Prove It* (NY., Simon and Schuster, 1953).
Wodehouse, P.G., *Over Seventy: An Autobiography With Digressions*, (London, Herbert Jenkins, 1957).
英国ウッドハウス協会機関紙　*Wooster Sauce*
米国ウッドハウス協会機関紙　*Plum Lines*

主要参考文献

Connolly, Joseph, *P.G. Wodehouse: An Illustrated Biography* (London, Orbis, 1979).

Davis, Lee, *Bolton and Wodehouse and Kern: The Men Who Made Musical Comedy* (NY, Heineman, 1993).

Donaldson, Frances, *Yours Plum: The Letters of P.G. Wodehouse* (NY, Heineman, 1990).

Donaldson, Frances, *P.G. Wodehouse: A Biography* (London, Prion, 2001).

Garrison, Daniel H., *Who's Who in Wodehouse: A Biography* (NY., Knopf, 1982).

Green, Benny, *P.G. Wodehouse: A Litetary Biography* (NY., The Rutledge, 1981).

Halford, Brian, *The Real Jeeves: The Cricketer Who Gave His Life For His Country And His Name To A Legend* (Durrington, Pitch, 2013).

Hedgcock, Murray (ed.), *Wodehouse at the Wicket* (London, Hutchinson, 1997).

Jaggards, Geoffrey, *Wooster's World: P.G. Wodehouse's World of Jeeves and Bertie Wooster* (Hodder and Stoughton, Coronet Books, 1967).

Jaggards, Geoffrey, *Blandings The Blest and The Blue Blood: A Companion to The Blandings Castle Saga of P.G. Wodehouse, LL. D. with A Complete Wodehouse Peerage, Baronatge and Knightage* (Hodder and Stoughton, Coronet Books, 1968).

Jaggard, G., and Tony Ring, *The Millenium Wodehouse Concordance, vol.1-8* (Coppenham, Porpoise Books, 1994-2001).

Jasen, David, *P.G. Wodehouse: A Portrait of a Master* (NY., Continuum, 1974/1981).

McCrum, Robert, *Wodehouse: A Life* (NY, W.W. Norton & co., 2004).

Murphy, N.T.P., *In Search of Blandings* (London, Salem House, 1986).

Murphy, N.T.P., *A True and Faithful Account of the Amazing Adventures of The Wodehouse Society on Their Pilgrimage July 1989* (London, 1990).

Murphy, N.T.P., *Three Wodehouse Walks* (London, Popgood and Groolley, 2009).

Murphy, N.T.P., Plofker, Amy, *A Guide to P.G. Wodehouse's New York City and Long Island* (London, Popgood and Groolley, 2011).

Murphy, N.T.P., *A Wodehouse Handbook: The World and Words of P.G. Wodehouse, vol 1 & 2* Revised Edition (Sybertooth Inc. 2013).

Murphy, N.T.P., *The P.G. Wodehouse Miscellany* (History Pr Ltd, 2015).

Morris, J.H.C., *Thank You, Wodehous* (St. Martin's Press, 1981).

Parkinson, C. Northcote, *Jeeves: Gentleman's Personal Gentleman* (Macdonald and Jane's Publishers Limited, 1979).

Phelps, Barry, *P.G. Wodehouse: Man and Myth* (London: Constable,1992).

あとがき――皇后陛下のジーヴス

昨年十月に福岡で学会があって、昼休み中携帯に友人から「美智子皇后のお言葉を読んでいたら、たまきさん訳のジーヴスなのかなーって勝手に想像して喜んでます」と意味不明のメッセージが入っていた。何だろうとニュースを見たら、「ジーヴスも二、三冊待機しています」のお言葉にゆきあたり、しばし茫然とした。「大変なことだ」とは思ったが、とはいえ原語でお読みになったのかもしれないのだから私が喜んでいいのかどうか。でも皇后陛下がジーヴス読者であることは確かなのだから、ウッドハウジアンとしては大いに寿《ことほ》ぐべき、と真っ白い頭の中を色んな考えがあっちに行ったりこっちに行ったりしていた。

翌日から国書刊行会の電話は鳴り続けで、滞っていた在庫が数日で売り切れたそうだ。私のところにも取材の申し込みが何件かあった。海外メディアでも取り上げられ、英国ウッドハウス協会の機関紙『ウースターソース』紙にも、日本のエンプレスがご退位後にジーヴスを読むのを楽しみにされているとご発言という記事が載った。

わたしはずっと幸運なウッドハウス翻訳者を自認してきたが、こうなるともはやこれはわたしの運がいいとか悪いとか、そういう次元の話ではない。やはり、ウッドハウスの神様はいるのである。

世に小説は数限りなく存在し、登場人物も数限りなくある中で、どうしてジーヴスの名前を皇后陛下は挙げてくださったのだろう。

この世の中は必ずしも笑ってばかり暮らせる場所ではない。作家ウッドハウス自身も人生航路の折ふしに色々とつらい目に遭いながら、それでも休むことなく世に笑いを提供し続けた人物である。皇后陛下は、この世の中にもっと笑いが満ちますようにと、この国の人の唇が笑みで飾られますようにと願ってくださったのではないか。そして、その笑いは人を見下したり貶《おとし》めたり嘲ったりする笑いではなく、明るい朗らかな笑いであって欲しいと願ってくださったのではないかと、私は思わずにいられないのだ。

本書を上梓するにあたり、あらためて全ジーヴス本を読み返したところ、『ジーヴスの帰還』のあとがき冒頭に、私はこう書いていた。「in the offing というのは、海軍用語で準備完了待機中といったような意味で、今は遠く離れているけれど、若主人さま有事の際にはいつでも急ぎ馳せ参じるべくスタンバイ中、といった趣旨」であると。そうかそうだったのか、「ジーヴスも二、三冊待機していまず」というのは、Two or three Jeeves books are in the offing. と訳せばよかったのかと、今更気づいたような次第である。

クイーン・マザーこと、故エリザベス王太后をはじめとする世界のウッドハウス愛読者の中に、日本の上皇后陛下が加わられたのはとても嬉しい。ご退位後の日々のつれづれに、ジーヴスを心ゆくまで読み耽られるにあたり、本書もお側に置いていただけたら嬉しいなと思ってしまう。また、皇后陛下のお言葉をきっかけにジーヴスに関心を持ってくださった読者の方々と、もっと前からジーヴスを読んでくださっていた読者の方々に、本書がP・G・ウッドハウスとその最大の被造者ジーヴスについてもっともっと知っていただく助けになればとても嬉しい。

私もこう願おう。この国でもっとウッドハウスが読まれて、世の中が明るい笑いに満ちますように。

令和元年七月

森村たまき

森村たまき（もりむら　たまき）
1964年生まれ。P・G・ウッドハウス作品の翻訳で知られ、主な訳書に《ウッドハウス・コレクション》シリーズ、《ウッドハウス・スペシャル》シリーズがある。

ジーヴスの世界《せかい》

2019年８月16日　初版第１刷印刷
2019年８月23日　初版第１刷発行

著　者　森村たまき
発行者　佐藤今朝夫
発行所　株式会社国書刊行会
東京都板橋区志村１-13-15　〒174-0056
TEL03-5970-7421　FAX03-5970-7427
http://www.kokusho.co.jp
印刷所　三松堂株式会社
製本所　三松堂株式会社
装　丁　山田英春

ISBN 978-4-336-06378-6